NEW LIFE

뉴 라이프 **4**

초판 1쇄 인쇄일 2015년 1월 24일 | **초판 1쇄 발행일** 2015년 1월 27일

지은이 김연우 | **펴낸이** 곽중열 | **담당편집 팀장** 이범수
편집부 신연제 이윤아 김호성 김은경

펴낸곳 (주)조은세상 | **출판등록** 제2002-23호
주소 경기도 연천군 미산면 청정로 1355
TEL 편집부 02)587-2966 | FAX 02)587-2922
e-mail bukdu@comics21c.co.kr

ⓒ김연우 2014
ISBN 979-11-5512-937-1 | ISBN 979-11-5512-829-9(set) | 값 8,000원

김연우 현대판타지 장편소설

NEO FUSION FANTASY STORY

4

뉴 라이프
NEW LIFE

북두
(주)조은세상

CONTENTS

NEO MODERN FANTASY STORY

NEW
LIFE

NEO MODERN FANTASY STORY

뉴 라이프
NEW LIFE

Scene #31 국제비교문학회 추계 학술대회 (2)

윤우는 오랜만에 정장을 입었다. 차콜색 자켓과 흰 드레스 셔츠, 그리고 가연이가 선물해 준 파란색 넥타이는 제법 잘 어울렸다.

키가 커서 그런지 옷맵시가 잘 살아났다. 손가방을 든 모습이 영락없이 젊은 교수처럼 보였다. 그래서인지 지나가던 여학생 몇몇이 윤우를 힐끔 바라보곤 했다.

'꽤 불편하네. 그냥 캐주얼하게 자켓만 걸치고 나올 걸 그랬나?'

사실 학회라고 해도 다들 정장을 입고 오는 것은 아니었다. 국문학 관련 학회에서는 참석자든 발표자든 캐주얼하게 입는 학자들이 많았다.

하지만 첫 발표이기도 하고, '학부생'이라는 특수한 입장도 있어 복장을 제대로 갖추고 나가야겠다고 생각했다. 그것도 일종의 예의로 비춰질 수도 있으니까.

자켓의 옷깃을 한번 어루만진 윤우는 곧장 연구실로 들어갔다. 안엔 아무도 없었다. 윤우는 책상에서 미리 준비해 둔 자료를 가방에 넣고 소파에 앉았다.

바로 연구실에서 나가지 않은 이유는 송현우가 잠깐 자기를 보고 가라고 연락을 해 왔기 때문이다.

'무슨 말을 하려는 걸까?'

논문에 대한 이야기는 아닐 것이다. 이번에 발표할 논문은 완성되자마자 송현우에게 보여주었고, 그에 대한 몇 가지 코멘트를 이미 받았으니까.

의외로 송현우는 윤우가 쓴 논문을 공격하거나 하지는 않았다. 기본기가 부족했다면 모르지만, 윤우는 이미 양질의 논문을 많이 써본 사람이었다.

논지가 부족하다, 근거가 조금 더 보강되었으면 좋겠다, 이 용어에 대한 해설을 각주로 달아야 한다. 이런 식의 뻔한 지적만 해 왔을 뿐이다.

그랬기에 송현우가 기다리라고 한 목적이 더욱 궁금해지는 윤우였다.

오전 11시.

시계를 보니 아직 학회 시간까지는 여유가 있었다.

학회는 총 3부로 구성되어 있다. 오전에 1부가 시작되고, 오후에 2부와 3부가 시작된다. 윤우의 순서는 2부 중간쯤 들어가 있었기 때문에 서두를 필요는 없었다.

'늦어도 두 시까지 들어가면 되겠지.'

윤우는 자리에 앉아 발표 자료를 다시 검토했다. 이미 머릿속에 다 들어 있는 것들이라 보지 않아도 되었지만, 윤우는 첫 발표인 만큼 철저히 준비를 했다.

그렇게 한참 후, 문이 열리더니 송현우가 안으로 들어왔다. 윤우는 자리에서 일어서 머리를 숙였다.

"안녕하세요, 선배님."

"바로 가냐?"

"준비는 다 끝났어요. 슬슬 가려고요."

송현우는 고개를 끄덕였지만 이상하게 표정은 경직되어 있었다. 평소와는 조금 달랐다. 마치 혼내기 직전의 어두운 분위기를 풀풀 풍기고 있었다.

그는 창문을 활짝 열더니 연구실 한쪽에 놓인 소파에 몸을 기대앉았다.

"앉아 봐라."

윤우는 즉시 그의 맞은편에 앉았다. 그는 안주머니에서 담배를 하나 꺼내 불을 붙였다.

"후우, 첫 발표를 앞둔 기분은 어때?"

"아무렇지도 않습니다. 수업에서 발표한다고 생각하니

별로 긴장은 안 드네요."

"예상대로군. 가기 전에 충고 하나 하마."

송현우는 다리를 꼬고 앉았다. 그리고 눈매를 좁히며 윤우를 노려보았다. 손에 쥐어진 담배 연기가 솟아오르며 그의 얼굴을 흐릿하게 만들었다.

"네 논문은 나쁘지 않아. 적어도 말도 안 되는 소설이라는 비난은 피할 수 있겠지. 하지만 내가 걱정이 되는 건 논문 자체가 아니라 네 밑도 끝도 없는 자신감이야."

"자신감이요?"

송현우는 고개를 끄덕였다. 그리고 담배를 한 모금 깊게 빨아들였다.

"넌 너무 하고 싶은 말을 가리지 않고 다 하는 경향이 있어."

그는 제법 윤우를 정확히 파악하고 있었다. 그랬기에 윤우는 별다른 반론을 하지 못했다.

전생의 기억과 문학박사급 지식을 가지고 있는 윤우에게 '자신감'이란 당연히 따라오는 보상과 같은 것이었다. 다 알고 있는데 무엇이 두렵다는 말인가.

때문에 적어도 학문적인 부분에 있어서는 논쟁과 토론을 즐겼다. 자신의 의견을 개진하는 것에도 소홀함이 없었다. 그래서 늘 수업시간에 교수와 토론을 하곤 했다.

그것은 소진욱 교수와 이야기를 나눌 때도 마찬가지였

다. 대부분 소 교수의 의견에 동의를 했지만, 아니다 싶은 것은 바로 아니라고 말할 때도 간혹 있었다.

송현우가 지적한 밑도 끝도 없는 자신감이란 바로 그 부분이었던 것이다.

"그러니까, 제가 학회에서 토론자, 아니 서광필 선생님과 논쟁하는 걸 걱정하시는 건가요?"

현우는 담배를 재떨이에 대고 두어 번 두드렸다.

"솔직히 말하자면 그래. 넌 학회 경험이 없으니 잘 모르겠지만, 학회는 단순히 학술적인 업적을 뽐내고자 만들어진 무대가 아니다."

윤우는 대꾸하지 않고 가만히 송현우를 바라보았다. 이어 그가 계속 말을 이었다.

"학회는 회원들의 교류의 장이야. 그리고 주최하는 단체의 성향에 따라 참여하는 사람들의 색깔이 결정되지. 국제비교문학회는 연수대에서 만들어진 학회라 그쪽 사람들이 많이 참가할 거고."

"네, 그건 저도 알고 있습니다."

현우는 담배를 물더니 씨익 웃었다.

"그럼 이야기가 쉽겠군. 너도 그렇지만 토론자로 참여하게 되는 서광필 선배도 한국대 출신이야. 연수대 사람들 앞에서 괜한 일을 벌여 한국대 위상에 먹칠을 하지 말라는 얘기다. 알아들었어?"

윤우는 송현우의 말도 일리가 있다고 생각했다. 아니, 그의 말은 당연한 것이다. 과거라면 모를까, 현생의 자신은 서광필의 한참 후배였으니까.

게다가 소진욱 교수의 제자이기도 했다. 제자가 문제를 일으키면 지도교수가 난처한 상황에 빠질 수도 있다. 제자 관리를 어떻게 하냐는 비판이 있을 수도 있다.

"알겠습니다."

송현우의 미간이 찡그려졌다.

"목소리가 시원찮네. 확실히 대답해라. 알았어?"

"네. 그렇게 하겠습니다."

"그래. 그럼 가 봐. 오후 스케줄이었지? 내가 따라가진 못하겠지만 잘 하고 와라."

"다녀오겠습니다."

윤우는 가방을 들고 밖으로 나갔다. 하지만 한동안 연구실 앞에서 발을 뗄 수가 없었다.

'생각해 보면 송 선배의 말도 틀린 건 아냐. 이거 내가 전생에 얽매여 너무 감정적으로 생각했던 건가?'

윤우는 뜨거웠던 가슴이 빠르게 식어감을 느꼈다. 덕분에 현재의 상황을 냉철하게 바라볼 수 있었다. 현실의 벽은 윤우가 생각했던 것보다 훨씬 높고 견고했다.

한국대학교라는 이해관계가 없었더라면 마음 편히 학회에 나갈 수 있었을 것이다. 하지만 서광필 교수는 자신의 대선배였고, 학계에서 주목받는 신인이었다.

'현우 선배의 말을 무시하고 학회에서 서광필 그 사람과 부딪히면 어떻게 될까?'

윤우는 다시 걸음을 옮겼다. 4층 과실로 향하는 계단을 오르며 곰곰이 생각해 보았다. 계단 한 층을 다 오르기도 전에 윤우는 결론을 쉽게 얻었다.

'아마 후폭풍이 제법 크게 일어나겠지.'

서광필 교수와 틀어지는 것은 둘째치고라도 송현우가 자기 말을 어떻게 들었냐며 난리를 칠 것이고, 나아가서 소진욱 교수도 쓴소리를 할 게 분명했다.

학계는 위아래가 분명한 곳이다. 특히 인문대학 중 국문학계는 보수적이기로 유명하다. 아랫사람이 윗사람을 공격하는 것은 있을 수 없는 일이었다.

만약 그것이 하극상으로 비춰진다면 자신의 앞길은 험난해질 수밖에 없다. 아무리 규모가 작은 학회라고 해도 이 바닥이 워낙 좁기 때문에 소문이 퍼져나가는 것은 금방이니까.

'그렇게 되면 나중에 불이익을 당할 수도 있을 거야.'

학계에서 소문이 안 좋게 나면 그 흔한 시간강사 자리도 받지 못하게 될 수도 있다.

시간강사 선임권은 전적으로 전임교수들의 손에 쥐어 있었다. 보수적인 교수들이 윗사람에게 대드는 걸로 소문난 사람을 좋아할 리가 없다.

나아가서는 전임교수 심사에서 불이익을 당할 수도 있었다. 교수 심사는 굉장히 까다롭다. 학계에서의 평판은 물론 지도교수의 의견까지 받기 때문이다.

윤우는 잠시 걸음을 멈췄다.

문득 이상한 기분이 들었기 때문이다. 이렇게 주변 눈치를 보면서까지 고민하는 것은 왠지 자기답지 않다고 생각했다.

'내 인생이야. 지금까지 그래왔던 것처럼 내가 하고 싶은 대로 하는 게 옳은 게 아닐까?'

그게 가장 후회가 적게 남는 일이기도 했다. 일이 틀어지더라도 명분이 남는다.

'남의 눈치를 보는 건 왠지 나답지 않은 일이고.'

윤우는 곧 미소를 되찾았다.

학문의 세계에서 거짓말은 필요 없었다. 남의 비위를 맞추는 것도 필요하지 않은 일이다.

그렇게 해서라도 교수자리를 얻어야 했다면 진즉에 얻었을 것이다. 윤우는 더러운 현실과 타협하고 싶지 않았다.

자신이 옳다고 생각하는 것을 끝까지 밀고 나가는 것만이 중요하다는 사실을 다시금 깨우친 윤우. 차갑게 식었던 가슴이 다시금 열정으로 끓어오르기 시작했다.

'한번 해 보자. 내가 가려는 곳이 곧 길이 될 수 있도록.'

◈

토요일이라 인문관 전체는 조용했지만, 과실 안에는 승주와 소영이가 있었다.

"늦었네. 일찍 온다더니."

"잠깐 현우 선배랑 이야기 좀 하느라고."

그 둘은 나란히 소파에 앉아 있었는데, 평소보다 서로 거리가 가까웠고 손까지 잡고 있었다.

윤우는 미소를 지으며 물었다.

"드디어 사귀기로 한 거야?"

"그렇게 됐어."

승주는 손을 놓으려고 했지만 소영이가 꽉 쥔 탓에 그러지 못했다. 그 장면을 보며 윤우는 승주가 앞으로도 계속 잡혀 살 것 같다는 예감을 받았다.

"부디 헤어지지 말고 끝까지 만나길 바란다. 괜히 틀어지면 중간에 있는 내가 불편하니까."

"걱정하지 마. 그럴 일은 없을 거니까. 그치?"

"그, 그렇지."

"정소영. 억지로 대답을 강요하진 마라."

"강요한 거 아니거든!"

훈수는 그것으로 끝이었다. 윤우는 더 이상 둘을 놓고 이래라 저래라 하지 않았다.

윤우는 안다. 연애감정이 그리 오래가지 않는다는 사실을. 지금이야 시작하는 단계이니 뭐든 좋아 보이겠지만, 백 일만 지나도 상대방의 단점이 훤하게 보이는 법이다.

물론 윤우는 그러지 않았다. 가연이와 천생연분이라고 생각될 정도로 잘 맞았으니까.

윤우는 시계를 바라보았다. 11시 30분이 약간 안 되어 있었다.

"슬슬 갈까?"

원래는 승주와 함께 가기로 했었다. 승주는 학회 회원이었으니까. 하지만 소영이의 태도를 보니 왠지 끝까지 따라다닐 것 같은 느낌이 들었다.

"그런데 정소영. 너도 따라 가려고?"

"나도 구경해 보려고. 물어보니 학부생은 공짜로 참관 가능하다고 하더라. 어차피 오늘 할 일도 없고 승주랑 데이트나 해야지. 학회 데이트, 얼마나 학구적이고 멋져?"

윤우는 한숨을 내쉬었다. 하긴, 스무 살이니 그런 발상이 가능한 거겠지만.

"주말엔 과외라도 하지 그러냐. 그게 더 생산적인 일일 것 같은데."

윤우가 구박하자 소영은 인상을 찡그렸고, 승주가 재빨리 중재했다.

"자, 자. 싸우지들 말고… 그런데 가기 전에 점심 먹고 가는 게 낫겠지? 도착하면 시간이 애매해질 것 같은데. 두 시 발표라고 했던가?"

"맞아."

연수대학교에 도착하면 어차피 그쪽도 점심시간일 것이다. 윤우는 그렇게 하는 게 좋겠다고 답하고 두 사람과 함께 과실을 나섰다.

신촌에 위치한 연수대학교는 규모 면에서 서울에서 두 번째로 큰 대학이었다. 첫 번째는 물론 윤우가 속해있는 한국대학교였다.

지하철역 근처에 있는 패스트푸드점에서 간단히 점심을 해결한 세 사람은 목적지로 이동했다.

지방 출신인 소영이는 신기한 눈으로 주변을 돌아보고 있다. 신촌이 처음은 아니었지만 이렇게 번화한 광경은 여전히 그녀의 이목을 끌었다.

"우리 그냥 학회 가지 말고 여기서 놀까? 보드 게임방도 많고, 재미있는 거 많을 거 같은데."

윤우는 '그러면 그렇지'라는 느낌으로 피식 웃었고, 승주는 난처한 표정을 지었다.

"안 돼. 오늘 꽤 중요한 학회니까. 윤우 처음 발표하는 날이라고 했잖아."

그 말에 소영이의 얼굴이 순식간에 무표정으로 변했다. 아차 싶었던 승주가 소영이의 어깨를 감쌌지만, 소영이는 몸을 비틀어 그의 손을 피했다.

"저기… 삐쳤어?"

"몰라."

"미안해."

"뭐가 미안한데?"

"그냥 다."

"흥."

대답이 잘못된 모양이다. 소영이는 인상을 쓰며 고개를 홱 돌려버렸다.

승주는 어쩔 줄 몰라 하며 소영이를 달랬다. 그는 연애가 이번이 처음이었다. 소영이의 이런 태도는 헤겔의 관념론보다 더욱 어려운 것이었다.

두 사람이 그렇게 의미 없는 감정낭비를 하고 있는 사이, 문득 가연이 생각이 난 윤우는 휴대폰을 꺼내 잘 하고 오겠다고 간단히 문자를 남겼다.

답장이 바로 왔다. 하트가 섞인 응원 문자에 윤우는 씨익 미소를 지었다. 그녀가 고마웠다. 승주의 경우처럼 쓸데없는 일로 감정낭비를 하지 않게 해 주니까.

세 사람은 국제비교문학학회 학술대회가 진행되고 있는 건물로 들어갔다. 캠퍼스가 굉장히 넓었지만 미리 약도를 숙지했기 때문에 장소를 찾는 것엔 어려움이 없었다.

"안녕하세요."

접수대엔 젊은 여성이 자리를 지키고 앉아 있었다. 그 옆으로 간식으로 먹을 수 있는 과자와 각종 음료들이 놓여 있었다.

"성함이?"

"한국대의 김윤우입니다. 오늘 2부 발표자예요."

"아, 김 선생님. 어서 오세요. 기다리고 있었습니다. 명패 받으시고 대기해 주세요."

윤우는 명패를 목에 걸고 승주와 소영이가 등록을 하길 기다렸다.

그런데 그때 복도 끝에서 윤우의 시선을 사로잡는 사람 하나가 있었다. 짧은 머리카락에 야윈 얼굴. 그리고 쌍꺼풀이 없는 얇은 눈매.

그는 분명 전생의 지도교수였던 서광필이었다.

잠시 그를 바라보고 있던 윤우는 마음을 다잡고 서광필이 있는 곳으로 당당히 걸어갔다.

그는 누군가와 이야기를 나누고 있었다. 윤우는 대화가
끝날 때까지 잠시 기다렸다가 슬쩍 끼어들었다.

　　"서광필 선생님. 안녕하세요?"

　　그의 시선이 이쪽을 향했다. 윤우는 싱긋 웃으며 그를
마주 바라보았다.

　　"누구……?"

　　"오늘 발표하기로 한 김윤우입니다."

　　그제야 서광필의 시선이 윤우가 걸고 있는 명패에 닿았
다.

　　"아! 윤우 후배구나. 이거 반가워. 전에 한국대에서 한
번 봤던가?"

　　서광필이 손을 내밀었다. 윤우는 기꺼이 그의 손을 잡아
악수했다.

　　"아뇨, 오늘 처음 뵙는 거예요."

　　"그래? 다른 사람이랑 헷갈렸나 보네. 아무튼 논문은 잘
봤어. 감탄했지 뭐야."

　　한국대라는 동질감이 크긴 큰 모양이다.

　　과거에 윤우는 지도교수였던 서광필에게 칭찬을 들어본
적이 한 번도 없었다. 그런데 처음 보자마자 잘 썼다는 칭
찬을 들으니 기분이 묘해졌다.

"학교 이름을 부끄럽게 하면 안 되니 열심히 썼습니다. 소진욱 선생님께서 많이 봐주시기도 했고요."

"그렇구나. 소진욱 선생님은 잘 계시지?"

"예, 잘 계십니다."

대화는 그것으로 끝이었다. 서광필은 다른 참가자가 말을 걸어오자 그쪽으로 관심을 돌렸다. 윤우는 이따 발표 때 뵙자는 말을 남기고 친구들과 안으로 들어갔다.

문을 열고 들어간 윤우는 살짝 놀랐다. 등재지가 아니라 후보지 학술대회인데도 사람이 굉장히 많았기 때문이다.

얼추 잡아도 100명 이상이 모인 것 같았다. 연수대학교 국문과에서 학생들을 동원한 것도 있겠지만, 이정도 규모는 윤우도 쉽게 경험할 수 없는 것이었다.

'생각보다 무대가 큰데?'

윤우의 심장이 두근거리기 시작했다.

하지만 긴장해서 그런 것이 아니었다. 윤우는 가벼운 흥분을 느끼고 있었다.

"나는 앞에서 발표 준비하고 있을게. 너희들은 여기서 보고 있어."

"알았다. 잘 하고 와."

"김윤우 파이팅!"

윤우는 친구들과 헤어진 다음 앞좌석으로 이동했다. 그리고 미리 준비한 자료를 꺼내 하나씩 신중히 넘겨보기 시작했다. 1부에 발표된 내용도 미리 체크했다.

어느덧 앞선 발표가 끝나고 휴식 시간이 찾아왔다. 그 사이 윤우는 학회 간사의 안내를 받아 연단으로 이동했다. 테이블엔 마이크와 물이 한 통 놓여 있었다.

그때 옆쪽 토론석에 서광필이 자리했다. 그는 씨익 웃으며 윤우를 바라보았다.

'저 간사한 미소는 여전하군.'

윤우는 그게 싫었다. 겉으로 보면 배려심에서 나오는 미소처럼 보이지만, 실은 우월한 위치에서 아랫사람을 깔아뭉개는 그런 악의적인 미소였다.

"긴장되지? 처음이라 많이 떨릴 거야. 그래도 긴장하지 말고 차분히 하고 싶은 말을 다 하도록 해."

"그래도 되나요? 하고 싶은 말을 다 해도."

윤우는 의도적으로 '하고 싶은 말'을 강조했다.

"당연하지. 여기는 네 무대야. 준비해 온 것을 마음껏 펼쳐봐라."

"잘 알겠습니다."

윤우는 살짝 웃으며 고개를 끄덕였다. 시선을 움직이며 학회에 참석한 사람들을 쭉 둘러보았다. 그러다가 익숙한 얼굴 하나를 발견했다.

시선이 마주치자 그 여자는 손을 들며 웃어 주었다. 그녀는 분명 한국대 국문과 강민혜 교수였다. 윤우는 조금 놀랐지만 고개를 숙여 그녀에게 인사를 했다.

그런데 그 옆자리에 의외의 사람이 앉아 있었다.

'소진욱 선생님?'

소 교수도 윤우를 보고는 손을 들어 주었다. 윤우는 겉으로는 웃어 보였지만, 속으로는 마음이 편치 않았다. 이렇게 되면 마음 놓고 서광필을 공격할 수가 없다.

하지만 윤우는 고개를 가로 저었다.

'괜찮아. 내 방식대로 하기로 했으니까 흔들릴 필요 없어.'

윤우는 발표문을 덮었다. 그리고 눈을 감고 차분히 생각에 잠겼다.

"곧 2부 두 번째 발표가 시작되겠습니다. 청중께서는 착석하여 주십시오."

발표회장을 거닐던 사람들이 하나 둘 자신의 자리에 앉기 시작했다. 주변을 둘러보던 진행자는 다시금 마이크로 공지사항을 전했다.

"이번 발표자는 한국대학교 국문과 김윤우 선생님입니다. 토론자는 백은대학교 국문과의 서광필 선생님을 모셨습니다. 그럼 발표 듣도록 하겠습니다."

사회자가 고개를 끄덕여 신호를 보내자 윤우는 마이크를 손에 들었다.

"제 연구의 목적은 국내 과학소설의 수용계층이 어떻게

변화했는가를 탐구하는 것입니다. 아마 과학소설이라는 소재가 낯선 선생님들도 계실 것 같은데요. 개인적인 생각이지만 과학소설이야말로 '근대문학과 이성'이라는 본 학회의 테마에 잘 어울린다고 봅니다."

윤우는 자신만의 방식으로 발표를 시작했다. 발표문을 그대로 소리 내어 읽는 것이 아니라 강연을 하듯, 청중과 눈을 하나씩 마주하면서.

덕분에 학회에 참여한 소진욱 교수와 강민혜 교수는 감탄을 하며 귓속말로 서로 의견을 나누었다.

"꽤 난이도가 높은 방법인데 저런 방식으로 발표를 하다니… 선생님께선 정말 대단한 제자를 두셨네요."

소진욱 교수는 만족스럽게 웃었다.

"내년엔 서은하 학생도 강 선생 밑으로 들어가잖나. 은하도 개인적으로 기대가 큰 아이야."

"그렇긴 해도 윤우가 참 탐나요. 정말 문학 연구를 위해 태어난 학생이라고 할까요? 예전에 입학 면접을 볼 때도 그랬고. 선생님께는 죄송하지만 제가 데려가고 싶네요."

그렇게 두 사람이 이야기를 주고받는 사이 윤우의 발표는 본론으로 들어가고 있었다.

"그렇다면 근대란 무엇일까요? 오늘 이 자리에 모여주신 많은 선생님들께서 의견을 밝혀 주셨겠지만, 개인적 견해로는 근대야말로 계몽과 이성을 근간으로 하는 시대라고 봅니다. 어둠에 휩싸인 중세를 밝힌 빛, 다시 말해 계몽의 어원이 '밝게 하다(en-light)'인 이유도 바로 그 때문이지요. 계몽은 곧 이성이라고 할 수도 있을 겁니다. 그리고 근래의 계몽은 곧 과학이었죠."

윤우는 시선을 승주 쪽으로 옮겼다. 순간 그와 논쟁했던 근대성에 대한 이야기들이 머릿속을 스치고 지나갔다.

"그렇다면 문학은 과학이라는 '현상'을 어떻게 품었는지 살펴볼 필요가 있다고 봅니다. 제 연구의 시작점은 바로 이러한 의문을 기반으로 하고 있지요. 아시다시피, 실제로 많은 작가들이 과학적인 소재를 작품에 녹이려 노력을 했었습니다. 춘원(春園)이 그랬고, 김동인과 김우진도 마찬가지였지요. 실로 다양한 방법으로 과학적인 소재들이 작품에 녹아 있었습니다."

윤우의 목소리 이외에는 아무 소리도 들리지 않았다. 다들 그의 발표에 집중하고 있었다. 소진욱 교수와 강민혜 교수도 마찬가지였다.

"발표문을 잠깐 보시죠. '계몽의 서사', '이데올로기의 서사', '아동의 서사'라는 구분이 있는데, 이는 제가 임의대로 설정한 과학소설의 시대구분법입니다. 발표문에서 확인하실 수 있는 것처럼, 각 시기를 대표하는 작품들은 저마다의 특색이 있지요. 계몽의 서사에 속하는 작품은 애국계몽적인 특징이, 그리고 이데올로기의 서사에 속하는 작품은 1920년대부터 문단을 주도한 카프(KAPF) 작가들의 번역이 주를 이뤘다는 특징이 있습니다. 마찬가지로 아동의 서사 시기에는 과학소설이 주로 아동 잡지에 발표되는 경향이 보이고 있습니다. 또한……."

윤우의 발표는 그로부터 20여 분간 진행되었다. 좌중은 침묵을 유지한 채 많은 사람들이 윤우의 강연을 경청했다.

무엇보다도 학계에서 비주류였던 과학소설에 대한 논의였기 때문에 관심을 더욱 끌 수가 있었다. 승주와 소영이도 발표문과 윤우를 번갈아 바라보며 공부하듯 시간을 보냈다.

"……결론적으로 1970년대부터 사용되기 시작한 '공상'이라는 수식어는 단순히 무비판적인 번역의 결과물이 아니라고 볼 수 있습니다. 지금까지 제가 말씀드린 독자 계층의 축소와 내용적 변모에 편승한 결과라고 할 수 있는 것이지요. 저의 연구는 이러한 과정을 개략적으로 보여드린 것에 지나지 않습니다. 향후 이 분야에 대한 관심이 높아져 많은 연구물들이 나왔으면 하는 바람입니다. 이상 발표를 마치겠습니다. 경청해 주셔서 감사합니다."

발표를 마무리하며 윤우는 서광필을 바라보았다. 예상대로 그는 당황하고 있었다. 대본을 읽는 방식으로 발표를 하지 않았기 때문에 발표문에 없는 내용이 많이 나온 것이다.

그 내용은 학부 1학년 학생이 소화할 수 없는 것들이 많았다. 때문에 윤우를 단순히 학부 1학년으로 취급하고 있던 서광필은 토론의 포커스를 다시 수정할 수밖에 없었다.

잠시 침묵이 이어졌다. 서광필이 다시 발표문을 뒤적이는 사이 진행자가 마이크를 잡았다.

"발표 잘 들었습니다. 김윤우 선생님께 감사의 인사를 전합니다. 자, 그럼 다음으로 서광필 선생님의 토론을 듣도록 하겠습니다."

포커스가 서광필 쪽으로 쏠렸다.

그는 이미 평정을 되찾은 후였다. 역시 주목받는 신예였던 것일까. 하지만 토론문 쪽으로 손을 뻗는 그의 손은 미세하게 떨리고 있었다.

그것을 포착한 윤우는 씨익 웃었다. 그리고 먼저 마이크를 들었다.

"토론에 앞서 여러분들께 드릴 말씀이 있습니다. 사실 저는 학부생입니다. 올해 대학에 들어온 새내기지요. 때문에 부족한 점이 많이 보일 수 있습니다. 토론을 맡게 되신 서광필 선생님께도 죄송스럽군요."

"아닙니다. 괜찮습니다."

서광필이 미리 준비한 토론문을 집었다. 그리고 그것을 읽기 시작했다.

"발표는 잘 들었습니다. 한국의 근대 문학을 과학과 접목시킨 사례는 흔치 않은데, 이런 귀한 발표문에 토론자로 나서게 된 점 정말 영광입니다."

흘려들어도 좋은 미사여구다. 윤우는 집중하며 그의 다음 말을 기다렸다.

"그러나 몇 가지 의문이 가는 점이 있는데요, 김윤우 후배… 아니 김 선생님께서 논의에서 사용하신 '근대성'이라는 정의가 굉장히 모호하다고 봅니다. 이러한 상태로 논의가 되는 것은 위험하지 않나 생각하는데요?"

중간에 '후배'라고 말실수를 한 것은 흘려들을 수가 없었다. 실수인 것 같지만 다분히 의도된 행동이었다. 그런 식으로 아랫사람들을 압박하는 것은 서광필의 주특기였다.

전생의 경험을 통해 그것을 잘 알고 있는 윤우가 가만히 있을 리가 없었다.

"죄송합니다. 제가 설명을 지나치게 빨리 한 모양입니다. 아까 중간 대목에서 분명히 설명을 했었는데 말입니다."

윤우는 의도적으로 서광필이 아닌 청중에게 대답을 했다.

좌중에서 자그마한 웃음소리가 들렸다. 순간 서광필 교수의 얼굴에 불쾌한 그림자가 드리워졌다.

"발표문에는 없는 내용이라 다시 설명을 드려야 할 것

같네요. 여러분들도 다들 알고 계시다시피 근대성이라는 용어에는 다양한 관점이 존재합니다. 하지만 크게 두 가지로 나누어 볼 수 있다고 한다면, 역시 '발전 과정'의 측면에서 볼 것이냐, 혹은 '이념 양상'의 측면에서 볼 것인가 하는 문제일 겁니다."

소진욱 교수는 턱을 쓸어 만지며 신중하게 생각에 잠겼다. 표정이 편해 보이지 않았다. 윤우가 서광필을 자극하고 있는 것이 눈에 보였던 것이다.

그럼에도 윤우의 설명은 계속되었다.

"하지만 '합리성'이라는 개념만큼은 두 시각에 존재하는 공통분모라고 할 수가 있겠지요. 제가 사용한 근대성이라는 용어는 19세기 중반 프랑스에서 논의된 미적 개념이 아니라 19세기 유럽 전반에 나타난 서양의 문명화 개념입니다."

서광필을 노려보던 윤우의 시선이 다시 청중으로 향했다. 자연스러운 논조를 위해, 윤우는 일부러 소영이에게 시선을 고정했다.

"합리성이라는 말에 질문이 나올 수도 있어 미리 설명을 드린다면, 역시 과학적 합리성이냐, 혹은 인문적 합리성이냐 하는 논증도 역시 필요하다고 봅니다. 몽테뉴와 데카르트 이야기를 해야 하는데… 이는 1부 김강태 선생님께서 발표한 내용에 포함되어 있으므로 자세한 설명은 생략

하도록 하겠습니다. 아시다시피 논증의 대상 자체가 굉장히 지루하니까요."

좌중에서 다시금 웃음소리가 나왔다. 윤우는 그것을 시작으로 토론을 완전히 지배하는 데 성공했다.

"결론만 말씀드리면 근대라는 것은 '과학적 합리성'과 결부되어 모든 체계와 지식들이 '과학'이라는 명칭으로 통합되었다고 보는 것이 옳겠습니다. 제가 사용한 근대성이라는 명칭에는 이러한 사유가 녹아 있습니다."

장황한 답변을 마친 윤우는 서광필을 보며 살짝 웃었다. 그리고 한마디를 덧붙였다.

"질문에 대한 충분한 답변이 되셨는지요?"

서광필은 두 눈을 몇 번 깜빡이다 정신을 차리고 다시 마이크를 잡았다.

"……감사합니다. 근대성에 대한 선생님의 의견은 잘 들었습니다."

도무지 학부 1학년이라고 생각할 수 없는 수준이었다.

무엇보다도 토론을 귀담아 듣지 않은 자신의 실수를 지적한 것이 뼈아팠다. 학부 1학년이니 당연히 준비한 발표문을 그대로 읽을 줄 알았던 것이다.

방심을 이용한 윤우의 전략이 적중하는 순간이었다.

서광필의 눈이 토론문으로 다시 움직였다. 그는 이어질 토론 내용을 읽어 나갔다.

"본 연구의 핵심은 역시 독자, 즉 '수용계층'이라고 봅니다. 하지만 논문에 제시된 데이터로는 수용계층의 특성이 제대로 드러나 있지 않다고 생각합니다만. 이에 대해서 어떻게 생각하시는지요."

"죄송합니다만, 말씀하신 수용계층의 특성이란 정확히 무엇인가요? 저는 이 논문에서 수용계층의 특성을 밝히기 위해 각 매체의 특성을 고찰했습니다. 그 자료가 유의미하지 않다는 것인가요? 아니면 다른 자료가 필요하다고 생각하시는 건가요?"

"그건……."

토론을 지켜보던 소진욱 교수의 표정이 조금 굳어졌다. 윤우가 오히려 역공을 시작했던 것이다. 그때 옆에 있던 강민혜 교수가 조용히 한마디 했다.

"적절한 지적이네요. 서광필 선생이 두루뭉술하게 질문한 게 실수였어요. 저런 질문은 대학원생도 하지 않는다고요."

강민혜 교수는 이 상황을 완전히 즐기고 있었다. 아직까지도 미소가 입가를 떠나지 않고 있다.

"그렇긴 해도 좀 신경이 쓰이는데. 저렇게까지 할 필요는 없잖아?"

"한번 지켜보고 싶네요. 어디까지 나아갈지."

"강 선생."

"아, 죄송합니다. 나쁜 뜻은 없었어요."

한숨을 내쉰 소진욱 교수는 다시 연단을 주목했다. 연단에서는 윤우와 서광필 교수의 논쟁이 계속되고 있었다.

◆

"독자라고 폭을 좁히고 싶군요. 매체의 특성을 알 수 있다고 해서 일개 독자의 독서 태도나 사상을 알 수는 없습니다."

윤우는 고개를 끄덕였다.

"옳으신 말씀입니다. 하지만 그 부분에 대해서는 방법론적인 한계가 분명히 있다는 말씀을 드리고 싶네요. 타임머신을 타고 과거로 돌아가 독자들과 인터뷰를 할 수는 없지 않습니까. 기껏해야 독자들이 남긴 기고문이 그들의 특성을 파악할 수 있는 자료가 됩니다. 그리고 그것이 실려있는 것은 우리가 흔히 말하는 '매체'라는 것이고요."

윤우는 어조를 훨씬 낮춰 강약을 조절했다. 지속적으로 강하게 나가면 부러질 뿐이다. 윤우는 그러한 상황을 원하지 않았다. 단지 구부리기만 하면 된다.

잠시 뜸을 들인 윤우가 추가로 답했다.

"근대문학을 논할 때 매체에 대한 분석이 빠지지 않는 이유는 매체가 그 시기의 문학에 특정한 영향을 끼치고,

그 영향의 범위를 결정하는 역할을 수행했기 때문입니다. 잡지나 신문의 창간사를 보면 매체가 지향하는 바가 분명히 나타나 있는 것이 좋은 예가 됩니다. 따라서 수용계층을 분석하는 것에 있어 매체에 대한 접근은 타당하다고 생각됩니다."

"좋습니다. 하지만 식민지 시대의 문맹률을 따져본다면, 아무리 매체가 영향력을 가지고 있다고 해도 수용과정에 한계가 있지 않았을까요? 그런데 김 선생님의 연구내용을 보면 문맹률에 따른 접근의 한계에 대해서는 전혀 언급이 없군요."

서광필은 간만에 자신 있는 어조로 질문을 던졌다. 스스로 생각하기에 윤우의 논지를 파훼할 만한 회심의 질문이었다.

하지만 윤우는 여유롭게 웃었다.

"서광필 선생님께서는 1930년대 식민지 조선의 문맹률이 몇 퍼센트였는지 아십니까?"

"대략 65퍼센트 정도인 걸로……"

"정확히는 77.74퍼센트입니다. 물론, 멋대로 추측한 수치는 아닙니다. 재작년 방효순 선생님께서 쓰신 논문을 보면 그 구체적인 데이터를 확인할 수 있지요. 아무튼, 문맹률이 높다고 해서 수용에 문제가 있다고 볼 수는 없습니다. 이는 당시의 독서 관습과 관련된 것인데……"

윤우는 서광필의 지적을 철저히 논박해 나갔다. 서광필은 침묵할 수밖에 없었다. 주변에서 웅성거리는 소리가 더욱 크게 들리기 시작했다.

이것은 그가 머릿속에 그리던 토론이 아니었다. 선생이 제자에게, 선배가 후배에게 지식을 전하는 자신만의 무대가 될 것이라고 생각했었다.

하지만 현실은 전혀 다르게 돌아가고 있었다. 눈앞의 청년은 자신의 질문에 단 한 치도 굽힘이 없이 치고 들어왔다. 때때로 자신을 당황스럽게까지 했다.

앞에서 당당하게 설명을 이어가는 저 청년이 정말 학부 1학년이라고?

믿을 수가 없었던 서광필은 멍한 상태로 윤우의 설명을 흘려보내야 했다.

"서광필 선생님?"

한참 후 정신을 차리고 보니 윤우가 자신의 질문을 기다리고 있었다. 당연히 서광필은 그 어떠한 내용도 머릿속에 담지 못했다.

"그러니까⋯⋯."

하지만 서광필은 말을 잇지 못했다.

결국 그는 표정을 굳히며 토론문을 내려놓았다.

"⋯⋯토론 내용은 여기까지입니다. 김윤우 선생님, 발표 잘 들었습니다."

"감사합니다."

그렇게 윤우의 첫 발표가 끝이 났다. 다른 발표보다 훨씬 큰 박수가 연단으로 쏟아졌다. 환하게 웃은 윤우는 소진욱 교수 쪽으로 시선을 돌렸다.

하지만 그 자리는 비어 있었다. 심상치 않은 느낌을 받은 윤우는 재빨리 연단에서 내려와 밖으로 나갔다.

◆

소진욱 교수는 어느새 토론을 마치고 내려온 서광필과 이야기를 나누고 있었다.

"이거 미안하게 됐어. 괜히 내 제자가 자네에게 무례하게 군 것 같아서."

"아닙니다. 이거 정말 똑똑한 제자를 두셨던데요? 웬만한 대학원생보다 낫더군요. 부럽습니다."

"그러니까 자네도 어서 자리를 잡고 후학을 양성해야지. 백은대에선 특별한 얘기가 없었나? 교무처장에게 힘 좀 써달라고 부탁을 해두긴 했는데 말이야."

"예, 아직은……."

윤우는 뒤쪽 기둥에 몸을 가린 채 둘의 대화를 엿듣고 있었다.

'교무처장에게 힘 좀 써달라고 했다고? 소진욱 선생님

이 서광필의 뒤를 봐주고 있었나?

그것은 모르고 있던 사실이었다. 윤우는 일이 재미있게 돌아간다고 생각했다.

소진욱 교수가 밀어주는 이상 서광필은 오늘 있었던 일을 그대로 덮고 넘어갈 가능성이 높다. 괜히 그 제자의 불경함을 떠들다가 되레 소 교수에게 찍힐 수도 있으니 말이다.

하지만 보다 확실히 할 필요가 있었다. 윤우는 입가에서 미소를 지우고 기둥에서 나와 두 사람의 대화에 끼어들었다.

"죄송합니다, 선배님. 제가 너무 무례했지요? 아까 선배님께서 하고 싶은 말은 다 하라고 하셔서, 너무 마음을 놓았나 봅니다."

"뭐? 그런 말을 했었나?"

소진욱 교수가 묻자 윤우는 고개를 끄덕였다.

"발표 시작하기 전에요. 그래서 제가 말을 가리지 않고 다 한 겁니다."

"아아, 그랬군. 확실히 서광필 선생은 아량이 넓어 후배들의 의견에도 귀를 기울일 줄 아는 사람이니까."

"과찬이십니다."

윤우가 먼저 선수를 친 덕에 서광필은 어색하게 웃을 수밖에 없었다. 그제야 윤우가 하고 싶은 말을 다 해도 되냐고 되물었던 의도를 깨달았다.

영악한 꼬맹이. 서광필은 윤우를 그렇게 평가했다.

하지만 겉으로 티를 내진 못했다. 윤우는 소진욱이 아끼는 제자였으니까. 그가 교수임용에 힘을 써주고 있는 이상 이런 문제는 서로 좋게 넘어가는 편이 좋았다.

모든 상황이 윤우가 예측한 대로 흘러갈 무렵, 서광필이 다시금 윤우에게 악수를 청했다.

"오늘 참 많이 배웠어. 똑똑한 후배를 둬서 기쁘다. 다음에 만날 때가 기대되는군."

"저야말로 많이 배웠습니다. 앞으로 선배님께서 부끄러워하시지 않게 열심히 노력할게요."

물론 빈말이었다. 앞으로도 윤우는 서광필을 선배라고 생각하지 않을 예정이었다. 인간성이 근본적으로 바뀌지 않는 이상 말이다.

서광필은 윤우에게 몇 가지 조언을 해 준 다음, 소진욱 교수에게 작별 인사를 건네고 자리를 떴다.

"김윤우. 잠깐 이야기 좀 할까?"

"예, 선생님."

윤우는 소진욱 교수를 따라 밖으로 나왔다. 그리고 조용한 곳에서 한참동안이나 이야기를 나눴다.

이야기를 나눴다고 하기 보다는, 일방적으로 소진욱 교수의 이야기를 들어야 했다. 오늘 있었던 발표에서 어떤 것들이 문제였는지 하나씩 지적을 했다.

"학회 발표가 처음이니 이번에는 그냥 넘어가도록 하지. 서 선생이 화를 자초한 것도 있으니… 하지만 다음부터는 좀 배려하도록 해. 부족한 부분이 있어도 자네 선배야. 알았나?"

"알겠습니다."

서광필은 멍청한 사람이 아니었다. 오늘은 방심한 탓에 이렇게 일방적으로 당한 것이지만, 다음에는 만만치 않은 논리로 무장하고 나올 것이 분명했다.

그는 빚지고는 못 사는 성격이었다. 윤우는 당분간 그의 활동을 주시해야겠다고 생각했다.

"아무튼 오늘 정말 수고 많았다. 기대 이상이었어. 강민혜 선생이 자네를 탐내더군. 이러다 뺏기는 건 아닌가 몰라."

"걱정하지 마세요. 아시잖아요? 소진욱 선생님이 제가 한국대에 온 이유 중 하나라는 거."

"그래. 물론 잘 알지."

소진욱 교수의 미소를 보니 이제야 모든 일이 끝났다는 실감이 들었다. 그렇게 윤우는 소진욱 교수와 함께 발표장으로 돌아왔다.

돌아오는 길에 윤우는 문득 그런 생각이 들었다.

'서광필이 그랬던 것처럼… 소진욱 선생님도 언젠가 날

배신하는 날이 올까?

불가능한 일은 아니었다. 전생의 백은대학교 시절만 해도 서광필 교수가 자신을 절대 버리지 않을 거라고 생각했었으니까.

하지만 배신은 순간이었고, 그 고통은 영원했다.

결국 윤우는 이러한 결론을 내렸다.

'누구도 믿어선 안 돼. 믿을 수 있는 건 내 실력뿐이야. 방심하지 말자.'

윤우와 소진욱 교수는 조용히 발표장 안으로 들어갔다.

다음 차례 발표가 한창 진행되고 있었다.

"진짜 넌 대단한 놈이야."

승주의 한마디에 고기를 굽던 윤우가 피식 웃었다. 학회가 끝난 뒤 세 사람은 학회에서 마련한 만찬에 참여하지 않고 고깃집에서 따로 뒤풀이를 했다.

"대단하긴. 그냥 배운 대로 했을 뿐이다."

"오호라, 딱 그 느낌인데? 수능 만점자가 뉴스 인터뷰에 나와서 교과서로만 공부했는데요, 라고 하는 거."

윤우가 제법이라는 표정으로 소영이를 바라보았다.

"오랜만인데? 정소영이 영양가 있는 말을 하는 건."

"날 무시하는 건 김윤우 너뿐이야. 알아?"

윤우와 소영은 학회가 끝난 지금까지도 여전이 티격태격했다. 결국 중재를 해야 하는 건 승주였다.

"자자, 그러지들 말고 한잔 하자."

"건배! 짠!"

글라스가 부딪히는 소리가 났다. 소주잔을 든 윤우와 승주, 그리고 소영이는 그대로 잔을 비웠다. 마음의 짐을 내려놓고 먹는 삼겹살과 소주는 정말 기가 막혔다.

그렇게 한창 재미있게 떠들 무렵, 의외의 손님이 찾아왔다. 백화점 쇼핑백을 든 슬아가 고깃집 안으로 들어온 것이다. 서민적인 고깃집과는 어울리지 않는 화려한 옷을 입은 채.

"윤슬아. 어떻게 알고 왔어?"

"백화점에서 쇼핑하고 있었는데, 너희들 신촌에 있다고 얘길 들어서 잠깐 들렀어."

정보 제공자는 물론 소영이였다.

"뭐 샀는데?"

같은 여자라 그런지 소영이는 쇼핑백에 흥미를 보였다. 슬아는 그녀가 볼 수 있도록 쇼핑백을 옆에 내려두었다. 대단한 건 아니었고, 안에 껴입는 옷 하나였다.

하지만 소영이는 금세 풀이 죽어 쇼핑백을 내려놓아야 했다. 제품 태그에 적힌 금액이 30만원을 훌쩍 넘었기 때문이다. 고작 블라우스 한 장에 말이다.

윤우가 고기를 뒤집으며 슬아에게 물었다.

"저녁은?"

"저녁 먹었으면 안 왔지. 고기 좀 얻어먹을까 해서 왔는데."

웬일로 솔직하게 대답하는 슬아. 가벼이 웃은 윤우는 옆 기둥에 걸려 있던 앞치마를 하나 집어 슬아에게 건넸다. 그리고 삼겹살 2인분과 공깃밥을 추가로 시켰다.

"된장찌개도 시켜 줘."

웬지 슬아와 어울리지 않는 말이었다. 그랬기에 세 친구들은 웃음을 터트렸다. 윤우는 손을 들어 된장찌개 하나를 추가로 시켰다.

"술 마실 거야?"

소영이가 묻자 슬아는 순순히 소주잔을 들었다. 소영이는 신이 난 얼굴로 소주를 한가득 부었다. 슬아와 술을 마실 기회는 흔치가 않다.

잔이 가득 차자 네 사람은 다시 건배를 했다. 슬아는 늘 그렇듯 잔을 절반만 비웠다. 소영이는 잘 익은 고기를 슬아 앞에 옮겨 주었다.

"배 많이 고팠어?"

"점심때부터 아무것도 못 먹었어. 약속이 하나 취소되는 바람에… 계속 근처 돌아다니다가 백화점에 들른 거야.

그러다 너한테 문자 받은 거고."

"무슨 약속이었는데? 소개팅?"

소영이의 질문에 슬아는 윤우를 빤히 바라보더니 고개를 끄덕였다.

"헐, 정말? 어떤 남자였는데?"

"소개팅이라기보다는, 그냥 인사하는 자리였어. 어머니 친한 친구분 아들인데, 어떻게든 한 번 만나보고 싶다고 졸랐나봐. 거절할 수가 없어서 나온 거였는데 마침 약속이 취소됐지 뭐야."

"잘됐네. 내키지 않으면 안 하는 게 낫지."

소영이는 고개를 끄덕거렸다. 예전에 그런 경험이라도 있는 듯이. 그래서인지 소영이를 바라보는 승주의 표정이 영 편치가 않다.

고기를 굽던 윤우가 집게를 내려놓더니 농담 삼아 말했다.

"내키지 않아도 해야 하는 상황인 것 같은데. 너희들은 모르겠지만, 슬아는 지금까지 연애를 해 본 적이 없어."

"뭐? 정말? 슬아가?"

슬아의 미간이 찌푸려졌다. 하지만 사실이었기 때문에 뭐라 말은 하지 못했다.

"너무 철벽처럼 굴지 말고 슬슬 애인 만드는 건 어때? 너라면 주변에 괜찮은 남자들 줄 서 있잖아."

"관심 없어."

슬아는 술잔을 들더니 술을 한 번에 비워버렸다. 윤우의
말이 오늘따라 너무 야속하게 들렸다.

◆

'적당히 마시라고 할 걸 그랬나?'

윤우는 한숨을 내쉬며 옆쪽을 바라보았다. 슬아는 완전
히 취해 윤우의 어깨에 기댄 채 잠들어 있었다.

두 사람은 지금 택시를 타고 집으로 돌아가고 있었다.
승주 일행과는 이미 신촌역에서 헤어졌다.

슬아는 술을 잘 하지 못한다. 그런데 오늘따라 유독 소
주를 잘 마셨다. 인상을 찌푸리면서까지 말이다.

"손님. 다 왔습니다. 어디로 들어갈까요?"

어느덧 택시가 슬아의 아파트 단지로 들어와 있었다. 윤
우는 주머니에서 지갑을 꺼냈다.

"그냥 여기에서 내려 주세요."

"예, 감사합니다."

계산을 한 윤우는 슬아를 부축하고 밖으로 나왔다. 거의
몸을 가누지 못해 힘이 좀 들었다. 물론, 백화점 쇼핑백도
윤우의 몫이었다.

"윤슬아. 너희 집 몇 동이야?"

"……103동. 1703호."

주변을 두리번거리니 저 앞에 103동 건물이 보였다. 윤우는 슬아가 넘어지지 않도록 잘 부축하며 앞으로 걸었다.

"오늘 뭐 속상한 일이라도 있었어? 안 좋아하던 술을 이렇게나 많이 마시고."

대답은 없었다. 그렇게 두 사람은 103동 건물 앞에 섰다. 전자열쇠를 태그해야 열리는 구조로 되어 있었기 때문에 윤우는 슬아가 열쇠를 꺼낼 때까지 부축해 주었다.

"부모님이 걱정하시겠다. 연락은 드렸어?"

"안 계셔…… 해외출장 가셔서."

띵동―

엘리베이터는 금세 17층에서 멈춰 섰다. 내려서니 눈앞에 1703호 문패가 보였다.

"그럼 난 간다. 푹 쉬어."

"따뜻한 거 마시고 갈래? 이대로 보내긴…… 좀 미안한데."

"됐어. 어서 들어가기나 해."

윤우는 다시 엘리베이터에 올랐다. 슬아는 문이 닫힐 때까지 아무것도 하지 못하고 그를 바라보기만 했다.

이윽고 문이 닫히고 윤우의 모습이 사라졌다. 쓸쓸히 웃은 슬아는 현관을 열고 안으로 들어갔다.

방금 전까지 만취해 비틀거리던 그녀는 아무렇지도 않

다는 듯 평상시처럼 움직였다. 윤우는 몰랐지만, 사실 슬
아는 조금도 취하지 않았다.

NEO MODERN FANTASY STORY

뉴 라이프
NEW LIFE

Scene #32 강민혜 교수

Scene #32 강민혜 교수

윤우의 학술 발표는 꽤 큰 파장을 불러 일으켰다. 긍정적인 방향으로 말이다.

윤우는 학회가 끝난 이후 일주일 내내 각종 학회에서 주제 발표를 해줄 수 있냐는 문의를 받았다. 학부생인 윤우의 참여를 위해 학회 정관을 개정한 학회도 있었다.

지금도 윤우는 '현대문학연구학회'라는 단체에서 걸려온 전화를 받고 있었다.

"예, 죄송합니다. 제가 당분간은 조금 경황이 없을 것 같아서요. 다음에 기회를 주시면 꼭 발표해 보도록 하겠습니다. 예. 아닙니다. 이렇게 전화 주셔서 감사합니다."

윤우는 전화를 끊고 짧게 한숨을 내쉬었다. 하지만 표정은 여느 때보다도 밝았다.

오늘만 세 통 째였다. 윤우를 초빙하려는 학회 중 수준 급의 학회는 없었지만 인맥 관리 차원에서 그들의 연락을 무시하거나 하진 않았다. 다음에 기회를 달라고 정중히 대답을 했다.

'그나저나 이거 생각보다 소문이 빠른데?'

참석자가 많았던 것이 한몫 했는데, 그중에 대학 교수들이 꽤 많았다. 실제로 비교문학 관련 학회다보니 영문과나 일문과 등 타 전공 교수들도 많이 참석했다.

윤우는 이 기세를 살려 내년 1월 쯤 학회를 하나 선정해 연구논문 발표를 해 볼 계획을 세웠다. 그 무렵 신화대학교에서 전국 규모급 학회가 하나 열릴 예정이었다.

문제는 발표 자격. 그래도 큰 걱정은 들지 않았다. 강태완 이사장에게 도움을 청한다면 신화대 총장과 각급 학과장들과 연결되는 것은 일도 아니기 때문이다.

아무튼 지금 윤우는 모든 스케줄을 수능 이후로 조정했다. 수험생 동생 때문이었다.

'이제 수능까지 딱 일주일 남았나?'

강의실로 돌아와 다이어리를 펼쳐본 윤우는 곰곰이 생각에 잠겼다. 11월 5일 수요일에 동그라미가 쳐져 있다.

자연스레 윤우는 전생의 기억을 더듬어 보았다.

이어 수능 날 긴장을 너무 한 탓에 시험을 망치고 펑펑

울었던 동생의 안타까운 모습이 떠올랐다.

물론 현재 예린이는 만화애니메이션 지망이었기 때문에 수능보다는 실기 비중이 훨씬 높긴 하다.

하지만 지망하는 대학이 만화애니메이션 쪽으로는 국내 최고의 대학이라 수능 성적도 당락을 가르는 주요 변수였다.

원하는 대학에 가기 위해서는 1점이라도 더 받아 두는 것이 예린이에게는 유리했던 것이다.

'그땐 부모님도 바쁘고 나도 신경을 써주지 못했었지. 이번에는 내가 좀 나서야겠어. 부족한 부분이 있으면 보충도 해 주고……'

윤우는 그렇게 결심하고는 다시 칠판 쪽으로 시선을 돌렸다.

어느새 교수가 들어와 마이크를 연결하며 강의 준비를 하고 있었다. 윤우 근처엔 자리가 없었기 때문에 뒤늦게 도착한 슬아는 뒷문 쪽에 앉았다.

그렇게 한 시간여가 흘렀다. 강의가 끝나고 학생들이 하나 둘 짐을 챙기고 일어나기 시작했다.

오늘의 마지막 강의를 마친 윤우는 홀가분한 기분으로 교양강의동을 나섰다. 슬아도 윤우를 따라 밖으로 나왔다.

칼바람이 매서웠다. 두 사람은 천천히 인문관으로 걷기 시작했다.

"예린이 수능 때 어쩔 거야?"

슬아가 질문을 던졌다.

"시험장까지 데려다 줄 생각이야. 그날은 집에 일찍 와서 기다리고 있으려고. 넌?"

"나도 시간 내서 가 봐야지. 끝까지 기다려주기는 어려울 것 같지만."

고등학교 시절이었다면 슬아답지 않다고 생각했을 것이다.

하지만 지금은 다르다. 가까운 사람을 배려하는 모습이 지극히 슬아다웠다.

"좋은 선생님이네."

"정확히 말하자면 좋은 오빠를 둔 덕이라고 할까."

윤우는 씨익 웃어 보였다. 확실히 슬아의 말에는 일리가 있었다. 말 그대로 좋은 오빠를 둔 덕에 예린이는 응원을 많이 받고 있었으니까.

과외 선생님이자 멘토인 슬아, 사심이 잔뜩 담긴 응원을 보내는 성진도 있었다. 그리고 유력한 새언니 후보인 가연도 있었고 나리도 있었다.

그 구심점을 이루는 주인공이 바로 윤우였다. 만약 그가 전교 학생회장에 출마하지 않았더라면 지금과 같은 유대감은 없었을지도 모른다.

"아마 그날 다들 모일 거야. 성진이도 늦게 출근하니까

온다고 하더라고."

"나리도 온다고 들었어. 가연이도 오니?"

윤우는 고개를 끄덕였다. 슬아는 윤우에게서 시선을 거두고 정면을 바라보며 계속 걸었다.

그것이 대화의 마지막이었다. 두 사람은 인문관에 도착할 때까지 아무 말도 하지 않았다.

인문관 입구에 도착하자 슬아가 멈춰 섰다. 윤우는 과실에 들러야 했지만 슬아는 다른 용무가 있었다.

"오늘도 일찍 가?"

"그래야지. 과실에 짐만 놓고 바로 집으로 갈 거야."

"난 잠깐 도서관에 가려고. 그럼 내일 보자."

슬아와 가볍게 작별 인사를 나눈 윤우는 바로 과실로 올라왔다.

안에는 여자동기 다섯과 남자동기 한 명이 둘러앉아 실컷 떠들고 있었다. 빈 술병과 과자 봉지가 굴러다니는 걸 보니 낮술을 하는 모양이다.

윤우가 들어오자마자 동기들이 환호하며 윤우를 맞았지만, 그는 책 정리를 끝내자마자 도망치듯 과실에서 빠져나왔다. 괜히 잡혀서 좋을 게 없었기 때문이다.

노는 것은 좋다. 대학교 1학년은 정말 놀기 좋은 시기다. 윤우도 그것을 잘 알고 있었지만 이번 생애에서는 보다 의미 있는 곳에 시간을 사용하고 싶었다.

무엇보다도 국문과가 여초과라는 것도 한몫을 했다. 윤우는 과 내에서 인기가 많은 만큼 호감을 표하는 여학생들이 많았다. 때문에 사전에 접근을 막는 것이다.

아무튼 윤우는 인문관을 나서 버스정류장으로 걸었다. 그때 주머니에서 진동이 느껴졌다.

"여보세요? 네, 누나. 지금 학교예요. 네? 지금요?"

윤우는 서은하의 전화 때문에 다시 인문관으로 돌아와야 했다.

은하는 인문관 입구에 기댄 채 윤우를 기다리고 있었다.

"아무리 일꾼 1호라지만 가던 사람 다시 부르는 건 좀 아니지 않아요?"

윤우가 농담 삼아 그렇게 말했다. 씨익 웃은 서은하는 윤우의 옆구리를 쿡 찌른다.

"짜식, 학회에서 펄펄 날더니 농담이 많이 늘었네?"

"벌써 소문이 거기까지 갔어요?"

"그럼. 강민혜 선생님이 처음부터 끝까지 자세히 설명을 해 주셨지. 아무튼, 하고 싶은 말을 앞질러 요약하자면 넌 정말 건방진 것 같아."

웃으며 그런 말을 하니 윤우도 따라 웃을 수밖에 없었다. 이어 은하가 용건을 말했다.

"강민혜 선생님이 잠깐 보자고 하시더라. 지금 올라가 봐. 연구실에 계셔."

윤우는 알겠다고 대답하고 교수 연구실이 모여 있는 3
층으로 올라왔다.

지난 주 발표하는 모습을 직접 봤으니 언제 한번 부르지
않을까 예상은 하고 있었다.

과연 어떤 이야기가 나올까.

윤우는 기대감을 품으며 강민혜 교수의 연구실로 향했
다.

◆

"어서 와."

강민혜 교수는 혼자였다. 테이블에 놓인 화분에 물을 주
고 있었다.

"안녕하세요, 선생님. 부르셨다고 들어서요."

"부르긴 했는데 이렇게 바로 올 줄은 몰랐네. 역시 은하
녀석 추진력은 알아줘야 한다니까. 혹시 바쁜데 억지로 온
건 아니지?"

바쁘긴 했다. 이제 슬슬 예린이가 학교를 마치고 집으로
돌아올 시간이니까.

하지만 잠깐 이야기를 하는 정도라면 괜찮을 거라고 생
각한 윤우는 고개를 가로 저었다.

"괜찮습니다. 선생님이 부르시는데 바로 달려 와야죠."

"후훗. 소진욱 선생님이 들으면 질투하시겠는데? 이쪽으로 앉아."

강 교수는 구석에 놓인 소파 쪽으로 손짓했다. 공부만한 여교수답지 않게 손짓이 제법 요염하다. 하지만 윤우는 신경 쓰지 않고 조용히 그곳에 앉았다.

"커피 괜찮지?"

"네."

"너무 그렇게 긴장하며 앉아있지는 마. 혼내려고 부른 건 아니니까."

강민혜 교수는 싱긋 웃으며 마실 것을 준비했다. 그 사이 아무런 이야기도 오가지 않았다. 조금 어색한 공기가 돌았지만 윤우는 별 신경을 쓰지 않았다.

윤우는 여유를 가지고 잠시 주변을 둘러보았다. 다른 교수들은 책이 굉장히 많은 것에 비해 강민혜 교수는 꽤 적은 편이었다. 필요한 책들만 책장에 진열되어 있는 느낌이다.

책상도 마찬가지였다. 인쇄물이 한 곳에 가지런히 놓여 있고, 책 한권이 독서대에 올려 있다. 나머지는 텅텅 비어 있고 먼지 하나 없이 깨끗하다.

'보기보다는 깐깐한 성격인가보네.'

그런 결론을 내릴 즈음, 강 교수가 테이블에 놓인 향초에 불을 붙였다. 잠시 후 포근한 느낌의 향기가 연구실을 가득 채웠다.

"향초를 좋아하시나 봐요. 꽤 많이 가지고 계시네요."

책장 반 칸을 가득 채울 정도로 형형색색의 향초가 많이 있었다.

"딱히 좋아하는 건 아니야. 제자들이 스승의 날만 되면 잔뜩 사가지고 와서 처치 곤란이라 매번 켜두곤 하지. 뭔가 내 이미지가 향초와 잘 어울린다나?"

곧 따뜻한 커피가 준비되었다. 머그잔 두 개를 테이블에 내려놓은 강민혜는 한쪽 다리를 꼬고 앉았다.

검은 스타킹 너머로 새하얀 속살이 언뜻 비치는 모습에, 윤우는 마치 자신을 유혹하는 듯한 인상을 받았다.

'기분 탓인가?'

윤우는 커피를 한 모금 마시며 강민혜 교수를 바라보았는데, 그녀는 다른 곳을 보며 뭔가를 생각하고 있었다.

"그런데 왜 부르신 건가요?"

"중요한 일 때문에 부른 건 아니고, 그냥 이것저것 이야기 좀 나눠보고 싶어서. 저번 주에 있었던 학회 일도 있고."

멋쩍게 웃은 윤우는 머그잔을 내려놓고 강 교수의 다음 말을 기다렸다.

"요즘 꽤 연락 오는 데가 많다면서?"

"예. 벌써 여덟 군데에서 연락이 왔어요. 대부분 이름

없는 학회이긴 하지만요."

"인기 스타네."

"학부생이라서 만만한 거겠죠."

강민혜 교수는 그 말을 부정하지는 않았다.

윤우의 분석은 정확했다. 대학원생도 아니고 박사급 연구자도 아니고 교수도 아닌 학부 1학년 학생이니 그만큼 만만히 보였던 것이다.

"아무튼, 그날 발표에서 논쟁한 것 때문에 소진욱 선생님께 혼나진 않았어?"

"예. 특별히는요."

강 교수는 살짝 안타깝다는 표정을 지었다. 하지만 그 표정은 잠깐이었다.

"하긴, 총애하는 제자를 혼내거나 하는 분은 아니니까. 어땠어? 첫 발표의 느낌은."

"생각보다 사람이 많았지만… 강의 때 발표하는 것과 별로 큰 차이점을 느끼진 못했어요. 평소 하던 대로 한 것 같습니다."

조금 거만스럽게 느껴지는 대답이었지만 윤우는 그만한 실력이 있었다. 그걸 잘 알고 있던 강민혜의 입가에 은근한 미소가 걸렸다.

"굉장히 특별한 방법으로 발표를 하던데. 학회에서는 보통 발표문을 그대로 읽거든. 강연 형식으로 하는 건 굉장히 드문 사례야."

"별로 어려운 일은 아니었어요. 머릿속에 있는 걸 그대로 꺼내왔을 뿐이거든요. 나중에 강의를 하면 이런 식으로 해볼까 해서 미리 연습해 본 것도 있고요."

강 교수는 팔짱을 끼더니 고개를 살짝 기울였다. 연갈색으로 염색한 긴 머리카락의 뺨에 내려앉았다. 이렇게 보니 강 교수도 꽤 아름답다.

서른두 살이라는 젊은 나이에 한국대 국문과 교수로 임용이 됐으니 윤우의 눈에 이성으로 보일 만도 했다. 그렇다고 해서 가연이의 존재감이 흐려진 것은 아니었지만.

"확실히. 저번 학기에 네가 제출한 답안을 보고 깜짝 놀랐었지. 내가 가르쳐주지 않았던 내용이 절반이 넘었던가? 재능이 있어."

"과찬이세요."

강 교수는 고개를 가로 저었다. 윤우를 본 교수들 중 백이면 백이 재능이 출중하다고 말할 것이다.

"그런데……."

그때 분위기가 살짝 바뀌었다. 강 교수는 계속 미소를 지으면서도 부드러운 눈매를 살짝 좁혔다.

"혹시 70년대 대중소설엔 관심 없어?"

내용은 평범했다. 교수가 학생에게 물을 수 있는 지극히 사소한 질문이었다.

하지만 윤우는 그 이상의 것을 캐치했다.

윤우는 저번 학기에 강민혜 교수의 수업을 들은 적이 있다. 그때 강민혜 교수가 어떤 분야에 관심이 있고, 또 어떤 테마로 학위논문을 썼는지 조사를 한 적이 있다.

70년대 대중소설은 강 교수의 세부전공 분야였다. 즉, 그 분야에 관심이 없냐고 물은 것은 단순히 학문적인 호기심이 아니라 '라인'을 바꿀 생각이 없느냐 묻는 것이었다.

'꽤 직접적인데?'

그렇게 생각한 윤우는 지적인 미소를 지었다.

"관심 있습니다. 저도 대중적인 소설들을 즐겨 읽는 편이거든요."

"잘 됐네. 그럼 가끔 만나서 이야기를 나눠 보자. 시간 되면 내 연구도 좀 도와주고."

강 교수는 욕심을 부리지 않았다. 시간이 나면 연구를 도와달라는 선에서 매듭을 지었다. 윤우가 마음을 바꿀 시간은 앞으로도 충분하다고 여긴 것이다.

"은하 선배가 있는데 제가 도와드릴 필요가 있을까요?"

"사람은 많을수록 좋은 법이거든."

그렇게 말한 강 교수는 윤우를 보며 상냥한 미소를 지었다. 윤우는 여유롭게 커피를 한 모금 마셨지만, 머릿속은 굉장히 빠르게 돌아가고 있었다.

강민혜 교수라는 든든한 지지자를 얻을 길이 열렸다. 무엇보다도 소진욱 교수와 강민혜 교수의 사이가 좋다는 것도 시너지 효과를 발휘할 것이다.

'거기에 강태완 이사장님도 있지. 사립대학에서 이사장의 권한은 절대적이야. 친분을 잘 유지한다면 나중에 어려울 때 도움을 받을 수도 있겠어.'

아무리 실력이 좋다고 해도 한국대에서 교수를 하는 것은 쉬운 일이 아니다. 거기엔 운이 따라야 한다. 자신의 전공 분야에서 교수 자리가 나야 하기 때문이다.

자리가 난다고 해도 치열한 경쟁이 필요하다. 한국대 출신들이 몰려들어 자신의 가치를 뽐낸다. 경쟁에는 자신 있었지만, 사람 일이라는 것은 어떻게 될지 모르는 법.

윤우는 지금 붙잡은 인연의 끈을 소중히 이어 나가기로 결심했다.

NEO MODERN FANTASY STORY

뉴 라이프
NEW LIFE

Scene #33 신사업 계획

NEW LIFE

Scene #33 신사업 계획

2003년 11월 5일 수요일.

대학수학능력시험 당일, 윤우는 새벽같이 일어나 아침 식사와 점심 도시락을 준비했다.

통통통통——

윤우의 칼질 솜씨는 꽤 훌륭했다. 어려서부터 스스로 차려 먹다보니 자연스레 요리 기술이 늘은 것이다.

윤우는 예린이가 좋아하는 감자채볶음과 계란말이를 준비하고 있었다. 국은 어제 남은 시래깃국이 있으니 따로 준비하진 않았다.

한창 칼질을 할 무렵 옆에서 인기척이 들렸다. 잠시 손을 멈추고 돌아보니 예린이의 모습이 보였다.

잠옷을 입은 그녀는 하품을 하면서 식탁에 앉았다. 눈이 게슴츠레한 것이 굉장히 피곤해 보였다.

"벌써 일어났어? 더 자도 될 것 같은데."

시계를 보니 아직 새벽 6시였다. 시험 시작까지는 충분히 여유가 있었다.

게다가 시험 장소가 모교인 상훈고등학교였기 때문에 상대적으로 부담도 적었다. 천천히 걸어가도 20여분 남짓 걸리는 거리였으니까.

예린이가 눈을 비비며 말했다.

"별로 못 잤어. 금방 깼네."

"그래도 가서 눈 좀 더 붙여. 요즘 긴장해서 제대로 잠도 못 잤잖아?"

"괜찮아. 이제 잠 깨야지. 오빠가 전에 그랬잖아. 일어나서 세 시간 정도는 지나야 뇌가 활성화된다고. 지금 일어나면 딱이겠네."

그래도 윤우는 조금 걱정이 되었다. 동생은 겉보기와는 달리 굉장히 예민한 아이라 수능처럼 큰일을 앞두고는 늘 긴장하곤 했다.

그나마 윤우와 가연이가 최근 예린이에게 신경을 많이 써 줘서 이 정도지, 안 그랬다면 상태가 훨씬 더 나빴을 것이다.

"편한 대로 해. 어디 아픈 데는 없고?"

"응. 멀쩡해."

고개를 끄덕인 윤우는 칼질을 다시 시작했다. 그 경쾌한 손놀림을 멍한 눈으로 구경하던 예린이가 씨익 웃는다.

"그런데 오빠. 뭐 좋은 일이라도 있어?"

"좋은 일? 갑자기 뜬금없이 무슨 소리야?"

"왠지 즐거워 보여서."

확실히 기분은 좋았다. 학회 일을 포함해 근래에 좋은 일이 많이 생겼기 때문이다. 어제는 명성학원에서 특별 보너스가 지급되기도 했다.

어느새 냉장고에서 꺼낸 음료수 병을 입에 문 예린이가 은근한 눈으로 오빠를 바라본다.

"혹시 나한테 조카라도 생긴 거야?"

"뭐?"

윤우는 깜짝 놀라 하마터면 식칼을 놓칠 뻔했다.

"헤헤. 장난!"

윤우는 한숨을 내쉬었지만 이내 웃음을 되찾았다. 이런 식으로나마 동생이 긴장을 풀 수 있다면 그 이상의 말이라도 들어줄 수 있었다.

잠시 후 온 가족이 한 자리에 모여 아침 식사를 했다. 그리고 부모님에게 격려를 받은 예린이는 오빠와 함께 집을 나섰다.

대문 앞에 한 무리의 사람들이 보였다. 모두가 익숙한

얼굴이었다.

"이제야 나오는구만. 으으, 추워 죽는 줄 알았다."

"예린이 잘 잤어?"

성진이와 나리의 목소리였다. 슬아는 아무 말도 하지 않았지만 따뜻한 시선을 보내고 있었다.

모두가 모여서 기다리는 모습을 본 예린이는 벅차오르는 감정에 코끝이 찡해졌다. 그러는 사이 가연이가 가까이 다가와 목도리를 고쳐 매주었다.

"기분은 어때?"

이곳에 모인 모든 사람들이 묻고 싶은 말이었다. 다만 가연이가 대표로 물었을 뿐이다.

예린이는 활짝 웃더니 씩씩하게 어깨를 폈다.

"아무렇지도 않아. 생각보다 별로 긴장도 안 되고."

"다행이다. 그럼 슬슬 갈까?"

예린이가 고개를 끄덕이자 가연이가 좌측에 붙어 섰다. 우측에는 슬아가 있었다. 두 언니가 옆에 있으니 예린이는 너무나도 든든했다.

그렇게 일행은 수험장인 상훈고등학교로 걸음을 옮겼다. 평소와 똑같은 길이었지만, 좋아하는 언니 오빠들과 함께여서 마음이 가벼웠다.

왠지 고등학교 1학년 시절로 돌아간 것 같았다. 그때는 매일 언니 오빠들과 웃고 떠들었으니까. 지금 돌이켜봐도 하루하루가 빛나는 시절이었다.

문득 옛 시절로 돌아갔으면 하는 생각이 들었다. 하지만 이내 고개를 가로 젓는다. 그 이상의 즐거운 일들이 앞으로도 많이 일어날 거라고 생각했다.

수험장으로 가는 도중 가연이는 어제 있었던 재미있는 이야기를 해줬고, 슬아는 시험에서 써먹을 수 있는 유용한 팁을 예린에게 전해 주었다.

평소에 말이 많던 성진이는 의외로 별 말이 없었다. 공부를 잘하는 편도 아니었고 수능을 보지도 않았기 때문이다. 그래서 조금은 후회를 하고 있었다.

그의 뒷모습을 물끄러미 보던 예린이가 앞서 걷던 성진이 옆에 붙었다.

"왜 오빠 아무 말도 없어? 나 응원 안 해줄 거야?"

"아니, 그게… 너도 알다시피 난 수능도 안 봤잖아. 대학도 안 갔고. 뭔가 도움이 되는 이야기를 해 주고 싶은데 경험이 없다 보니."

성진이는 멋쩍게 웃으며 뒷머리를 긁었다. 예린이 앞에서는 멋진 모습만 보이고 싶은데 오늘따라 그게 잘 안 됐다.

"오빠 대학 안 가도 멋있어. 직장인이잖아? 그러니까 이상한 생각하지 마."

"저, 정말?"

두 번 말하기는 부끄러웠는지 예린이는 슬쩍 고개를 끄덕여 보인다. 성진이의 얼굴에 화색이 돌았다.

"그럼 수능 끝난 기념으로… 오빠가 주말에 영화 보여 줄까?"

분위기가 좋은 틈을 타 성진이가 슬쩍 데이트 신청을 했고, 잠시 고민하던 예린이는 고개를 끄덕였다.

성진은 속으로 쾌재를 불렀다. 윤우는 피식 웃으며 넘어 갔지만, 나리는 왠지 배가 아팠나보다.

"예린이 너 성진이 조심해야 돼! 단 둘이 만나면 무슨 짓을 할지 몰라. 무서우면 언니가 같이 나가줄까?"

성진이는 오만상을 지으며 나리를 노려보았다. 다행히 예린이가 괜찮다고 하는 탓에 성진은 한숨 돌릴 수 있었다.

저 멀리서 학생들의 외침이 들려온다. 눈에 익은 학교 건물이 하나 둘 보이기 시작했다. 일행은 생각보다 일찍 상훈고등학교에 도착했다.

"선배님들! 힘내세요!"

"따뜻한 음료 한 잔 드시고 몸 녹이세요!"

상훈고 후배들이 교문 앞에 몰려나와 응원을 펼치고 있었다. 한쪽 책상 위에는 따뜻한 차와 간식도 준비되어 있었다. 학생회 임원들도 껴 있는지 눈에 익은 아이들도 몇몇 보였다.

일행은 일단 교문 앞에서 멈춰 섰다. 그리고 윤우부터 한 사람씩 예린이에게 격려의 말을 건넸다. 가연이는 말 대신 예린이를 한번 꼭 안아 주었다.

"고마워. 나 시험 잘 보고 올게."

"맛있는 저녁 해 놓고 기다릴 테니까 기대해라."

윤우는 동생의 머리를 한번 쓰다듬어 주었다. 예린이는 고개를 끄덕이더니 손을 흔들며 교문 안으로 들어갔다. 일행은 그녀의 모습이 사라질 때까지 그 자리를 지켰다.

가연이가 물었다.

"잘 해내겠지?"

"당연하지. 누구 동생인데."

윤우는 자신 있게 답했다. 왠지 좋은 일이 생길 것 같은 그런 느낌이었다.

윤우는 점심 무렵 연구실에 나타났다. 오전 수업이 수능으로 인해 휴강되었기 때문에 가연이와 집에서 단 둘이 오붓하게 시간을 보내다가 나왔다.

연구실엔 소진욱 교수 혼자였다. 송현우는 수업에 갔는지 보이지 않았다.

"오늘은 좀 늦었구나?"

"동생이 수능을 보거든요. 데려다 주고 이것저것 하느라 좀 늦었습니다. 시키실 일 있으셨나요?"

"아, 급한 일은 아니고……."

소진욱 교수는 미리 준비해 둔 쪽지를 윤우에게 건넸다. 도서관 심부름이었다. 윤우는 그 즉시 도서관으로 가서 종이에 적힌 책들을 빌렸다.

데스크에서 대출을 끝내고 나오려던 윤우의 눈에 정보검색실의 모습이 들어왔다.

'잠깐 컴퓨터 좀 만지다 갈까? 급한 일은 아니라고 하셨으니까.'

윤우는 정보검색실로 가서 주식 정보를 확인했다. 연구실에도 컴퓨터가 있지만 주식을 하는 모습을 소 교수에게 보이고 싶지는 않았다.

'순조롭네. 예상대로 흘러가고 있어.'

구입한 주식들이 하나같이 상승세를 기록하고 있었다. 특히 '고대엘리베이터' 종목은 윤우의 예상대로 무시무시한 성장세를 보이고 있었다.

'주식 시장은 전생과 비슷하게 성장하고 있는 것 같아. 이대로라면 앞으로 돈 걱정은 하지 않아도 되겠다.'

연구자의 입장에서 돈 문제가 해결된다는 것은 정말 꿈 같은 일이다. 특히 인문계 연구자는 대학에 들어가지 않으면 입에 풀칠하기조차 어렵기 때문이다.

하지만 윤우는 '전생'이라는 굉장한 무기를 손에 쥐고 있었다. 마음만 먹으면 돈을 만지는 것은 일도 아니었다.

물론 윤우의 목표는 갑부가 되는 것이 아니다. 그저 아무런 걱정 없이 연구를 할 수 있는 여건만 되어도 충분했다.

'슬슬 이사를 갈 집도 알아봐야겠는데.'

지금 살고 있는 집도 나쁘진 않지만, 윤우는 보다 넓고 쾌적한 곳으로 이사하기를 원했다. 책을 잔뜩 넣을 수 있는 서재를 갖는 것이 소원 중 하나였다.

무엇보다도 부모님이 출퇴근하는 시간이 너무 길었다. 자가용이 있는 것도 아니어서 매번 대중교통만으로 왕복 세 시간이라는 시간을 소비해야 했다.

'강남 쪽이 좋을 것 같은데. 나중에 이재환 원장님께 좀 여쭤봐야겠다. 그쪽으로 잘 알고 계시니까.'

그렇게 생각한 윤우는 키보드를 두드려 '무림'이라는 홈페이지에 접속했다.

이곳은 무협소설을 전문적으로 연재하는 곳이었다. 윤우는 전생에 대중문학을 연구하던 사람이었고, 판타지나 무협 등의 장르소설도 즐겨 읽는 편이었다.

윤우는 홈페이지를 쭉 둘러보았다. 딱히 소설을 읽기 위해 들어온 것은 아니었다. 전반적인 분위기와 최근 이슈 등을 중점적으로 체크했다.

'내년쯤 되면 이름이 무림판타지로 바뀌면서 다른 장르도 연재가 될 거야. 그 무렵에 인수를 하면 좋을 것 같은데…….'

윤우는 '무림'의 잠재성장력을 인지하고 있었다. 전생에 10년 이상 그 홈페이지를 이용하며 장르문학 시장의 가능성을 경험했기 때문이다.

2004년 '무림판타지'로 개명되는 이 홈페이지는 2006년 '문토피아'라는 이름으로 바뀌며 도약을 준비한다. 2013년에는 유료연재 서비스를 시작하며 시장의 새로운 강자로 떠오른다.

아쉬운 점은 웹툰 사업이었다. 문토피아가 글에만 집중한 탓에 웹툰 사업의 주도권이 네이비 쪽으로 기운 것이다. 한 번 굳어버린 흐름은 쉽게 바꾸지 못한다.

그래서 윤우는 네이비가 웹툰 사업을 본격적으로 시작하기 전에 선수를 칠 생각이었다. 그래서 문토피아에 웹소설과 웹툰을 병행하여 서비스할 예정이었다.

물론 돈이 필요해서 하는 사업은 아니었다.

궁극적으로 윤우는 '이야기산업'이 어떻게 발생하고 진화해 나가는지 두 눈으로 똑똑히 보고 싶었다. 그 자체로도 귀중한 연구 테마가 되기 때문이다.

"뭘 그렇게 열심히 보고 있는 거야?"

승주였다. 두꺼운 철학사 책을 들고 모니터를 멀뚱히 쳐다보고 있다.

"무협소설? 너 이런 것도 읽냐?"

의외라는 눈빛이다. 그럴 만도 했다. 장르문학을 바라보는 순문학의 시선은 곱지가 않으니 말이다.

"읽기도 하지만, 나중에 이걸로 사업 하나 해보려고 생각 중이거든."

"사업? 윤우 네가?"

사업이라는 말은 윤우와 잘 어울리지 않았다. 천상 연구만 하는 학자 타입의 청년이었으니까.

그랬기에 승주가 반짝 호기심을 보였다. 윤우는 잠시 고민했지만, 나중에 승주의 도움이 필요할 수도 있었기 때문에 일정 부분까지는 말해주기로 결정했다.

"어떤 사업인지 듣고 싶어?"

"당연하지. 천하의 김윤우가 사업이라니. 벌써부터 기대되는데?"

"일단 자리를 옮기자."

도서관 내에서 자유롭게 대화를 나눌 수 있는 로비로 자리를 옮긴 윤우는 승주에게 사업에 대해 구체적으로 설명해 주기 시작했다.

"그러니까, 연재글을 일정 금액을 받고 판다는 거야?"

윤우는 고개를 끄덕였다.

"단순히 수익을 위해서 하는 사업은 아니야. 이야기라

는 것이 어떻게 상업적으로 이용될 수 있는지 그 가능성을 보고 싶거든. 조만간 정부에서도 이야기산업에 관심을 기울일 것 같고."

"흥미로운데."

승주는 고개를 끄덕이며 미소를 지었다.

"네가 생각하는 것 이상일 거다. 직접 사업을 하게 되면 관계자의 입장에서 다양한 데이터를 얻을 수 있겠지. 그 데이터를 잘 활용한다면 지금까지 나온 논문과는 전혀 다른 새로운 시각에서 논문을 쓸 수 있을 거고."

"참… 너란 놈은 정말 자나 깨나 연구 생각뿐이구나."

"그건 내가 할 소리 같은데?"

"엄밀히 따지면 나는 너만큼은 아니지."

윤우는 웃으며 인정했다. 승주의 재능과 노력도 높게 평가하지만, 연구에 대한 열정만큼은 누구에게도 뒤지지 않는다고 생각하는 윤우였다.

"아무튼, 너도 장르문학에 대한 색안경이 있는지는 잘 모르겠지만 흥미로운 아이템임은 분명해."

승주는 고개를 가로 저었다.

"편견을 가지고 있진 않아. 통속성에 대한 이중적 태도야 익히 잘 알고 있으니까. 뭐, 솔직히 말하면 관심도 없긴 했지만… 그런데 왠지 네 말을 듣고 나니 그쪽에 관심이 생기는데?"

윤우는 승주의 어깨를 두드리며 일어났다.

"나중에 도움이 필요할 일이 있을 거야. 그때 좀 도와주라."

"긍정적으로 생각해 보마."

"비싼 척은."

자리에서 일어선 두 사람은 다시 소진욱 교수 연구실로 돌아왔다. 왠지 윤우는 든든한 동료를 얻은 것 같아 벌써부터 기분이 좋았다.

수능은 무사히 끝났다. 집으로 돌아오자마자 가채점을 해본 예린이의 얼굴에서 미소가 떠나질 않았다. 윤우네 가족은 다시 한자리에 모여 즐겁게 저녁식사를 했다.

하지만 진짜 시험은 1월에 있을 실기 시험이었다. 그래도 부담이 적었던 것은 예린이의 그림 실력이 대단했기 때문이었다. 그녀는 별다른 부담감 없이 열심히 준비를 했다.

이대로라면 무난히 세민대학교 만화애니메이션학과에 입학할 수 있을 것 같았다. 특별한 실수만 하지 않는다면 말이다.

"끝까지 방심하지 말고 열심히 해."

윤우는 수능 성적표를 보며 히히거리는 동생을 향해 한 소리 했다.

6차 교육과정 마지막 세대였던 예린이는 354점을 받았다. 예체능 계열이라는 점을 감안한다면 상당히 높은 점수였다.

"실기는 자신 있어. 실수할 일도 없고. 아, 이제 정말 대학생이 된 듯한 기분이야. 대학생이 되면 여행도 가고 미팅도 하고 실컷 해야지. 헤헤."

"그런 건 대학생이 되고 나서 고민해도 안 늦어. 그런데 성진이 놔두고 미팅하려고?"

"성진 오빠랑 사귀는 것도 아닌데 어때?"

맞는 말이었기 때문에 윤우는 딱히 반론을 하진 않았다.

윤우는 두 사람이 잘 되었으면 좋겠다고 생각했다. 하지만 저번에 단둘이 데이트까지 했으면서도 생각 외로 진도가 잘 나가지 않는 것 같다.

"성진이는 별말 없었어? 곧 크리스마스잖아."

오늘은 12월 2일. 크리스마스까지는 정확히 23일이 남았다.

"만나자고 하긴 했는데… 좀 고민해 보려고."

"고민 잘 해라. 내 입으로 이런 말 하긴 좀 그렇지만, 성진이 같은 사람 또 없어. 알지? 내가 칭찬에 인색한 거."

"알지."

겉으로 내색하진 않았지만 예린이는 오빠의 말에 동의했다. 천진난만하며 상대방을 즐겁게 만들 줄 아는 사람이었다. 외모도 떨어지는 편도 아니었고.

하지만 아직 마음의 준비가 되지 않았다. 수험생이라는 신분에서 벗어나면 조금 여유가 생길까. 예린이는 막연히 그렇게 생각할 뿐이었다.

"오빠 크리스마스에 뭐 하는데? 가연 언니랑 놀아?"

"다 같이 모여서 파티 하려고. 다들 너 수능 날에 응원해준 것도 있고 해서 보답으로 저녁이나 살까 한다. 너도 성진이는 이브에 만나고 크리스마스엔 파티에 나와."

"아직 성진오빠랑은 약속 안 잡았다니까? 아무튼, 파티에는 나갈게."

"너무 튕기지는 말고."

윤우는 뜨끈한 커피가 담긴 머그잔을 들고 방으로 돌아와 책상에 앉았다.

책상엔 교재와 프린트물로 가득했다. 한국대학교 2학기 기말고사가 코앞까지 다가와 있었던 것이다. 윤우는 이번에도 4.5점 만점에 도전할 생각이었다.

윤우는 이미 명성학원 장학생이라 졸업 때까지 등록금 혜택을 받지만, 학교 측에서 성적장학금을 받게 되면 이중 수혜가 가능해지기 때문에 윤우에겐 더욱 유리했다.

물론, 대학원에 들어가서도 '미래한국100년 인문학장

학금'이나 '국가연구장학금'을 노려볼 생각이었다.

돈 한 푼 들이지 않고 박사까지 따는 것. 그것이 윤우가
세운 소소한 목표 중 하나였다.

NEO MODERN FANTASY STORY

뉴 라이프
NEW LIFE

Scene #34 신화대학교에서 온 손님

NEW LIFE

Scene #34 신화대학교에서 온 손님

학생 식당은 전체적으로 한산했다. 기말고사가 끝나고 바로 겨울방학에 들어갔기 때문에 캠퍼스 자체에 학생들이 많지 않았다.

드문드문 학생들이 자리를 잡고 식사를 하고 있었는데, 구석쯤엔 윤우와 송현우의 모습도 있었다.

"토론자는 정해졌냐? 다음 달 학술대회 말야."

"아뇨. 아직 연락이 없네요."

송현우가 말한 학술대회는 신화대학교에서 열리는 한국문학회 동계 정기 학술대회였다. 한국문학회는 KCI 등재지로 회원 규모가 상당히 큰 메이저 학회였다.

숟가락을 움직이던 송현우가 돌연 피식 웃었다.

"네가 고집이 센 놈이라는 건 익히 알고 있었지만, 저번 국제비교문학회 때 진짜 그렇게 할 줄은 몰랐다. 뭐, 결과적으로는 일이 잘 풀렸으니 뭐라고 하진 않고 있지만."

"이해해 주셔서 감사해요."

"이해는 아니고, 그냥 네가 운이 좋아서 봐 주는 거야. 소진욱 선생님도 잘했다고 하셨으니 내가 나서면 모양새가 이상해지잖아."

국제비교문학회 학술대회에서 윤우는 송현우의 충고를 무시하고 적극적인 자세로 토론에 나섰었다.

덕분에 서광필은 약간의 쪽팔림을 당해야 했다. 하지만 그것보다 긍정적인 효과가 더욱 많았다.

윤우의 활약 덕에 한국대학교 학부의 위신이 더욱 올라갔다. 학부 1학년 학생이 당당히 발표를 한 것도 모자라 토론에서 전혀 밀리지 않았기 때문이다.

그 영향으로 학회에 참여한 각급 교수들 사이에서는 한동안 윤우의 발표 내용이 회자되곤 했다. 모두가 '그 어린 친구의 미래가 기대된다'고 입을 모았다.

그러다보니 송현우의 입장에서는 아무런 질책을 할 수가 없었던 것이다. 객관적으로 따져봤을 때 송현우가 학회에서 윤우보다 더 잘한다는 보장은 없었으니까.

"그런데 이번 발표 주제가 뭐였지?"

"김승옥 소설입니다. 정신분석학적 접근이에요."

"그렇군."

"이번에도 한번 봐주실 수 있죠?"

갑작스러운 윤우의 부탁에 송현우는 수저를 멈추곤 윤우를 바라보았다.

"뭐, 네가 원한다면 봐주기야 하겠다만… 사실 네가 고쳐야 할 건 논문이 아니라 그 당당한 태도라서 말이지."

우스갯소리였다. 수저를 다시 움직이기 시작한 송현우는 완성되면 가져오라고 덧붙였다.

"그런데 강민혜 선생님께서는 별말씀 없으셨나?"

"강민혜 선생님이요?"

"그래. 그때 학회에 소진욱 선생님과 같이 참가하셨다고 들었거든. 그랬다면 네 활약을 처음부터 끝까지 보셨을 거 아냐."

"특별한 말씀은 없으셨고, 나중에 도움이 필요하면 부르겠다고 하셨어요."

순간 송현우의 눈이 날카롭게 변했다. 그러더니 씨익 미소를 짓는다.

"네가 마음에 드셨나보군."

"그냥 일할 사람이 필요한 게 아니었을까요?"

송현우는 고개를 가로 저었다.

"보기와는 다르게 굉장히 깐깐하신 분이야. 무엇보다도 지금까지 나한테는 그런 말씀 하신 적 없거든. 자기 사람만 확실히 챙기는 그런 분이라서."

윤우는 고개를 끄덕였다. 스스로도 그렇게 느꼈다.

그때 연구실에서 단둘이 이야기를 나눴을 때 강민혜가 보였던 태도는 윤우의 입장에서는 대단히 특별한 것이었다.

직접적으로 말하진 않았지만 자신의 밑으로 들어오지 않겠냐는 뉘앙스를 충분히 풍겼으니 말이다.

"잘 보여라. 강 선생님도 굉장히 촉망받는 분이니까. 줄을 많이 잡아서 나쁠 건 없잖아?"

"예, 알겠습니다."

그때 테이블에 올려두었던 휴대폰이 살짝 진동했다. 문자가 온 것이다. 윤우는 휴대폰을 열어 문자를 확인했다.

평소 친하게 지내던 조교 누나에게서 온 문자였다. 문자를 본 윤우는 미소를 지었다.

"뭔데 그렇게 웃어? 여친?"

"아뇨. 아무것도."

문자엔 윤우가 학과 수석을 차지했다는 이야기가 적혀 있었다.

경기도에 위치한 신화대학교는 그 규모가 엄청났다. 서울에서 가장 넓은 한국대학교 캠퍼스와 맞먹을 정도로 부지가 넓었다. 덕분에 윤우는 발표 장소를 찾는데 조금 애를 먹어야 했다.

지은 지 얼마 되지 않은 깨끗한 연구동으로 들어온 윤우는 곧장 데스크로 가서 접수를 했다.

"한국대 김윤우입니다."

"안녕하세요, 선생님. 여기에 이름 적어 주시고 안으로 들어가시면 됩니다."

"예, 감사합니다."

윤우는 명패를 받아 목에 걸고 밖에 진열되어 있는 음료수를 한잔 따라 목을 축였다. 그러면서 주변을 둘러보았다.

확실히 메이저 학회인 만큼 참여자들이 많았다. 얼핏 봐도 지난 국제비교문학회보다 사람들이 두어 배는 많아 보였다.

무엇보다도 놀라웠던 것은 강당의 규모였다. 큰 것은 둘째 치고 좌석부터 연단까지 고급스럽게 마감되어 있었다.

'신화재단이 돈이 굉장히 많다더니, 뜬소문이 아닌 모양이구나.'

신화재단은 막대한 자본력을 바탕으로 대학에 투자를 많이 하는 것으로 유명했다.

노벨상 수상자들을 교수로 초빙하는 한편, 연구중심대학으로 거듭나기 위해 각종 연구소를 설치하기도 했다.

신화대 내에 전문연구소가 20여개가 넘을 정도다.

학생들의 복지에도 신경을 쓰는 대학이었다. 신입생들 전원에게 개인용 노트북을 지급하기도 했고, 강의평가제를 적극 도입하여 학생들이 보다 질 높은 강의를 들을 수 있게끔 했다.

때문에 신화대에서 부족한 것은 '인서울'이라는 명칭뿐이었다. 경기권에 위치하고 있지만 웬만한 인서울 대학보다 교육 환경이 좋았다.

실제로 이사장인 강태완은 연구중심의 글로벌 대학이라는 대명제를 설정하고 하나씩 프로젝트를 추진하고 있었다. 신화대를 세계 50위권 대학으로 만드는 것이 목표였다.

"어, 김윤우 선생. 이거 반갑습니다."

누군가가 말을 걸어왔다. 윤우는 일단 악수를 하긴 했는데 전혀 모르는 사람이었다.

"전 백제대의 문철수라고 합니다. 아마 절 모르시겠지요. 지난 학회 때 발표 잘 들었습니다. 정말 유익했어요. 토론도 정말 인상적이었습니다. 서광필 선생이 그렇게 쩔쩔매는 건 처음 봤지요."

백제대의 문철수. 얼핏 떠오른 전생의 기억으로 그는 분명 백제대의 교수였다.

"좋게 봐주셔서 감사합니다. 그런데 아직 선생이라고

불리는 건 이른 것 같네요. 학부생이라서요."

"하하하, 뭐 호칭이 중요한 건 아니잖습니까. 게다가 학부생이면 뭐 어떻습니까. 지식의 깊이가 중요한 거지요. 아무튼 오늘 발표도 기대하겠습니다."

"감사합니다."

이후로도 윤우에게 인사를 건네는 교수들이 많았다. 전임교원들도 있었고 강사들도 있었다. 윤우는 최대한 공손히 인사를 받으며 긍정적인 이미지를 만들어 나갔다.

그런데 그때, 뜻하지 않은 손님이 나타났다.

"이사장님!"

강당이 웅성거렸다. 사학계의 큰손 강태완 이사장이 나타난 것이다. 그 옆엔 비서실장 김가영이 있었고, 또 신화대학교 총장 민경원도 동행하고 있었다.

주최는 신화대학교 국문과였다. 그래서 관계자들은 모두 일어서 이사장과 총장을 맞았다.

"이거 다들 고생이 많군요."

"아닙니다. 그런데 여기까진 어쩐 일이십니까?"

"학회 준비가 잘 되고 있나 보러 왔지요. 그리고 이쪽에도 볼 일이 있고."

강 이사장의 시선이 향한 곳에 윤우가 있었다. 마시던 음료수를 내려놓은 윤우는 이쪽으로 다가와 고개를 숙였다.

"오랜만에 뵙습니다. 이사장님. 그간 건강하게 지내셨나요?"

두 사람은 가볍게 악수를 나눴다.

"덕분에 잘 지냈지요. 윤우 씨가 아니었다면 지금쯤 저승을 유람하고 있었을 겁니다. 하하하!"

그 말에 민경원 총장의 두 눈이 빛났다.

"이사장님을 구했다는 청년이 이 분이었습니까?"

"그렇다네. 발표 자료를 보니 오늘 발표자로 나서는 모양이던데…… 저도 잠시 지켜보다 가지요."

"부끄럽습니다. 많이 부족할 텐데요."

껄껄 웃은 강 이사장은 윤우의 어깨를 다독여 주더니 강당 안으로 들어갔다.

"잠시 후 한국문학회 동계 학술대회를 시작하겠습니다. 참가자 여러분께서는 착석하여 주십시오."

윤우도 심호흡을 하며 강당 안으로 들어갔다. 그리고 맨 앞줄에 앉아 발표 준비를 했다. 오늘은 왠지 실수를 하면 안 될 것 같았다.

그렇게 한 시간여가 지나고 윤우 차례가 왔다.

윤우는 여유롭게 웃으며 마치 강연을 하듯 자연스럽게 발표를 진행했다. 연륜과 경험이 풍부해 보이는 그 모습에 강 이사장 옆에 있던 민경원 총장이 감탄을 터트렸다.

"정말 대단한 친구로군요. 이사장님께서 굳이 여기까지

오신 이유를 알 것도 같습니다."

민 총장도 대학 교수로 30년 이상을 보낸 사람이었다. 한 눈에 봐도 윤우의 가치를 짐작할 수 있었다.

"그럼 내가 자네와 함께 온 이유도 알겠군 그래."

"저 친구를 신화대로 데려오고 싶으신 거지요?"

"그렇지."

강 이사장은 흡족한 미소를 지으며 윤우를 바라보았다. 어느새 발표가 끝나고 토론이 진행되고 있었다.

토론자로는 연수대의 강명호 선생이 선정되었다. 김승옥 문학으로 박사학위를 받고 관련 논문을 10여 편이나 써 낸 이 분야의 전문가였다.

하지만 윤우는 강명호 선생의 날카로운 질문에 전혀 물러서지 않았다. 오히려 질문을 던지며 토론을 유리하게 이끌어 나갔다. 때때로 유머까지 섞인 질문은 청중을 매료시켰다.

"학부 1학년이라면, 일단 대학원 입학 권유를 해 봐야겠군요."

"대학원 입학 권유는 어려운 일이 될 거야. 한국대 출신이니 자대에서 학위를 받으려고 하겠지."

"하지만 교수직을 보장한다면 이야기는 달라지지 않을까요?"

강 이사장은 온화하게 웃었다. 하지만 예상과는 달리 고개를 가로 젓는다.

"저 친구는 포부가 크더군. 한국대에서 교수를 하는 것이 목표였어. 신화대로 데려오려면 적지 않게 힘이 들 거야. 아무리 민 총장 자네라도 어려울지도 모르지."

민경원 총장은 자신 있는 미소를 지어 보였다.

"이거 섭섭하군요. 이사장님께서 절 이정도로밖에 안 보셨다니… 저 민경원입니다. 노벨상 수상자도 교수로 초빙한 사람입니다."

"허허, 그걸 몰라서 그러나? 저 친구, 쉽게 볼 사람이 아니야. 나이에 비해 고집이 대단해. 목표도 확실하고. 살면서 저런 청년은 처음이네."

"맡겨만 주십시오. 조만간 접촉을 해 보도록 하겠습니다."

강태완 이사장은 고개를 천천히 끄덕였다.

"기대해 보겠네."

신화대학교에서 윤우에게 접촉을 시도한 것은 2월이 지나서였다.

늦은 오후, 중년 사내가 한국대 근방의 조용한 한정식집에서 윤우를 맞이했다.

"처음 뵙겠습니다. 김 선생님에 대해 말씀으로만 들었

는데, 이거 만나서 반갑습니다."

윤우는 공손히 사내의 악수를 받았다. 그 사내는 키가
컸고, 신사복이 잘 어울리는 중년이었다.

그는 안주머니에서 명함을 하나 꺼냈다. 신화대학교의
상징이 들어간 그 명함에는 부총장이라는 직함이 금박으
로 박혀 있었다.

"신화대 부총장 김태호라고 합니다."

윤우는 살짝 놀랐다.

놀라는 척을 한 것이 아니라 진짜 놀랐다. 기껏해야 학
과장급을 보낼 거라고 생각했었다.

"반갑습니다. 부총장님. 김윤우입니다. 여기까지 오실
줄은 몰랐네요. 미리 연락을 주셨으면 제가 신화대로 찾아
갔을 텐데요."

아무리 안면이 없다고 해도 상대는 한 대학의 부총장
이었다. 어느 대학을 가든 VIP대우를 받을 수 있을 것이
다.

"아아, 그건 괜찮습니다. 마침 이 근방에 일이 있었으니
까요. 오히려 제가 김 선생님의 바쁜 시간을 뺏은 건 아닌
지 걱정이군요."

"아닙니다. 그나저나 선생님이라뇨. 부끄럽습니다. 그
냥 편하게 불러 주세요."

김 부총장은 고개를 가로 저으며 호쾌하게 웃었다.

사실 김 부총장도 선생님이라는 호칭을 쓰고 싶지 않았다. 그러나 민경원 총장의 특별 지시가 있었다. 최대한 정중하게 접대하라는.

민경원 총장은 사람을 다루는 데 일가견이 있는 사람이었다. 그랬기에 김 부총장은 여느 때보다도 신경을 써서 윤우를 대하고 있었다.

"최근 학회에서 주목받고 있는 분인데 선생님이라는 호칭이 아니면 무엇이 어울리겠습니까?"

"이거 계속 저를 부끄럽게 하시는군요."

"자자, 일단 앉으시죠."

분위기는 시작부터 좋았다.

두 사람은 가볍게 농을 주고받으며 자리에 앉았다. 곁에 있던 여종업원이 조심스러운 손길로 잔에 뜨거운 차를 따랐다. 향이 좋은 매우 고급스러운 차였다.

윤우는 여유 있게 차를 음미하며 생각에 잠겼다.

'처음부터 부총장급을 보내다니… 생각보다 강하게 나오는데?'

윤우는 지난 신화대학교에서 열린 학회에서 강태완 이사장을 만난 이후로 신화대에서 '어떤 제안'을 해올 거라고 예상하고 있었다.

그 제안의 내용은 대강 짐작이 갔다. 학부 학생에게 제안할 수 있는 것은 몇 가지 안 되니까. 기껏해야 대학원 입학이나 교수직 보장일 것이다.

처음엔 학과장급이 와서 제안을 할 거라고 생각을 했었다. 하지만 명함을 받고 보니 상대가 부총장이다.

'그만큼 강태완 이사장이 나를 좋게 보고 있다는 거야. 긍정적인 신호다.'

손해 보는 장사는 아니었기 때문에 윤우는 웃으며 찻잔을 내려놓을 수 있었다. 그리고 여유로운 표정으로 김 부총장을 바라보았다.

뭔가 이야기를 꺼내야겠다고 느낀 김 부총장이 말문을 열었다.

"어떻게, 요즘 연구는 잘 되고 있습니까?"

"요즘은 좀 쉬고 있어요. 동생이 입시를 치르느라 좀 정신이 없었거든요."

연구만 쉬는 게 아니었다. 명성학원 인터넷사업팀 사무실에도 나가고 있지 않았다. 급한 일이 있으면 대부분 집에서 처리하곤 했다.

윤우가 추진한 프로젝트는 완전히 사업화에 성공하여 궤도에 올라 있었다. 이제 계약기간도 거의 남지 않아 윤우가 나설 일은 별로 없었다.

이제 이재환 원장 사이에 남은 것은 재계약 문제였다. 이번 달을 마지막으로 윤우는 명성학원 인터넷사업팀과 계약이 종료된다.

"동생분이 수험생이었나 보군요. 실례가 되지 않는다면 어느 대학 지망이었는지 알 수 있습니까? 아무래도 대학에서 일을 하다 보니 이런 데에 관심이 가는군요."

"세민대 만애과입니다. 오늘 오전에 합격 통보를 받았더라고요."

"아아, 이거 축하드립니다."

"감사합니다."

윤우는 오늘 아침에 있었던 일을 떠올렸다.

합격통보를 받은 예린이는 제자리에서 팔짝팔짝 뛸 정도로 좋아했다. 웃으면서도 눈물을 흘렸다. 그 모습을 보며 윤우는 정말 기분이 좋았다.

이제야 모든 일이 제자리로 돌아온 느낌이었다. 전생에 간암으로 돌아가셨던 아버지는 건강 검진 결과 아무런 이상이 없었고, 동생은 원하는 길을 되찾았다.

무엇보다도 자신은 한국대에 입학해 성공적인 시간을 보내고 있었다.

문득 윤우는 그 악마 같은 사내를 한번 만나고 싶다는 생각이 들었다. 지금 자신의 모습을 보면 그가 어떤 말을 할까 궁금해졌다.

하지만 그 악마 같은 사내는 전교 학생회장 선거 이후로 모습을 드러내지 않고 있었다. 그의 시험이 끝났으니, 아마 당분간은 나타나지 않을 거라는 예감이 들었다.

"실례합니다. 식사 준비해 드리겠습니다."

종업원이 음식을 내오기 시작했다. 두 사람은 잠시 말을 아꼈다. 윤우가 다시 말을 꺼낸 것은 테이블 세팅이 모두 끝난 후였다.

"그런데 저를 보자고 하신 이유가 무엇인가요? 사실 좀 놀랐습니다. 갑작스러워서요."

김 부총장은 고개를 끄덕이며 공감을 표했다.

"그럴 만도 하실 겁니다. 사실 저도 총장님 지시를 오늘 오전에 받았지 뭡니까. 하하하."

영양가 없는 얘기에 윤우는 대꾸 없이 물끄러미 김 부총장을 바라보았다.

때가 왔음을 느낀 김 부총장은 진지한 표정을 지으며 본격적인 이야기를 꺼냈다.

"아실는지 모르겠지만… 저희 신화대학은 우수한 인재를 유치하기 위해 많은 노력을 하고 있습니다. 교수진뿐만 아니라 우수한 학생들도 발굴하고 있는 것이지요."

"잘 알고 있습니다. 신화대는 연구중심대학으로 꽤 유명하니까요."

"그래서 재능 있는 학생들에게 각종 지원책을 마련하고 있습니다. 입학금과 등록금 면제는 당연하고, 매 학기마다 연구비를 지급하고 연구의 편의를 위해 별도의 연구실과 주거공간도 제공하고 있지요."

윤우는 고개를 끄덕였고, 김 부총장은 설명을 거두고 이곳에 온 목적을 말했다.

"김윤우 선생님을 저희 대학으로 모시고 싶습니다. 물론 선생님께서 한국대 대학원으로 진학할 계획이라는 건 압니다만… 우리 신화대로 와 주시면 위에서 말씀드린 것을 포함해 다양한 지원혜택을 드릴 계획입니다."

"계획이요?"

윤우가 날카롭게 반문하자 김 부총장은 살짝 당황했다. 자신이 말실수를 한 것을 깨달은 것이다.

"오해는 마십시오. 약속이라는 의미입니다."

그제야 윤우는 웃었다.

"제안은 감사합니다만, 일개 학부생에게 너무 지나친 대접을 해 주시는 것 같네요."

"글쎄요. 연구에서 나이와 경력은 크게 중요한 요인은 아니라고 생각합니다. 재능과 자질이 충분하다면 나이와 상관없이 대우를 해줘야 한다, 이것이 저희 이사장님의 방침이시지요."

"저와 오늘 만나게 된 것도 이사장님의 뜻이었나요?"

순간 윤우의 눈매가 날카로워졌다. 짧지만 묵직하게 가슴을 때리는 질문이었다.

김 부총장은 잠시 생각에 잠기는 듯했으나 고개를 끄덕이며 솔직히 인정했다.

"그렇습니다. 하지만 단순히 김 선생님께서 이사장님의 목숨을 구해주셔서 그런 것은 아닙니다. 선생님께서 학술대회에서 발표하시는 모습을 본 총장님도 감탄을 하셨으니까요."

"솔직히 저는 좀 의구심이 드네요. 고작 발표 한 번 보여드렸을 뿐인데 저에게 이렇게 과분한 대우를 해 주신다는 것이 좀 마음에 걸립니다."

잠시 침묵이 돌았다. 문 너머로 차분히 가야금을 뜯는 소리만이 들린다.

한 곡조 연주가 끝났을 때, 윤우가 다시 말문을 열었다.

"제가 이사장님의 목숨을 구해 드려서 이러시는 거라면, 그렇게 하지 않으셔도 됩니다. 저는 인간으로서 할 도리를 했을 뿐이니까요."

"제안이 마음에 들지 않으셨나 보군요."

"그런 건 아닙니다. 제안은 충분히 매력적이었습니다."

살짝 웃은 김 부총장은 마지막 카드를 꺼냈다.

"김 선생님께서 저희 대학원으로 진학해 주신다면, 박사학위 취득 후 바로 신화대 국문과 정교수로 임용하도록 하겠습니다. 정년을 보장해 드리지요."

정년 보장이라는 말에 윤우는 흥미로운 미소를 지었다.

NEO MODERN FANTASY STORY

뉴 라이프
NEW LIFE

Scene #35 낭중지추(囊中之錐)

Scene #35 낭중지추(囊中之錐)

낮잠에서 깬 슬아는 낮은 한숨을 내쉬었다.

짧은 꿈을 꿨다. 윤우와 함께 하는 행복한 꿈이었지만, 일어나면 이렇게 마음속 깊숙한 곳으로부터 허탈감이 들었다. 가질 수 없는 것을 꿈꾼다는 것은 잔인한 일이다.

"하아……."

기분 전환이 필요했다.

침대에서 내려온 슬아는 책상 위에 놓인 액자를 손에 들었다. 다함께 모여 찍은 졸업사진이었다. 하지만 슬아의 시선은 윤우를 떠나지 않는다.

환하게 웃는 그의 모습을 본 슬아의 입가에 미소가 맺힌다. 언제나 논리적이고 냉철한 그녀였지만, 지금만큼은 여느 소녀와 다르지 않다.

액자를 내려놓은 슬아는 이번엔 책장으로 향했다. 슬아의 손이 자연스레 맨 위를 향해 책 한 권을 꺼내 든다. 그것은 2000년도 거산청소년문학상 수상작품집이었다.

책을 집는 순간 책이 어느 특정 페이지로 쩍 벌어졌다. 워낙 자주 읽어 그 쪽만 헤진 것이다.

거기엔 윤우가 쓴 소설이 있었다.

이제는 소설 문장을 그대로 외울 수 있을 정도로 많이 읽었다. 아무리 읽어도 질리지 않았다. 마치 자신의 학창시절 모습을 보는 것 같았다.

그때는 확실히 어리석었다. 언젠가 윤우가 했던, 공부 말고도 재미있는 일은 많다는 그 말을 이해하지 못했었다.

슬아는 한참이 지나서야 그 말이 어떤 의미였는지 깨달을 수 있었다. 하지만 그것을 깨달았을 때 학창시절은 거의 끝나 있었다.

그래도 운 좋게 윤우와 같은 대학에 입학할 수 있었다. 마음만 먹으면 윤우와 더욱 가까워질 수 있다고 생각했었다.

하지만 그것은 굉장히 어려운 일이었다.

아무리 노력해도 그 간극을 좁힐 수가 없었다.

탁—

슬아는 책을 덮었다.

자신에게 주어진 시간은 길지 않았다. 이제 2년 뒤면 한국을 떠날 것이다. 그 시간이 지나기 전에, 슬아는 윤우에게 한 발자국 더 다가가고 싶었다.

굳게 결심한 슬아는 휴대폰을 들어 예린이에게 전화를 걸었다.

◈

윤우의 고민은 길지 않았다.

김 부총장의 제안은 분명 솔깃한 것이었다. 전생의 윤우는 대학 정교수가 되는 것이 꿈이었다. 연구중심대학인 신화대학교 교수직은 분명 매력적인 자리다.

하지만 지금은 상황이 많이 달라졌다. 윤우는 한국대학교에 입학했고, 얼마든지 한국대학교 대학원에 진학할 수 있는 여건을 갖추고 있었다.

그런 상황에서 다른 대학으로 무리하게 적을 옮기는 것은 어리석은 짓이었다. 지도교수와 틀어진 게 아니라면 한국대에서 벗어날 이유는 없다.

'무엇보다도 내 꿈을 펼치기에는 한국대만한 곳이 없어.'

윤우는 고개를 끄덕여 결론을 내렸다. 그리고 김 부총장에게 바로 전화를 걸어 정중히 거절의 뜻을 밝혔다.

하지만 김 부총장은 만만한 사람이 아니었다. 아직 시간은 많으니 마음이 변하면 언제든지 연락을 달라는 말을 전했다.

전화를 끊은 윤우는 침대에 편히 누웠다. 그리고 천장을 바라보며 흐뭇한 미소를 지었다.

'보험을 하나 들어 놓은 셈인가?'

한국대 교수직, 특히 국문과에서 교수를 한다는 것은 대단히 어려운 일이었다. 숱한 천재들과의 경쟁에서 이겨야 하는 것도 있지만 운도 따라줘야 하기 때문이다.

그렇기 때문에 신화대학교의 제안은 윤우에게 대단히 매력적으로 다가왔다. 만약 한국대에 들어갈 수 없는 일이 생긴다면, 차선책으로 신화대를 생각할 수 있으니까.

물론 그렇다고 해서 안일하게 일을 처리하진 않을 것이다. 어떻게 해서든 한국대 국문과에 자리를 잡는 것. 그것이 윤우의 0순위 목표였다.

그때 노크가 들렸다. 안으로 들어온 것은 예린이였다.

"저녁도 안 먹고 자려고?"

윤우는 몸을 일으켰다.

"아니. 그냥 누워있었어. 그런데 왜? 당분간 나 식사 당번 면제시켜주기로 한 거 잊진 않았겠지?"

예린이는 허리춤에 손을 올리더니 인상을 찌푸렸다.

"와, 말하는 거 좀 봐. 진짜 치사하네. 안 잊어 버렸거든? 수능 때 챙겨 준 거 가지고 한 일 년은 가겠다."

윤우는 어이없다는 표정을 지었다.

"대학에 합격하더니 사람이 변했구나."

예린이는 찔렸는지 입을 샐룩거린다.

"아무튼, 슬아 언니한테서 전화 왔어. 내일 저녁에 시간
괜찮냐고 하던데?"

"시간이야 괜찮지. 그런데 왜?"

"저녁 먹으러 놀러 오래."

"집으로?"

예린이는 고개를 끄덕였다. 윤우는 잠시 멍하니 동생을
바라보았다. 너무 뜬금없는 제안이었기 때문이다.

무엇보다도 윤우는 슬아네 집에 들어가 본 적이 한 번
도 없었다. 그랬기에 그녀의 제안이 더욱 생소하게 다가
왔다.

"무슨 일인데?"

"나 대학 합격했다고 축하 파티 한대."

"참가 인원은?"

"나랑 오빠. 끝."

약속 잡았으니 시간 비워두라고 말한 예린이는 대답도
듣지 않고 밖으로 나가 버렸다. 되는지 안 되는지 따위는
필요 없었던 모양이다.

'무슨 꿍꿍이야?'

아무튼 그렇게 다음 날 저녁, 윤우와 예린이는 슬아의 집으로 향했다. 그냥 빈손으로 가기는 뭣해 윤우는 슬아가 평소 즐겨 찾던 케이크 집에서 조각케이크 두 개를 샀다.

버스에서 내린 두 남매는 고급 아파트단지 안으로 들어섰다.

"오빠는 처음 가보는 거지?"

"예전에 현관 앞까지 가본 적은 있어."

"무슨 일로?"

"슬아가 술을 좀 마셨었거든. 취해서 데려다줬지."

예린이는 귀를 쫑긋 세웠다. 제 딴에 흥미로운 이야기였나 보다.

"그걸로 끝이야?"

"끝이지. 집 앞까지 데려다줬으면 된 거잖아?"

"아까운 기회를 놓쳤네."

"혹시나 해서 하는 말인데, 가연이한테 쓸데없는 이야기는 하지 마라."

예린이는 고개를 끄덕였다. 그래도 윤우는 왠지 마음이 놓이지 않았다.

"아무튼 슬아 언니 되게 잘살아. 집 안이 막 반짝거려."

"벽지에 금칠이라도 했대냐?"

풋 하고 웃은 예린은 엘리베이터에 올라선 뒤 17층 버튼을 눌렀다. 곧 두 사람은 17층에서 내려섰고, 1703호 앞에

서서 벨을 눌렀다.

곧이어 문이 열렸다.

현관 안에서 슬아가 웃으며 두 사람을 맞이했다. 여느 때보다도 환한 미소였다.

슬아는 가슴이 꽤 파인 블라우스를 입고 있었다. 그러다 보니 하얀 피부와 쇄골이 고스란히 드러나 있었다.

"축하해."

짧았지만 많은 감정이 담겨 있는 그 한마디에 예린이는 활짝 웃었다.

두 사람은 다정히 포옹했다. 슬아는 마치 친언니처럼 예린이의 등을 토닥여 주었다. 슬아가 남을 다독여 주는 장면은 흔한 장면이 아니다.

"고마워. 다 언니 덕이야."

"너희 오빠가 들으면 꽤 서운해 하겠는데."

"걱정 마라. 밉상 오빠는 알아서 논공행상에서 빠져줄 테니까."

말은 그렇게 해도 윤우로서는 기분이 좋을 수밖에 없었다. 어찌되었든 가장 좋은 결과가 나왔으니까. 동생이 행복하다면 그것만으로도 충분했다.

"나도 고마워. 예린이 말대로 네 덕분이야."

윤우의 말에 두 사람은 포옹을 풀었다. 그제야 윤우와 슬아의 눈이 마주쳤다.

"엄밀히 따지면 대학생 멘토링 프로그램을 도입한 학생 회장님 덕분이지."

"이야기가 그렇게 풀리나?"

슬아는 고개를 끄덕였다. 그녀가 웃는 모습을 보니 왠지 윤우는 생경한 기분이 들었다. 저렇게 순수한 미소는 보기가 쉽지가 않았으니까.

"근데 뭐 기분 좋은 일이라도 있었어? 오늘 따라 잘 웃는 것 같다."

"글쎄."

알 듯 말 듯한 대답을 남긴 슬아는 몸을 돌리더니 두 남매를 안으로 안내했다.

현관에 들어서자마자 달콤하고 고소한 냄새가 코를 찔렀다. 순간적으로 군침이 돌 정도였다. 거실에서 주방 쪽을 바라보니 가정부가 열심히 음식을 준비하고 있었다.

"언니. 저녁 메뉴는 뭐야? 뭔가 되게 맛있는 냄새가 나는데."

"너희들이 뭘 좋아할지 몰라서 이것저것 준비해 달라고 했어."

이미 완성된 음식만 해도 굉장히 종류가 다양했다. 음식만 있는 것이 아니라 한옆에 와인도 준비되어 있었다. 그것을 바라보는 예린이의 얼굴이 행복해졌다.

"부모님은 안 계셔?"

이번엔 윤우가 물었다.

"출장. 다음 주에나 오실 거야."

"여전히 바쁘시구나."

윤우는 슬아의 부모님을 졸업식 때 딱 한 번 봤었다. 오래 대화를 나눈 것은 아니었지만 굉장히 보수적이며 고집이 있는 분들이었다.

'그래서 부모님이 안 계신 날을 고른 건가? 어쩐지 좀 갑작스럽다더니.'

윤우는 소파에 앉아 주변을 둘러보았다.

인테리어는 강서연의 아파트와 대단히 비슷했다. 수묵화 한 점이 고급스러운 액자에 걸려 있었고, 백자 하나가 테이블 위에 놓여 있었다.

지나치지 않은 품격이 느껴졌다. 조용하고 지적인 슬아의 성격과 무척 잘 어울리는 그런 분위기였다. 그래도 윤우에게는 왠지 답답해 보였다.

"아, 나도 이런 곳에서 살고 싶은데. 넓고 좋아."

예린이는 마치 제집인 양 팔을 쭉 펴고 소파에 드러누웠다.

윤우는 그런 동생의 모습을 보며 작은 미소를 지었다. 동생의 소원이 이루어질 날이 머지않았다.

윤우는 조만간 주식을 일부 매각하여 이사를 할 계획을 가지고 있었다. 이재환 원장에게 괜찮은 곳을 알아봐 달라고 했으니 곧 이사를 할 수 있을 것이다.

어느새 마실 것을 내온 슬아가 옆자리에 앉았다.

"다 되려면 좀 시간이 걸릴 것 같아. 이거라도 마시고 있어."

윤우와 예린은 사양 않고 컵을 들었다.

"그런데 왜 우리만 부른 거야? 다른 애들도 같이 불렀으면 좋았을 텐데."

"가끔은 우리끼리 모이는 것도 좋잖아?"

뭔가 이해할 수 없는 말이었지만 윤우는 조용히 넘어가기로 했다. 초대자 선별은 주최자의 마음이니까.

그때 얌전히 주스를 마시던 예린이가 은근한 미소를 지으며 윤우의 옆구리를 쿡쿡 찔렀다.

"언니 방 어떻게 생겼는지 궁금하지 않아?"

"갑자기 무슨 뜬금없는 소리야."

"왜 남자들 그런 거 있다던데. 여학생의 개인 공간에 대한 판타지?"

윤우는 피식 웃었다.

"여동생 있는 남자들은 제외야. 여동생들이 알아서 환상을 다 깨주거든. 그리고 그거 실례다. 어디 가서 남의 방막 보고 그러지 마."

못마땅한 표정을 지은 예린이가 입을 툭 내민다.

"그래두 오빠랑 언니는 오래 알고 지낸 사이잖아. 소꿉

친구라고 해야 하나. 아무리 이성이라고 해도 집 한번 안
와봤다는 게 신기해."

"사전적 의미로 따지면 소꿉친구는 아니지. 알고 지낸
지 오래 되기는 했지만."

"언제부터였는데?"

"중1때부터였으니 6년쯤 됐네."

윤우는 잠시 슬아와 처음 만났던 중학교 1학년 시절
을 떠올려 보았다. 슬아도 추억을 되짚는 듯한 표정이었
다.

윤우는 문득 짓궂은 얼굴을 하더니 동생에게 넌지시 말
했다.

"예린이 너, 중학생 때 슬아가 나 공부 못한다고 얼마나
무시했는지 모르지?"

"응? 정말 그랬어?"

"그때 생각하면 얼마나 서러운지… 자다가도 벌떡 일어
나곤 한다니까. 요즘도."

과거의 사실을 잊을 정도로 슬아는 멍청하지 않았다. 얼
굴이 발갛게 달아올랐고, 결국 그녀는 모른 척 다른 곳으
로 시선을 돌린다.

확실히 못된 말을 하긴 했었다. 반평균을 깎아먹는다며
구박하기도 했고, 때로는 은근히 윤우를 따돌리기도 했다.
비웃는 것은 예삿일이었다.

하지만 슬아는 아이러니하게도 그 친구 덕에 행복이 성적순으로 결정되지 않는다는 것을 깨달았다. 그와 함께 있는 것만으로도 행복감을 느꼈으니까.

"철없던 시절의 일일 뿐야."

슬아의 변명이 시작되자 윤우와 예린이는 소리 내어 웃었다. 어차피 농담 삼아 한 말이었다.

하지만 슬아는 진지했다. 다른 사람도 아니고 윤우와 관계된 일이었으니.

"그땐… 미안해. 내가 생각이 짧았어. 그래도 고등학교 올라와서는 네가 이겼으니 결과적으로는 잘 된 거잖아?"

"이기고 지는 게 어딨어. 다 같이 잘 됐으면 그걸로 된 거지."

슬아는 고개를 끄덕였다. 지극히 윤우다운 대답이라고 생각했다.

1등과 2등을 다퉜던 고등학교 시절. 순위는 아무런 의미가 없었다. 둘 다 목표로 했던 대학에 입학하고, 하고 싶은 공부를 마음껏 할 수 있게 됐다.

"우와. 나 처음 알았어. 이런 게 가진 자의 여유라는 거구나……."

두 사람에 비해 상대적으로 성적이 좋지 않았던 예린이의 한마디였다.

그로부터 반시간 후, 세 사람은 식탁에 앉아 식사를 시작했다.

식탁이 부러지는 건 아닌가 싶을 정도로 음식이 가득했다. 육해공의 진미들이 한상 가득 들어찼다. 가정부가 아니라 요리사가 아니었을까 싶을 정도다.

"어때? 맛있어?"

슬아가 젓가락을 꼭 쥔 채 조심스레 물었다.

"괜찮네."

"진짜 맛있어 언니!"

원하는 대답이 나오자 슬아는 미소를 보였다. 갈비를 뜯던 윤우는 그런 그녀의 표정을 보곤 고개를 갸웃한다.

"그런데 윤우 너, 명성학원 그만 뒀다며? 저번 주에 원장님 만났을 때 들었어."

6개월 단기 계약이 끝난 윤우는 이재환 원장과 재계약을 하지 않았다. 목표치의 자본금을 모았으니 당분간은 공부에 집중을 할 생각이다.

슬슬 대학원 입학을 준비해야 하고, 내년이면 투자한 주식이 눈덩이처럼 불어날 것이다. 굳이 시간을 낭비하며 일을 도와줄 필요는 없었다.

무엇보다도 이제 명성학원에는 자신이 필요 없었다. 윤우가 판단하기에 그곳은 이미 인터넷강의사업을 주도할 만큼 크게 성장했다.

"무슨 일이든 박수칠 때 떠나는 게 아름다운 법이지."

욕심을 내려놓았기에 가능한 일이었다.

만약 윤우가 또 다른 인생을 살지 않았더라면 이재환 원장과 재계약을 체결했을 것이다. 그때는 자신의 인생에서 어떤 것이 중요한지 몰랐을 테니까.

"원장님 말씀 들어보니, 너 졸업하면 다시 학원으로 데려가려는 것 같더라."

윤우는 단호히 고개를 가로 저었다.

"그건 내 길이 아니야. 충분히 한눈을 팔았으니 이제 진짜 공부만 파야지. 내년에 군대도 가야하고……."

"안 갈 수 있는 방법 있지 않니? 대학원 가면 방위 쪽으로 빠질 수 있는 걸로 알고 있어."

"석박사급은 전문연구요원으로 빠질 수 있긴 한데, 인문대쪽은 여석이 없다고 봐야지. 그리고 기왕 다녀오는 거면 현역으로 당당히 다녀오는 게 나아."

"오빠 멋있다. 쓸데없는 데에서."

윤우는 동생의 머리에 꿀밤을 먹였다.

"쓸데없는 데라니. 이렇게 편하게 앉아서 맛있는 거 먹는 것도 다 군인들이 밤낮없이 나라를 지켜주기 때문이야. 조금은 감사할 줄도 알아라."

"칫."

슬아가 물었다.

"정확히 언제쯤 갈 건데?"

"2학년 마치고 바로 갈 생각이야. 대학원 들어가기 전에는 병역을 끝내야지."

석사와 박사, 그리고 강사까지는 쭉 이어서 하는 것이 유리했다. 아무래도 도중에 경력이 끊기면 복구하는 데 시간이 오래 걸리기 때문이다.

"면회 갈게."

슬아는 진한 아쉬움을 표했다. 이미 한 번 군대를 다녀왔던 윤우는 고개를 가로 저었다.

"안 와도 돼. 너 오면 부대에서 난리 날 거다."

"하긴, 언니는 웬만한 연예인보다 예쁘니까."

과장은 아니었다. 슬아는 이제 영문과 여신을 넘어 한국대 여신으로 추앙받고 있는 중이다. 얼마 전에는 대형 연예기획사에서 컨택이 오기도 했었다.

칭찬이 싫지 않았던 슬아는 웃으며 와인 병을 들었다.

"한잔 괜찮지?"

"그래."

화기애애한 분위기 속에서 취기가 서서히 오르기 시작했다. 술이 약했던 예린이는 기세 좋게 마시더니 옆에서 꾸벅꾸벅 졸고 있다.

"녀석."

윤우는 예린이를 부축해 소파에서 누워 쉬게 했다. 다시 식탁으로 돌아온 윤우는 잔을 들어 목을 축였다.

슬아도 꽤 술이 올라 있었다. 양쪽 볼이 붉게 달아올라 있어서 그런지 쇄골 부근이 더욱 하얗게 보였다.

"너도 그만 마셔. 술도 못 마시는 녀석들이 기분 좋다고 무리하면 어떡해?"

"나야 우리 집이니까 상관없잖아?"

"하긴, 그것도 그렇네."

슬아가 잔을 들어 건배를 제의했다. 윤우는 그녀와 잔을 마주쳤다.

특별한 말이 오가지는 않았다. 두 사람은 그저 묵묵히 목을 축일 뿐이다. 간간히 흘러나오는 말들은 크게 의미가 있는 말은 아니었다.

그러다보니 어느새 밤 10시가 훌쩍 넘어 버렸다.

"늦었네. 슬슬 가야겠는데?"

윤우는 자리에서 일어서 예린의 볼을 툭툭 건드렸다.

"김예린. 일어나 봐. 집에 가야지."

"……."

아무런 반응이 없었다. 굉장히 깊게 잠든 모양이다. 몇 번 동생을 흔들어보던 윤우는 난처한 표정을 지었다.

"이거 곤란한데. 완전히 푹 잠든 모양이야."

"여기서 자고 가라고 해. 어차피 당분간은 나 혼자 지낼 거니까."

"그럼 동생 좀 잘 부탁해. 난 먼저 간다."

외투를 걸친 윤우가 몸을 돌리자 갑자기 슬아가 그의 옷깃을 붙잡았다. 덕분에 윤우는 다시 슬아 쪽으로 돌아서야 했다.

"왜?"

"잠깐 얘기 좀 해."

"무슨?"

슬아는 대답하지 않고 맞은편에 있는 방으로 들어갔다. 도대체 무슨 일일까. 고개를 갸웃한 윤우는 잠시 외투를 벗어두고 슬아 뒤를 따라갔다.

그곳은 슬아의 방이었다.

모노톤의 침대와 서랍, 그리고 옷걸이가 전부였다. 여자 방에서 흔히 볼 수 있다는 인형 같은 건 하나도 없었다. 도시적인 느낌이 드는 공간이었다.

책상을 지나치던 윤우는 액자를 발견하고 손을 뻗었다. 졸업식 때 찍은 사진이 들어 있는 액자였다. 액자 속에서 모두가 환하게 웃고 있다.

윤우가 액자를 흔들며 말했다.

"의외네. 이런 취미는 없을 줄 알았는데."

"겉으로는 차갑게 보일지 몰라도… 나도 추억 하나 정도는 가지고 있어. 사람이니까."

"그런 의미로 한 말은 아닌데."

어느새 슬아는 침대에 걸터앉아 있었다. 길게 뻗은 다리와 살짝 드러난 어깨가 대단히 고혹적이었다.

슬아의 시선은 윤우가 들고 있는 액자를 향하고 있었다. 아득한 눈빛. 슬아는 액자에 담긴 그 시절을 떠올리고 있었다.

"가끔 그 액자를 보면 그런 생각이 들 때가 있어. 1년밖에 지나지 않았는데 왜 먼 과거처럼 느껴질까. 왜 마음 한 구석이 무거운 걸까."

직감적으로 슬아의 의도를 눈치챈 윤우는 조용히 액자를 내려놓았다.

"생각해보니 답은 간단했어."

슬아는 조용히 윤우를 바라보았다. 다만 그 답을 입 밖으로 꺼내지는 않았다.

윤우는 그 답이 무엇인지 알 것만 같았다. 자신을 향한 슬아의 눈빛이 너무나 간절했기 때문이었다.

하지만 윤우는 그녀의 마음을 받아줄 수 없었다. 그에게는 전생에서부터 이어진 인연이 있었으니까.

결국 윤우는 시선을 돌려 그녀를 외면했다. 슬아도 더는 진도를 나가지 않았다. 서로 어색하게 되는 건 무엇보다도 원하지 않는 일이었다.

대신 화제를 바꾸었다. 깜짝 놀랄 만한 일로.

"나, 2년 뒤에 미국 가."

"미국? 꽤 갑작스럽네."

"이번에 해외 유학 프로그램에 지원했는데 합격했어. 예일대에서 박사까지 밟을 예정이야."

어렴풋이 예상은 하고 있었다.

그녀의 전공은 영문학이다. 장차 목표가 무엇인지는 확실히 모르지만, 공부를 계속 하고 싶다는 뜻을 표했었다. 제대로 공부를 하려면 외국으로 나가야 할 것이다.

"다른 애들도 알아?"

"아니. 너한테 제일 먼저 얘기하는 거야."

미국행을 고백하며 슬아는 윤우가 조금은 아쉬워해 주길 바랐다. 하지만 그는 태연했다. 그래서인지 왠지 손해 본 느낌이었다.

"대학원이라면… 너도 교수를 하려고 생각하고 있는 거야?"

"그래. 한국대에서."

처음으로 슬아의 구체적인 목표를 전해 듣는 순간이었다.

슬아가 덧붙여 말했다.

"물론 한국대에서 교수를 한다는 건 쉽지 않겠지. 일단은 목표일뿐이야."

윤우는 고개를 끄덕였다. 국문과든 영문과든 한국대에서 교수를 하는 것은 쉽지 않은 일이다. 국문과와는 달리 영문과는 해외 유학이 필수이기 때문에 더 어려울 수도 있다.

그래도 윤우는 밝게 웃어 주었다. 제대로 해 보지도 않고 겁을 먹는 것은 어리석은 짓이다.

"그럼 서로 힘내보자. 목표를 위해서."

"중간에 포기하기 없기야."

"너야말로."

윤우는 마음이 든든해졌다. 같은 전공은 아니지만 왠지 같은 목표를 향해 나아가는 동료를 얻은 듯한 기분이었다.

"그래서, 할 말은 그게 다야?"

"일단은."

사실 진짜 할 말은 꺼내지 못했다.

좋아한다는 말.

분위기를 잡아보려고 여러 시도를 해 봤다. 하지만 번번이 실패했다. 슬아는 세상에서 공부만큼 쉬운 게 없다는 말을 실감하는 중이었다.

조심스러워질 수밖에 없었다. 왠지 좋아한다는 말을 꺼내면, 두 번 다시 윤우를 볼 수 없을 것 같은 느낌이 들던 것이다.

"그럼 난 이만 간다. 다음에 봐."

"조심히 들어가."

아쉽지만 슬아는 윤우를 놓아 줄 수밖에 없었다.

그 시각, 한국대 근처 고급 바에서는 국문과 교수 세 명이 자리하고 있었다.

남재창 교수와 소진욱 교수, 그리고 강민혜 교수가 좁은 테이블에 앉아 있었는데, 이 자리는 남재창 교수가 제안한 자리였다. 제자였던 소 교수와 강 교수는 거절할 수 없었다.

단순히 남재창 교수가 지도교수였기 때문에 거부할 수 없는 것은 아니다. 그는 학계에서 최고봉에 위치한 사람이었다. 절대 밉보여서는 안 되는 존재인 것이다.

실제로 그에게 말대답을 했다가 모든 대학에서 강의가 끊긴 사람들도 있었다. 그랬기에 그의 연구실에는 늘 아첨하러 온 사람들의 발걸음이 끊이질 않았다.

답답했는지 남재창 교수가 넥타이를 살짝 풀었다. 그리고 술을 쭉 들이켰다. 술이 들어간 탓에 얼굴은 붉었지만, 그의 눈빛은 독사처럼 차가웠다.

"아무래도 시간강사를 몇 명 교체해야 할 것 같더군."

그 말에 술을 마시려던 소진욱 교수의 손이 뚝 멈췄다.

"시간강사를 말입니까?"

"그래."

뜬금없는 이야기였다. 소진욱 교수는 걱정스러운 표정을 지었다.

"벌써 강사 계약이 끝나고 수강신청도 모두 종료된 상황입니다. 갑자기 강사를 교체하게 되면 학생들이 혼란을 겪을 수도 있고, 수업과에서도 좋아하지 않을 겁니다."

"수업과에는 어쩔 수 없는 상황이라고 얘기를 하면 되겠지. 아예 전례가 없는 일도 아니고… 개강 전이니 생각 외로 번거롭진 않을 거야."

"선생님. 이 시점에서 다른 강사를 쓰게 되면 이미 계약을 했던 강사들은 일자리를 잃게 됩니다. 이미 다른 대학들도 채용을 마쳤을 테고요."

소진욱 교수는 하고 싶은 말이 많았다. 하지만 입을 다물어야 했다. 남재창 교수가 흐뭇하게 웃더니 손을 들어 말을 막았던 것이다.

"오늘따라 자네답지 않게 꽤 말이 많군."

"죄송합니다."

소진욱 교수는 고개를 숙였다. 남재창 교수의 미소는 분명한 경고를 담고 있었다.

"아니, 죄송하다고 빌어야 하는 건 그놈들이지. 다른 학교에 가서 내 험담을 하고 다니는 모양이더군. 고얀 놈들. 그런 놈들에게 강의를 줄 필요가 있나?"

그들이 험담을 했는지 아닌지는 확인할 길이 없다. 다만 한국대 국문과에서 남재창 교수의 말은 곧 법이었고, 그것을 따라야 한다는 점은 분명했다.

그랬기에 소진욱 교수는 아무런 대꾸도 못했다. 임용된 지 얼마 안 된 강민혜 교수는 이 대화에 끼지도 못했다.

"정 어려우면 내가 수업과에 직접 얘기하지."

"아닙니다. 내일 제가 바로 연락해 보도록 하겠습니다. 그런데 대체할 강사는 누구입니까?"

"서광필이가 강의가 더 필요한 모양이야. 백은대에서 자리를 잡기 어려운 모양이더군."

"서광필 선생이요? 음, 알겠습니다."

누가 봐도 부조리한 상황이었다.

시간강사는 강의 하나하나에 목숨을 걸고 산다. 형편이 넉넉한 사람이야 큰 관계는 없겠지만 대부분 바쁜 시간을 쪼개 공부를 하며 어렵게 생활한다.

이런 식으로 갑작스레 계약해지를 통보하면 그들의 삶은 막막해진다. 다른 학교도 이미 모집이 끝나 더 이상 찔러볼 곳이 없기 때문이다.

소진욱 교수는 마음이 쓰렸다. 하지만 어쩔 수 없는 현실이다. 현실에서의 승자는 서광필 선생처럼 로비를 잘 한 사람들인 것이다.

그때 강 교수가 끼어들었다.

"그런데 선생님. 외람된 말씀이지만… 제 지도학생인 이현지의 석사논문은 어떻게 할까요?"

"이현지? 그게 누구지?"

"전후문학 전공하는 학생 있잖아요. 이번에 다시 논문 심사에 들어간."

"아아, 그 친구."

남재창 교수가 웃으며 술을 들이켰다. 그에게서 아무런 대답이 없자 강민혜 교수가 조심스레 다시 말을 꺼냈다.

"저번 심사에서 탈락됐던 부분을 집중적으로 보완했어요. 다른 석사논문의 수준과 비교했을 때 부족한 부분은 없다고 생각합니다. 통과시켜도 괜찮을 것 같아요."

남재창 교수는 고개를 갸웃했다.

"글쎄. 내가 보기엔 아직 정성이 좀 부족한 것 같은데."

강민혜 교수는 더는 이야기를 꺼내지 못했다. 그가 말한 '정성'의 의미가 무엇인지 대번에 알아챈 것이다.

논문에 대한 정성이 아니었다. 쉽게 말해 심사에 참가하는 교수들에게 정성을 베풀라는 의미였다.

확실히, 이현지 학생이 지난 논문 심사에서 탈락한 이유도 단순히 논문 때문이 아니었다. 심사 교수들을 제대로 접대하지 못했다는 이유가 컸다.

"술이 다 떨어졌군요. 더 시키겠습니다."

남 교수는 거만하게 앉아 고개를 까딱거렸다. 소 교수는 빈 병을 한쪽으로 치우며 직원을 불렀다.

잠시 후 직원이 맥켈란 21년산을 한 병 더 가져왔다. 소진욱 교수는 잠시 화장실에 다녀오겠다며 자리를 비웠다.

잔을 따르는 것은 소 교수가 아니라 강 선생의 몫이었다. 그것은 지난 수십 년간 변하지 않는 암묵적인 룰.

"역시 강 선생이 따라주는 술이 제일 맛있어."

남 교수는 씨익 웃으며 강 교수를 은근히 쳐다본다. 입꼬리와 주름이 진 이마에 불쾌한 느낌이 배어 있다.

남 교수의 시선이 강 교수의 봉긋한 가슴에 닿더니, 이어 그녀의 매끈한 허리를 따라 쭉 내려간다.

강 교수는 불쾌함을 느꼈지만 겉으로 전혀 드러내지 않았다. 빨리 소진욱 교수가 돌아와 주기만을 바랄 뿐이다.

"천천히 드세요. 평소보다 빨리 드시는 것 같은데요?"

"오늘 같은 날 마셔야지, 안 그래? 강 선생이 그동안 바쁘다고 얼굴도 제대로 못 봤는데."

남 교수는 은밀히 손을 뻗어 강 교수의 손을 잡았다. 뜨겁고 투박한 것이 닿자 소름이 돋는다.

그때 마침 소진욱 교수가 자리로 돌아왔다. 남 교수의 손은 자연스레 강민혜 교수에게서 떨어졌다.

"한잔 하시죠."

강민혜 교수가 불쾌한 감정을 억누르며 건배를 제의했고, 나머지 두 사람이 건배를 받았다.

쨍—

잔을 부딪친 강 교수는 위스키를 쭉 들이켰다. 마음 같아서는 술을 남 교수 얼굴에 들이붓고 싶었다.

이런 불쾌한 스킨십이 하루 이틀이 아니었다. 대학원 시절부터 지금까지 쭉 이어온 습관 같은 것이었다.

하지만 강 교수는 자신의 스승을 거역할 수 없었다.

지배와 피지배.

같은 교수라고 해도 위계서열은 엄격했다. 강 교수는 아직 정년 보장을 받지 못했다. 그리고 그녀의 생존권을 쥐고 있는 건 남재창 교수다.

옆에 있던 소 교수는 무표정으로 남 교수를 바라보고 있다. 강 교수는 계속 술을 마시기만 한다. 그러다보니 셋 사이에서 미묘한 기류가 흘렀다.

음악이 하나 끝나고 주변이 조용해질 때, 남재창 교수가 입을 열었다.

"소진욱 선생."

"예, 선생님."

"이번에 교외 오리엔테이션은 자네가 다녀오지 그러나?"

"이미 강 선생이 다녀오는 것으로 결정이 되어 있습니다만, 특별한 지시사항이라도 있으십니까?"

남 교수는 강 교수의 어깨를 다독이며 말했다.

"작년엔 강 선생이 갔으니 올해도 보낼 수는 없지. 자네가 대신 가도록 해. 필요하다면 다른 선생과 같이 가는 것도 방법이겠군."

"알겠습니다."

새로운 음악이 시작되었다. 느릿하면서도 애절한 느낌의 블루스였다. 리듬에 따라 손가락을 까딱거리던 남재창 교수가 뭔가 생각났다는 듯 작은 신음을 흘렸다.

"아아, 그러고 보니 재미있는 이야기를 들었어."

"재미있는 이야기요?"

남재창 교수는 재미있다는 말을 쉽게 할 위인이 아니었다. 그랬기에 두 제자들은 스승의 말에 귀를 기울였다.

"03학번 김윤우 군 말이네."

"윤우가 왜……."

가장 민감하게 받아들인 사람은 소 교수였다. 아무래도 윤우의 지도교수였으니까.

"강태완 이사장 알지? 왜, 신화재단 이사장 있잖나."

"예, 알고 있습니다."

"윤우 군이 강 이사장의 목숨을 구했다고 하더군."

남 교수는 자신이 들은 윤우의 활약상을 전했다. 소 교수와 강 교수는 감탄음과 함께 고개를 끄덕였지만, 남 교수가 왜 이런 이야기를 꺼내는지 이해를 하지 못했다.

그럴 만도 했다. 남 교수가 꺼내려던 본론은 그게 아니었으니까.

그가 하고 싶은 말은 따로 있었다.

"그래서 제안을 하나 받은 모양이야. 강태완 이사장에게."

"어떤 제안입니까?"

"신화대 쪽에서 윤우 군을 빼가려고 하는 모양이더군."

남 교수는 짐짓 심각하게 말했지만, 소 교수는 고개를 가로 저었다.

"그런 일은 없을 겁니다. 그 친구는 목표가 확실하니까요. 분명 대학원은 우리 학교로 올 겁니다."

"글쎄. 어떻게 될지는 모르는 일이지. 이건 확실치 않은 이야기인데… 신화대에서 전임교수 자리를 제안한 모양이야. 신화대 대학원으로 온다는 조건 하에."

"전임교수 자리를 말입니까?"

소 교수와 강 교수 둘 다 놀랄 수밖에 없었다. 국문학계에서 그런 대우는 전무후무한 일이었다.

"그래. 내 듣기론 분명히 그랬지."

"파격적이네요."

강 교수가 솔직한 심정을 말했다.

하지만 소 교수는 말없이 신중히 생각에 잠겼다.

윤우는 분명 크게 될 인물이었다. 이대로 대학원까지 무사히 마치면 말이다.

하지만 교수직이 걸려 있다면 이야기는 달라진다. 아무리 수도권 대학이라고 해도 인문대에서 교수를 하는 것은 정말 쉽지가 않기 때문이다.

그래도 소 교수는 윤우를 믿었다. 고등학교 때부터 그를 보아 왔다. 한국대에 대한 애착이 누구보다 강하다는 것을 잘 알고 있었다.

"아마 루머일 거라고 생각합니다. 전임교수 자리를 걸고 대학원생을 받는 건 이 분야에서 없었던 일이니까요. 윤우는 대학을 옮기지 않을 겁니다. 걱정하지 않으셔도 됩니다."

"걱정? 하하하, 이 친구 갑자기 무슨 소리를 하는 건지 모르겠군. 걱정은 안 해. 윤우 군이 우리 학교로 오든 말든 상관은 없거든. 어쩌면 안 오는 편이 그 친구 인생에 더 도움이 될 수도 있고."

의외의 말에 두 제자가 눈을 크게 뜨고 스승을 바라본다. 두 사람이 전혀 예상하지 못한 말을 꺼낸 남재창 교수는 위스키의 뒷맛을 음미하고 있었다.

소진욱 교수가 침착하게 말을 꺼냈다.

"윤우는 특별한 학생입니다. 선생님께서도 보셨다시피……."

남재창 교수는 그의 말을 끊었다.

"특별한 학생은 충분히 많아. 그건 자네도 잘 알 텐데? 전국의 수재들이 몰리는 곳이 우리 대학원이라는 걸."

침묵이 돌았다.

그리고 남재창 교수는 씨익 웃으며 본심을 꺼냈다.

"예로부터 낭중지추(囊中之錐) 라는 말이 있어. 하지만 말이네. 송곳이 너무 날카로우면 주머니를 뚫고 살을 찌르는 법이야."

남재창 교수는 윤우가 마음에 들지 않았다.

지나치게 뛰어났기 때문이다. 윤우는 자신이 하지 못한 것을 어린 나이에 척척 해냈다. 자신이 세운 업적을 뛰어넘을 만한 재능을 갖추고 있었다.

이대로 한국대에 입학해 교수가 되고 학계 활동을 활발히 내 나간다면 자신의 시대는 끝나게 될 것이 분명했다.

탐욕스러웠던 남재창 교수는 그 꼴을 볼 수 없었다. 권력은 영원해야 했다. 그랬기에, 내심 윤우가 신화대 쪽으로 가 주길 바라고 있었다.

'역시 그런 거였나.'

짧은 시간 동안 이 모든 것을 간파한 소진욱 교수는 심각한 표정을 지었다. 그는 내일 당장 윤우를 불러 이야기를 해야겠다고 생각했다.

이대로라면, 윤우의 한국대 대학원 입학이 좌절될 가능성이 있었다.

NEO MODERN FANTASY STORY

뉴 라이프
NEW LIFE

Scene #36 새로운 다짐

Scene #36 새로운 다짐

윤우는 인문관 앞에 앉아 있는 신입생들을 둘러보았다.
40여명의 신입생들은 옹기종기 모여 앉아 버스가 오기를
기다리고 있었다.

그때 정소영이 인문관에서 나왔다. 후드 티에 몸을 꽉
죄는 패딩 점퍼를 입은, 매우 캐주얼한 복장이었다.

어깨에 힘을 주고 신입생에게 선배 노릇을 하던 그녀는
윤우를 발견하고는 쪼르르 이쪽으로 달려왔다.

"무슨 바람이 분 거야? 교외 오티 안 간다고 하지 않았
어?"

"소진욱 선생님이 따라가시는 걸로 바뀌었잖아. 그러니
까 나도 가야지."

"대학원생도 아닌데 그렇게 챙길 필요 있나."

"학부생이든 대학원생이든 그게 뭐가 중요해. 마음이 중요한 거지. 그런데 승주는?"

"몰라. 어느 이쁘장한 신입생이랑 눈이라도 맞았나보지."

소영이는 인상을 찡그리며 고개를 홱 돌려 버린다. 아무래도 단단히 질투가 난 모양이다.

괜히 여기에 있다가 소영이에게 화풀이만 당할 것 같아, 윤우는 인문관 안으로 피신했다.

윤우의 목적지는 3층에 있는 소진욱 교수 연구실이다. 슬슬 버스가 도착할 시간이 되었으니 소 교수에게 알릴 필요가 있었다.

"어? 김윤우. 웬일로 학교에 있어? 너도 오티 가?"

이제는 대학원생이 된 서은하가 3층에서 막 2층으로 내려오고 있었다. 윤우는 잠시 멈춰 그녀에게 목례했다.

"오늘 되게 자주 듣네요. 왜 오티 가냐는 질문. 벌써 네 번째인 것 같은데."

"네가 평소에 과 행사 잘 참여 안하니까 그렇지. 학부생 주제에 연구하느라 행사에 참가하지 못한다는 게 말이 돼?"

"전 행사 참여하려고 대학 온 거 아녜요. 공부하려고 온 거지."

윤우의 당당한 대꾸에 서은하는 잠시 할 말을 잃었지만, 이내 재미있다는 듯이 웃음을 터트렸다.

"하하하! 그래. 역시 그래야 김윤우답지. 소진욱 선생님이 가셔서 따라가려는 거지?"

"누나도 작년에 강 선생님 수행했잖아요. 비슷한 거라고 생각하면 돼요."

"그러게. 그게 벌써 일 년 전 일이다. 시간 참 빠르네."

소진욱 교수 연구실에는 송현우도 있었지만, 그는 대학원생이라 참가하지 않았다. 신입생 환영회에 대학원생이 끼는 건 좀 그랬으니까.

무엇보다도 송현우는 논문학기에 접어들어 최근엔 도서관에서 살다시피 하고 있다. 그래서 소진욱 교수 연구실에는 잘 나타나지 않는다.

"아무튼 조심히 잘 다녀 와. 예쁜 애들 많다고 바람 피면 안 된다. 알았지?"

은하의 말대로 확실히 이번 신입생들 중엔 예쁜 애들이 많았다. 국문학과는 여학생이 많기로 유명하지만, 이번 04학번 신입생의 경우는 특이하게 많았다.

그래도 윤우의 심미안을 만족시킬 만한 사람은 없었다. 이미 가연이와 깊은 관계를 유지하고 있었고, 무엇보다도 가까운 거리엔 윤슬아라는 사람이 있었으니까.

"그럼 다녀올게요."

"잘하고 와. 일꾼 1호."

윤우는 그 길로 소진욱 교수 연구실로 들어갔다.

소 교수는 책상에 앉아 무언가를 골똘히 생각하고 있었다. 윤우는 그의 표정이 밝지 않은 게 신경이 쓰였다.

"선생님. 어디 불편한 데라도 있으신가요?"

"아니, 잠깐 생각할 게 있어서. 버스는 벌써 도착했나?"

"곧 도착할 거예요. 멀미약이라도 챙겨 드릴까요?"

소 교수는 씁쓸히 웃으며 고개를 가로 저었다. 그러더니 자리에서 일어서 윤우를 가만히 바라보았다.

"잠깐 자네와 할 얘기가 있는데… 아니지, 지금은 여유가 별로 없으니 이따 숙소에 도착하면 하도록 하자."

"무슨 일이신데요?"

"확인해 두고 싶은 게 있어서."

윤우는 궁금증이 들었다. 확인이라니. 도대체 무슨 이야기를 하려는 걸까.

궁금증이 앞섰지만 더 묻는 것은 실례이기에 윤우는 화제를 돌렸다.

"짐 먼저 내려다 놓겠습니다. 이따 버스 도착하면 전화 드릴게요."

"그래."

윤우는 소진욱 교수의 짐을 들고 인문관 밖으로 나갔다. 짐을 쌓아둔 곳에 소 교수의 가방을 내려놓은 윤우는 주변을 두리번거렸다. 아직 버스는 도착하지 않았다.

"저, 선배님."

생소한 목소리에 윤우는 고개를 돌렸다. 긴 생머리에 커다란 눈동자를 가진 어떤 여학생이 자신을 올려다보고 있다.

첫눈에 봐도 귀엽다는 느낌이 드는 여학생이었다.

윤우는 반사적으로 그 학생의 명찰을 확인했다. 04학번 최유리라는 이름이 적혀 있다.

"무슨 일이지?"

"아, 그게… 교내 오티 때 옆에 앉았었는데 기억 안 나세요?"

"그랬나?"

윤우는 기억을 되짚어 보았다. 교내 오리엔테이션 때는 잠깐 얼굴만 비추고 나간 터라 기억이 많이 남아있지는 않았다.

"그랬던 것 같기도 하고. 사실 그냥 인사만 하고 나올까 싶어서 별로 마음에 두고 있지는 않았거든."

"너무 빨리 가셔서 좀 서운했어요. 이것저것 이야기 나누고 싶었거든요. 그리고 연락처도 좀 받고 싶었는데."

유리는 부끄러운 건지 아니면 어려운 건지 고개를 살짝 숙였다.

미소를 지은 윤우는 손을 앞으로 내밀었다. 유리는 그

손을 멀뚱히 바라보고 있더니, 뒤늦게 휴대폰을 꺼내 윤우의 손에 올려놓았다.

"감사합니다."

"별말씀을."

윤우는 유리의 휴대폰에 자신의 연락처를 저장했다. 그리고 다시 그녀에게 돌려주었다.

"공부하다 어려운 게 있으면 언제든 연락해. 내가 할 수 있는 데까지 도와줄 테니까. 점심 먹을 때도 연락하고. 원래 신입생일 때는 점심 값 안 쓰는 거다."

"고맙습니다, 선배님."

"님 자는 안 붙여도 돼."

"그럼 오빠라고… 불러도 돼요?"

"좋을 대로."

유리는 생긋 미소를 지었다. 보조개가 살짝 들어간 것이 무척 귀여웠다.

"그런데 선배… 아니 오빠는 몇 조예요?"

"난 조 없어. 소진욱 선생님 수행해야 해서."

"그렇구나……."

그때 버스가 도착했다는 외침이 들렸다. 윤우는 유리에게 어서 내려가 보라고 얘기한 다음, 소진욱 교수의 짐을 챙겨 버스에 올랐다.

윤우는 혼자 앉았다. 원래는 승주와 함께 앉아야 하지만, 승주는 소영이의 옆자리에 붙들려 있었다.

윤우는 휴대폰을 꺼내 가연이에게 답장이 왔는지 확인했다. 아직 문자는 오지 않았다.

폴더를 닫으며 짧게 한숨을 내쉬는 윤우.

'요즘 들어 답장이 좀 늦는 것 같은 느낌인데.'

가끔은 전화를 받지 않을 때도 있었다. 예전과는 확실히 뭔가가 달라졌고, 이러한 일들은 연애에 있어 굉장히 좋지 않은 징조에 속했다.

하지만 실제 만났을 때는 예전과 다를 바 없이 행동했다. 여전히 사랑스러운 미소를 지었다. 그랬기에 윤우는 딱히 불만을 말하진 않았다.

'바쁜 일이 있는 건가? 요즘 아르바이트한다고 했으니 좀 정신이 없을 수도 있고… 그래도 오늘은 쉬는 날일 텐데.'

윤우는 버스에서 내리자마자 전화를 한번 해 봐야겠다고 생각했다. 아무래도 좀 신경이 쓰였다.

"저, 오빠. 여기 앉아도 돼요?"

유리였다. 윤우는 휴대폰을 집어넣으며 고개를 끄덕였다. 살짝 웃은 유리는 자리에 앉더니 손에 들고 있던 과자를 윤우에게 내밀었다.

"과자 드실래요?"

"아니, 너나 많이 먹어라."

"이런 거 별로 안 좋아하시나 봐요."

"과자는 잘 안 먹어."

윤우는 창밖으로 시선을 돌렸다. 아직 서울을 벗어나지
못했다. 목적지는 강원도에 위치한 콘도였다. 버스로 네
시간은 가야 하는 먼 거리다.

"오빠."

윤우는 고개를 돌려 유리를 바라보았다.

"듣기로는 학회에서 발표도 하고 논문도 쓰신다던데 정
말이에요?"

"오티 가서도 논문을 써야 해서 노트북 들고 왔어. 그런
데 그런 쓸데없는 건 누구한테 들었어?"

"승주 선배한테요. 오빠 칭찬이 자자하던데요? 학회에
서 멋지게 토론을 했던 얘기도 들었고… 그 얘기를 듣다
보니 저도 왠지 대학원에 가고 싶어졌어요."

윤우는 피식 웃었다.

"신중히 생각해. 대학원은 가고 싶다고 막 가고 그런 곳
은 아니니까. 어떤 학문이든 마찬가지겠지만 진짜 공부를
하려면 많은 것을 포기해야 해."

"구체적으로 어떤 것을 포기해야 하는데요?"

윤우는 잠시 생각을 정리한 다음 대답했다.

"아무래도 돈이 가장 크겠지. 재산적 운명을 타고 난 사람이라면 돈 걱정은 하지 않아도 되겠지만."

"저희 집은 잘 사는 편이 아니라서, 좀 고민해 봐야겠네요."

대화가 끊겼다. 윤우는 왠지 피로감을 느꼈다. 유리를 상대하는 한편으로 가연이의 일을 생각하다 보니 정신적으로 빠르게 지쳤던 것이다.

옆에서 윤우의 눈치만 살피던 유리는 그의 표정이 별로 밝지 않자 입을 꾹 다물었다.

그렇게 버스는 한 시간 반을 달려 휴게소에 정차했다.

윤우는 내리자마자 가연에게 전화를 걸었다. 하지만 신호음만 갈 뿐, 연결이 되지 않았다.

윤우는 전화를 끊고 다시 한 번 걸었다. 결과는 마찬가지였다.

– 문자 보면 연락 좀 해

그렇게 문자를 남긴 윤우는 다시 버스에 올랐다. 왠지 겨울바람이 평소보다 차갑게 느껴졌다.

숙소에 도착하고 나서도 가연이에게 연락은 오지 않았
다.

윤우는 애써 마음을 비우고 방에 앉아 논문을 읽었다.
하지만 무슨 소리인지 제대로 눈에 들어올 리가 없었다.

"김윤우. 지금 강당에서 조별 장기자랑 한다는데 안 갈
거냐?"

승주가 물어왔다. 윤우는 논문에 시선을 둔 채 손을 들
어 보였다.

승주가 밖으로 나가자 윤우는 다시금 혼자가 되었다. 곧
한숨을 내쉬더니 논문을 내려놓았다.

그때 전화벨이 울렸다. 윤우는 잽싸게 휴대폰을 꺼내 폴
더를 열었다.

하지만 윤우의 표정은 다시금 어두워졌다. 전화를 건 것
은 가연이가 아니라 소진욱 교수였다.

"예, 선생님."

– 괜찮으면 지금 잠깐 얘기 좀 하지.

"알겠습니다. 지금 방으로 찾아가겠습니다."

윤우는 소진욱 교수의 숙소로 움직였다. 바로 아래층이
라 금방 도착할 수 있었다.

아담한 방에 소진욱 교수 혼자 앉아 있었다. 그의 앞엔

소주 한 병과 잔 두 개, 그리고 마른안주가 놓여 있다.

소 교수가 가벼이 웃으며 소주병을 들어보였다.

"조금 이르지만 소주 한 잔 할까?"

"좋죠."

소 교수는 소주를 열어 윤우에게 한잔 따라 주었다. 윤우도 병을 받아 소 교수의 잔을 채웠다. 그리고 잔을 부딪친 다음 한잔 쭉 들이켰다.

윤우는 즉시 소 교수의 빈 잔을 채웠다. 소 교수는 그런 윤우를 바라보며 미소를 짓는다.

"자네가 한국대에 온 지도 벌써 일 년이 지났어."

"그러게요. 시간 참 빨리 가는 것 같습니다."

이번엔 소 교수가 윤우의 잔을 채웠다.

"어때, 지낼 만한가?"

"정신없이 지내다 보니 그런 생각을 할 겨를이 없었네요. 그래도 나름 즐겁게 지내고 있습니다."

"하긴, 자네는 다른 학생들과는 달리 꽤 바쁘게 달려왔지."

그때 소진욱 교수의 표정이 변했다. 정확히는 그의 얼굴에서 미소가 사라졌다. 평소 보기 힘든 진지한 표정을 지었다.

"하지만 바쁘게 달려오다 보니 자네가 놓치고 있는 부분이 있는 것 같아서 이렇게 불렀어."

"놓치고 있는 부분이요?"

소 교수는 고개를 끄덕였다.

"신화대에서 대학원 입학 제의를 받았다고 하던데, 사실인가?"

윤우는 그렇다고 대답했다. 특별히 소문을 내고 다닌 것은 아니지만, 언젠가 소진욱 교수도 알게 될 거라고 생각했다. 이 바닥은 굉장히 좁으니까.

"신화대 국문과 전임교수 자리를 제안 받은 것도 사실이고?"

"그렇습니다."

"그래서 어떻게 하기로 했나?"

"거절했습니다. 전 한국대에 뼈를 묻을 생각입니다."

윤우를 가만히 바라보던 소 교수는 고개를 끄덕였다. 적어도 그가 보기에 윤우는 거짓말을 하고 있지 않았다.

"하지만 그렇게 생각하지 않는 사람들이 있어. 가령, 남재창 선생님이라든지."

여기에서 남재창 교수의 이름이 나올 줄은 꿈에도 몰랐다. 윤우는 정신을 번쩍 차렸다.

"남 선생님도 자네가 제안을 받았다는 이야기를 들으셨더군. 썩 반가워하는 눈치는 아니셨어. 이게 무슨 뜻인지 자네도 대충은 알겠지?"

윤우는 천천히 고개를 끄덕였다.

그가 의미하는 것은 간단했다. 남재창 교수의 마음에 들지 않으면 한국대에 자리를 잡는 것은 불가능하다는 것.

"하지만… 남재창 선생님의 정년이 얼마 남지 않은 걸로 알고 있습니다. 제가 한국대 교수에 지원할 때쯤이면 안 계실 겁니다."

"자네 말이 맞아. 하지만 문제는 대학원이지. 자네가 대학원에 입학하는 시기는 빠르면 2년 뒤. 남 선생님은 그 뒤로도 몇 년은 더 대학에 계실 거야."

소 교수의 말도 일리가 있었다. 남 교수가 거부권을 행사한다면 아무리 시험을 잘 치른다고 해도 대학원에 입학하는 것은 불가능하다.

"그러면 제가 어떻게 해야 합니까?"

소진욱 교수는 잠시 생각에 잠겼다. 신중하게 할 말을 골랐다. 윤우의 인생을 좌지우지할 수도 있는 순간이었기 때문이다.

"당분간은 남재창 선생님께 잘 보이도록 해. 신화대 쪽과는 앞으로 접촉하는 일이 없었으면 좋겠군. 주변에 있는 신화대 인맥은 정리하는 게 좋겠어."

윤우의 머릿속으로 강태완 이사장과 강서연의 모습이 떠올랐다. 강태완 이사장은 자주 보는 사이는 아니지만 강서연은 달랐다. 매주 한 번씩은 과외를 해준다.

이런 곳에서 발목을 잡힐 줄은 꿈에도 몰랐다.

하지만 윤우는 차분히 생각을 정리해 나갔다. 그는 지금까지 숱한 어려움에 처해 왔었다. 그때마다 소신 있게 결단을 내렸고, 어려움을 극복해냈다.

"제가 인맥을 정리한다고 해서 상황이 좋아질까요? 전왠지 다른 곳에 이유가 있을 것 같다는 느낌입니다."

"사실 내 생각도 그래."

소 교수는 술잔을 들어 한 번에 입안으로 털어냈다. 그리고 잔을 내려놓고, 낮게 한숨을 내쉬며 진실을 말했다.

"자네의 재능을 질투하고 있는 거야. 남 선생님은."

숙소로 돌아온 윤우는 집에서 미리 준비해 온 캔맥주를 하나 꺼냈다. 방 안엔 아무도 없었다.

"한 박자 쉬고! 두 박자 쉬고! 세 박자 마저 쉬고 하나 둘 셋 넷!"

"둘둘 셋 넷!"

벌써 술판이 벌어졌는지 복도가 아이들의 함성소리로 요란하다. 윤우는 그것을 한 귀로 흘리며, 캔을 따고 맥주를 시원하게 들이켰다.

'재능을 질투하고 있다고?'

소진욱 교수가 틀린 말을 했다고 생각되진 않았다. 그도 나름대로 보고 들은 정황을 바탕으로 합리적인 결론을 내렸을 것이다.

그 누구도 하지 못한 업적을 세워 나가는 중이다. 윤우는 학부 시절부터 꾸준히 학회에 참가해 양질의 논문을 발표하며 인정받고 있었다.

다른 사람의 이목은 신경 쓰지 않았다. 다만 논문을 쓰는 것이 즐거웠고, 전생에서는 하지 못했던 것을 해 나가며 여기까지 온 것이다.

강태완 이사장과 얽히게 된 일도 그랬다. 그것은 전적으로 윤우가 의도한 일이 아니었다.

그날 윤우와 친구들이 그 패밀리 레스토랑에 모이지 않았더라면 지금처럼 신화재단과 엮일 일은 없었을 것이다.

윤우의 눈매가 좁아졌다.

'남재창 선생님에게 잘 보이고 말고의 문제가 아니야. 그는 나의 근본적인 부분에서부터 거부감을 느끼고 있어.'

이미 엎질러진 물이다. 윤우는 학계로부터 주목을 받고 있었다. 앞으로 조용히 지낸다고 해도 남재창 교수의 시선에서 자유로울 수는 없을 것이다.

결국 윤우가 내릴 수 있는 결론은 지금처럼 자신의 신념에 따라 움직이는 것뿐이었다. 대학원에 진학하기 위해 남교수에게 아첨하지는 않을 생각이다.

'한국대 대학원에 입학하지 못하면 어쩌지? 남재창 선생님이 정년퇴임할 때까지 입학 시기를 늦춰야 하나? 아니면… 신화대로 옮겨야 하나?'

윤우는 여러 가지 가능성을 두고 고민을 했다. 가능하면 한국대 대학원에 들어가고 싶었다. 하지만 세상일은 자신의 뜻대로만 되지 않는 법이다.

남재창 교수가 은퇴한다고 해도 아마 명예교수로 학교에 계속 남을 가능성이 있었다.

무엇보다도 그의 제자들이 한국대에 버티고 있으니 자신을 배척하려는 움직임이 계속될 수도 있다.

한국대에는 소진욱 교수와 강민혜 교수만 있는 것이 아니었다. 두 교수가 윤우를 밀어준다고 해도, 다른 교수가 반대를 하면 판이 엎어질 가능성이 컸다.

'어려운 문제다.'

답답한 마음에 윤우는 캔맥주를 쭉 들이켰다.

그때 주머니에서 전화벨 소리가 울렸다. 윤우는 캔을 내려놓고 전화를 받았다.

– 미안해. 잠깐 뭐 좀 하느라 연락을 못 받았어.

가연이었다. 윤우는 기분이 좋지 않았지만, 내색하지 않고 그녀에게 물었다.

"무슨 일인지 물어봐도 괜찮을까?"

– 그게… 잠깐 책 읽느라 집중해서 연락 온지 몰랐어.

별로 납득할 만한 변명은 아니었다.

윤우는 짧게 한숨을 내쉬었다. 하지만 그것으로 끝이었다. 더는 가연이를 추궁하지 않았다.

"저녁은 먹었어?"

"응. 아까 먹었어. 윤우는 잘 도착했어?"

"지금 숙소야. 애들 한창 술 마시고 있어. 내일 모레 올라갈 거야. 올라가면 만나서 이야기 좀 하자."

— 왜? 무슨 일 있어?

"아니, 중요한 일은 아니고… 일단 만나서 얘기해."

— 응. 알았어. 미안해. 전화 못 받아서.

진심이 느껴지는 사과였다. 윤우는 그나마 응어리졌던 마음이 풀어짐을 느꼈다.

"잘 자고 내일 연락해."

— 그럴게. 윤우도 잘 자. 사랑해.

"나도."

윤우는 전화를 끊었다.

그런데 그때 갑자기 문이 벌컥 열리더니 승주가 안으로 들어왔다. 그 뒤로 신입생들이 술과 안주를 들고 하나 둘 방 안으로 들어오기 시작했다.

대부분 낯선 얼굴들이었다. 그나마 최유리의 얼굴만 익숙했다. 승주가 이번 오티 2조 조장이었으니 아마 자신의 조원들을 다 데리고 온 모양이다.

"언제까지 논문만 쓰고 있을 거야? 그러지 말고 신입생들이랑 좀 놀아줘라. 오티에 왔으면 선배노릇은 해야 할 거 아냐."

윤우는 피식 웃으며 자리에서 일어섰다.

짧은 시간에 너무 많은 일이 일어났다. 어차피 지금 논문에 손을 댄다고 해도 제대로 된 물건이 나올 것 같지는 않았다. 그래서 윤우는 빙 둘러앉은 신입생 무리에 끼어들었다.

"안녕하세요, 선배님."

"그래. 반갑다."

윤우는 주변을 쭉 둘러보았다. 여학생 여섯과 남학생 한 명이었다. 꽤나 부담스러운 성비였고, 그들은 일제히 윤우를 주목하고 있었다.

윤우가 승주에게 물었다.

"장기자랑은 어떻게 됐어?"

"당연히 우리 조가 1등 했지."

"상품은?"

"맥주 한 박스."

소주나 막걸리만 볼 수 있는 학과 행사에서 맥주는 꽤 귀한 술에 속했다.

"오늘은 꽤 호화롭게 마실 수 있겠군."

"다 내 덕분이니 감사히 생각하라고."

윤우와 승주의 대거리가 끝나자 후배들이 끼어들었다.

"근데 윤우 선배님. 유리한테 연락처 주셨다면서요? 저희들한테도 알려주시면 안 돼요?"

"맞아요. 유리만 편애하시는 것 같아서 질투 나요."

후배들이 애교를 섞으며 윤우에게 따지기 시작했다. 윤우는 씨익 웃더니 직접 소주병을 들고 승주와 후배들의 술잔을 하나씩 채워 주었다.

"좋아. 오늘 술자리에서 끝까지 남는 사람이 졸업할 때까지 내 직속 후배가 되는 거다. 참고로 난 술이 좀 세. 버틸 수 있겠어?"

"네!"

후배들이 자신만만하게 한목소리가 되어 외쳤다. 그중 유리의 목소리가 가장 컸다. 그녀는 호감을 품은 눈으로 윤우를 넌지시 바라보고 있었다.

윤우는 마지막 잔을 시원하게 비웠다. 이로써 후배들이 가져온 술은 모두 사라졌다.

생존자는 아무도 없었다. 2조 신입생들은 각자 자리에 누워 잠들어 있었다. 유리가 그나마 끝까지 버텼지만, 윤우의 주량을 이겨낼 수는 없었다.

'승주 녀석은 다른 방에서 자고 있는 건가?'

중간에 잠깐 바람 좀 쐬러 나간다고 했는데, 그 이후로 돌아오지 않았다.

창밖을 보니 아직 어두컴컴했다. 새벽 5시가 조금 넘어 있었다. 윤우는 벽장에서 이불을 꺼내 후배들에게 하나씩 덮어 준 다음 숙소를 나섰다.

차가운 공기가 느껴지자 술이 좀 깨는 듯한 느낌이었다. 그렇게 로비 쪽으로 걷다 보니 익숙한 얼굴의 사내가 먼저 자리를 잡고 있는 게 보였다.

소진욱 교수였다. 그는 피곤한 얼굴을 하며 자리에 앉아 있었다.

"선생님도 많이 드셨나 봐요?"

소 교수는 힘없이 웃으며 고개를 끄덕였다.

"애들에게 한 잔씩 받다 보니 이렇게 됐지 뭐야. 후우, 작년에 강 선생은 어떻게 버텼는지 모르겠군."

윤우는 웃으며 그의 옆자리에 앉았다.

"강 선생님도 술이 꽤 세시던데요. 저도 작년에 대작한 적이 있었는데 쉽지 않더라고요."

"세긴 셌지. 강 선생은 학부 때부터 유명했어. 그 친구를 술로 이길 수 있는 사람은 없었지."

"꽤 오랜 인연이시군요."

잠시 침묵이 돌았다. 윤우와 소진욱 교수는 의자에 기대

앉아 천장을 올려다 볼 뿐이다.

한참 후 소 교수가 먼저 말을 꺼냈다.

"생각은 좀 해 봤나?"

구체적인 질문은 아니었지만 윤우는 대번에 그의 의도를 파악했다.

"밤새 술을 마시며 생각을 해 봤어요. 확실히 쉬운 문제는 아니더라고요."

"그렇지. 분명 쉬운 문제는 아니지."

"어쨌든 분명한 건, 남재창 선생님께 잘 보인다고 해도 일이 해결될 것 같진 않다는 겁니다. 근본적으로 저라는 사람이 마음에 안 드는 거니까요."

소진욱 교수는 고개를 끄덕였다.

윤우가 계속 말했다.

"그래서 그냥 제가 하고 싶은 대로 하기로 했습니다. 이도 저도 아니라면 가려던 길을 계속 고집하는 게 옳은 것 같아서요."

소진욱 교수도 예상하고 있던 대답이었다. 고등학교 시절부터 윤우를 보아 온 그였다. 어떤 사고방식을 가졌는지는 누구보다도 잘 안다.

소탈하게 웃은 소진욱 교수는 윤우의 어깨를 다독여 주며 말했다.

"그렇게 결정을 내렸다면 나도 도와줄 수 있는 데까지

도와주도록 하마. 강 선생도 힘을 보탤 거야. 그러니 주눅 들지 말고 끝까지 해 보도록 해."

그리고 농담 삼아 한 마디를 덧붙인다.

"뭐, 일이 틀어지면 신화대로 가는 것도 나쁘지 않겠지. 전임교수직을 보장해 준다는데 나쁘지 않은 제안이잖아?"

"너무하시네요."

윤우도 웃으며 대꾸했다. 윤우는 이런 상황에서도 농담을 던질 수 있는 소 교수의 재치가 마음에 들었다.

"아무튼 전 한국대에 자리를 잡을 겁니다. 여전히 제 꿈은 그곳에 있거든요."

"꿈이라. 젊다는 건 좋은 거구나."

"선생님도 아직 젊으시잖아요."

어느새 윤우의 얼굴에서 취기가 사라졌다. 취기뿐만이 아니다. 잠시 그의 혜안(慧眼)을 가리던 안개도 사라진 느낌이다.

외로이 떠 있는 달을 바라보는 그의 두 눈은 여느 때보다도 강한 의지로 빛나고 있었다.

교외 오리엔테이션을 무사히 마치고 서울로 돌아온 다음 날, 윤우는 상훈고등학교 근처에 있는 카페에 앉아 가연이가 오기만을 기다렸다.

주문한 커피가 벌써 절반이나 사라져 있었다. 표정을 굳힌 윤우는 시계를 바라보았다. 현재 시각은 오후 3시 20분. 약속 시간이 20분이나 지나 있었다.

조금 늦는다는 연락이 오긴 했었다. 하지만 가연이가 약속시간에 늦은 것은 오늘이 처음이었다.

'무슨 일이 있는 게 분명해.'

윤우는 그렇게 결론을 내릴 수밖에 없었다.

윤우는 경우의 수를 머릿속으로 나열해 보았다. 하지만 그 어느 것도 긍정적인 것이 없었다. 가장 마음이 아팠던 것은, 가연이가 다른 남자와 눈이 맞은 경우를 떠올렸을 때였다.

그 일만큼은 일어나지 않기를 바랐다. 물론 학업과 연구를 병행하느라 가연이를 자주 만나지 못한 책임은 자신에게 있었다. 그래도 그녀는 쉽게 믿음을 져버릴 사람은 아니었다.

그로부터 10분이 지났다.

짤랑—

카페 문이 열리더니 가연이가 안으로 들어왔다.

뛰어왔는지 양쪽 볼이 빨갛게 익어 있었다. 주변을 두리번거리던 가연이는 윤우를 발견하고는 이쪽으로 재빨리 뛰어왔다.

"미안해. 깜빡 잠들었지 뭐야. 오래 기다렸지?"

"왜 뛰어 와. 그러다 넘어져서 다치면 어쩌려고."

가연이는 맞은편에 앉아서 가만히 숨을 골랐다. 그러면서도 조심스레 윤우의 눈치를 보고 있다.

평소라면 윤우의 옆자리에 앉았을 것이다. 하지만 그의 굳은 표정을 보니 왠지 옆에 앉기가 어려웠다.

"저기… 많이 화났어?"

"일단 주문부터 하지 그래."

가연이는 벨을 눌러 직원을 불렀다. 그리고 늘 마시던 그 커피를 주문했다.

직원이 떠나고 나니 정적이 흘렀다. 가연이는 애써 웃으며 윤우에게 물었다.

"오티는 어땠어?"

"재미있는 애들이 많이 들어왔더라고. 마무리 지어야 할 논문이 있었는데, 애들이랑 놀아주느라 제대로 쓰지도 못해서 고생을 좀 하고 있어."

"선배가 된 기분은 어때?"

"나만 선배가 됐나? 너도 선배가 됐잖아."

"하지만 난 오티에 참석을 못 했잖아. 그래서 아직 후배들을 못 봤어."

윤우는 잔을 들어 커피를 마셨다. 시선은 창밖을 향해 있다. 덕분에 이야기가 끊기고 둘 사이에 침묵이 찾아왔다. 가연이는 왠지 이 침묵이 싫었다.

잠시 후 직원이 쟁반을 들고 다가왔다.

"주문하신 커피 나왔습니다. 맛있게 드세요."

"감사해요."

평소라면 향을 음미하며 만족스러운 표정을 지었을 그녀다. 하지만 가연이는 커피에 손을 대지 못했다. 걱정스러운 표정으로 윤우의 안색만 살피고 있다.

"미안해. 연락 잘 못 받아서. 그래서 화가 난 거지?"

"화가 나지는 않았어. 다만 좀 이해되지 않는 부분이 있어서 그래."

그제야 윤우의 시선이 가연이를 향했다. 윤우는 표정을 풀고 가벼이 웃었다.

처음부터 화를 낼 생각은 없었다. 이성적으로 문제를 해결해 나가고 싶었다.

"최근 연락이 잘 안 된다는 거, 너도 인정할 거야. 그 때마다 바빴다, 못 봤다고 하고 있는데 솔직히 내 입장에서는 납득이 잘 안 돼. 지금까지는 그런 적이 없었잖아? 특별히 무슨 일을 한다는 얘기도 없었고."

윤우의 말은 사실이었다. 가연이는 천천히 고개를 끄덕였다.

"그래서 그 이유를 알고 싶은 거야. 왜 바쁜지, 요즘 연락이 뜸한 이유가 무엇인지. 그래야 내가 다른 오해를 하

161

지 않잖아?"

"응. 그렇지."

"혹시, 다른 남자 생긴 거야?"

"아니, 아냐. 그런 거 아냐."

가연이가 깜짝 놀라며 고개를 가로 저었다. 그 솔직한
반응을 본 윤우는 마음을 놓았다. 적어도 다른 사람이 생
겨서 그런 건 아니라는 확신이 들었다.

"놀라는 걸 보니 사실인가보네. 누구야? 어떤 놈이랑 바
람을 피고 있는 거야?"

윤우가 놀리듯 말했다. 부끄러웠는지 가연이의 얼굴이
점점 빨개지고 있었다.

"그런 거 아니라니깐?"

그래도 덕분에 경직되었던 분위기가 많이 풀어졌다. 가
연이는 조금이나마 웃음을 되찾을 수 있었다.

"알았어. 안 놀릴 테니까, 왜 그랬는지 솔직하게 얘기해
줘. 그래야 나도 신경을 덜 쓸 거 아냐."

한숨을 내쉰 가연이는 물끄러미 커피잔을 바라보기만
했다. 고민을 하고 있는 것 같았다. 이걸 얘기해도 되나,
아니면 말아야 하나.

"사실, 어느 정도 확신이 서면 이야기하려고 했었어. 아
직은 이른 것 같아서 말야."

윤우는 집중하며 다음 말을 기다렸다.

결심했다는 듯 입술을 꾹 깨문 가연은 가방을 열더니 뭔가를 꺼냈다.

커다란 책이었다. 자세히 보니 그냥 책이 아니었다. 편입용 영어 기출문제를 모아 놓은 문제집이었다.

"편입… 하려고?"

가연은 고개를 끄덕였다.

"최근에 학원에 나가고 있어. 그래서 연락을 잘 못 받았던 거야. 도서실에 나가서 공부를 할 때도 있거든."

"그럼 미리 얘길 하지."

"떨어지면 부끄럽잖아. 1차 서류전형에 합격하면 이야기하려고 했어."

윤우의 입에서 한숨이 흘러나왔다. 전혀 예상하지 못했던 일이었다. 전생에서의 가연이는 편입을 하지 않고 백은대를 졸업했으니 말이다.

다가올 미래가 또다시 바뀌려고 하고 있었다.

그러다보니 윤우는 궁금해질 수밖에 없었다. 왜 편입을 하려는 것인지, 그리고 어디로 편입을 하려는 것인지.

"어디로 편입하는지 물어봐도 될까?"

가연이는 잠시 주저하다 대답했다.

"한국대학교."

윤우는 또다시 놀라고야 말았다.

"한국대학교? 정말?"

"그래. 한국대학교에 지원할 거야."

한국대 편입은 굉장히 어렵기로 유명하다. 서류전형이 끝나면 전공기초시험을 치러야 하고, 합격자는 전공심화시험과 함께 면접고사를 치른다.

공통적으로 보는 영어시험은 최고의 난이도를 자랑한다. 무엇보다도 선발 인원이 몇 명 안 되기 때문에 경쟁이 치열하다.

그것을 잘 알고 있던 윤우였다. 쉽게 힘내라는 말을 꺼낼 수가 없었다. 복잡한 얼굴로 가연이를 바라볼 뿐이다.

"표정을 보니 안 될 거라고 생각하는구나?"

가연이가 정곡을 찔러 왔다. 당황한 윤우는 고개를 가로저었다.

"아니. 그런 건 아니고… 좀 의외라고 할까. 연수대나 고명대는 생각해보지 않은 거야?"

"생각해보긴 했어. 근데 이왕 준비할 거면 목표를 높게 잡는 게 어떤가 싶어서."

씨익 웃은 가연이는 커피를 한 모금 마셨다. 마음을 완전히 비운 것 같은 표정이었지만, 그간의 고민의 흔적이 고스란히 얼굴에 남아 있었다.

"힘들 거라는 건 잘 알아. 그래도 노력하면 할 수 있을 거라고 생각해. 지금까지 윤우가 나한테 가르쳐줬잖아. 노력하면 뭐든 된다는 걸."

윤우의 얼굴에 미소가 번졌다. 역시, 자신의 노력을 알아주는 것은 가연이밖에 없다.

"이제 제일 궁금한 질문이 남았어. 왜 갑자기 편입을 하려는 건데?"

"나중에… 네가 교수가 되고 나면 나만 좀 뒤처지는 게 아닌가 싶었어. 사람들이 남편이 아깝다고 하면 나도 그렇지만 윤우도 기분 안 좋을 거 아냐?"

남편이라는 말에 윤우는 가슴이 찡해졌다. 의외로, 가연이는 먼 미래를 내다보고 있었다. 이렇게 착하고 배려심 있는 사람을 잠시나마 의심했다는 것이 미안했다.

"너도 잘 알겠지만, 대학 간판이 그 사람의 모든 것을 말해 주진 않아."

"알아. 나도. 하지만 그게 편입을 준비하는 이유의 전부는 아냐."

"그럼?"

가연이는 잠시 뜸을 들이다 말했다.

"조금 유치한 생각이긴 한데, 나도 윤우랑 학교 같이 다니고 싶어."

윤우는 웃었다. 엉뚱한 이유라고 생각될 수도 있지만, 가연이의 입장에서는 그럴 만도 할 것이다. 조사 '도'를 괜히 사용한 것이 아니다.

가연은 슬아를 의식하고 있었던 것이다.

165

오히려 인연이 없던 슬아와는 중학교 때부터 대학교까지 쭉 같은 학교를 다니고 있다. 가연이 입장에서는 여러 모로 신경이 쓰이는 상황인 것이다.

그렇다고 윤우더러 학교를 바꾸라고 할 수는 없다. 윤우와 슬아는 대한민국 최고의 두뇌들이다. 그들이 한국대학교에 들어가는 것은 당연한 일이었다.

맞은편 소파로 자리를 이동한 윤우는 미소를 지으며 가연이를 끌어안았다. 포근하면서도 달콤한 향기가 느껴졌다. 윤우는 이 향기가 세상에서 제일 좋았다.

"준비 잘 해. 내가 끝까지 응원해 줄게."

"고마워."

그렇게 두 사람은 오해를 깨끗이 풀었다.

NEO MODERN FANTASY STORY

뉴 라이프
NEW LIFE

Scene #37 입대

Scene #37 입대

1학기는 눈 깜짝할 사이에 지나갔다. 윤우는 선배로서 최선을 다했고, 그 이상으로 연구에 매진했다.

그렇게 찾아온 초여름. 한국대학교 캠퍼스 안에 위치한 동문회관에서 무척 큰 행사가 열렸다.

수많은 내빈들과 한국대학교 관계자들이 연회장에 모여 파티를 즐기고 있었다. 대부분 나이가 많았는데, 오늘은 한국대학교 전반기 총동문회가 열리는 날이었다.

아무래도 대한민국 최고학부의 동문회다보니 각계각층에서 유명 인사들이 총출동했다. 연예인은 물론 현직 국회의원, 기업 총수들도 모두 파티에 참가했다.

그런데 그런 호화로운 연회장에 어울리지 않는 사람이

딱 한 명 있었다.

바로 윤우였다.

졸업생만 참가할 수 있는 동문회 정기 파티에 윤우가 초대받은 것이다. 윤우는 정장을 입은 다른 사람들과는 달리 캐주얼하게 입었는데, 인물이 좋아 분위기에 잘 녹아들었다.

"여기서 또 만나게 되는군요."

"오랜만입니다. 이사장님."

윤우는 미소를 지으며 강태완 이사장에게 인사를 했다. 그는 지팡이를 들고 있었는데, 왠지 영국 신사를 보는 듯한 느낌이 들었다.

"선생님. 왜 정장 안 입었어요?"

평소 애지중지하던 손녀딸 강서연이 함께 있었다. 서연은 흥미로운 눈으로 윤우의 이곳저곳을 훑어보기 시작했다.

"학생이잖아. 그런데 넌 한국대 출신도 아닌데 어떻게 왔어?"

"칫, 이래봬도 특별 손님이라구요."

씨익 웃은 윤우는 다시 강태완 이사장을 주목했다.

"그나저나 건강은 좀 어떠십니까?"

"괜찮습니다. 최근 발작이 일어나는 일도 없고, 운동을 꾸준히 하고 있지요."

"다행입니다."

고개를 끄덕이며 흡족하게 웃은 강태완 이사장은 손녀의 어깨를 어루만지며 말했다.

"어떻게, 우리 서연이는 말을 잘 듣는지요? 워낙 왈가닥이다 보니 윤우 씨가 좀 고생을 하실 것 같기도 합니다."

"저 왈가닥 아니거든요?"

서연이가 강하게 부인했지만 윤우는 고개를 끄덕였다.

"조금 힘들긴 하지만 그래도 견딜 만합니다. 대한민국에서는 고3이 제일 상전이잖아요."

"선생님!"

"허허허, 말씀을 듣고 보니 그것도 그렇군요. 아무튼 앞으로도 잘 부탁드립니다."

그때 서빙을 보던 직원이 와인을 한 잔씩 권했다. 서연이는 양심껏 음료를 들었고, 강 이사장과 윤우는 와인 잔을 들고 건배를 했다.

"그런데 술 드셔도 괜찮습니까?"

"와인 정도는 문제없습니다. 뭐, 발작이 일어나면 윤우씨가 다시 도움을 주시겠지요."

윤우는 웃으며 그의 농담을 받았다. 그때 젊은 사내 하나가 자리에 끼어들었다.

"아아, 이거 오랜만에 뵙습니다. 이사장님."

"오! 이게 누군가. 이하진 군 아닌가?"

"저번에 쓰러지셨다고 들었는데, 괜찮으신 거죠? 와인을 들고 계신 걸 보니 괜찮으신 것 같기도 하고. 하하하."

이하진이라는 이름에 윤우의 귀가 솔깃했다. 마른 체형에 안경을 낀 청년. 그가 바로 국내 최대 포털 네이비의 설립자였던 것이다.

윤우는 호기심 가득한 눈으로 두 사람의 대화에 집중했다.

"괜찮다마다. 여기 앞에 있는 이분 덕에 목숨을 건졌지. 자, 인사들 하지. 이쪽은 네이비의 이하진 사장이네. 이쪽은 국문과 학부생인 김윤우 후배님."

이하진은 환하게 웃으며 윤우에게 악수를 건넸다.

"반갑습니다. 이하진입니다. 강 이사장님을 도와주셨다고요. 소문이 자자하더군요."

"해야 할 일을 했을 뿐입니다. 반갑습니다, 선배님."

이하진은 품에서 명함을 하나 꺼내 윤우에게 건넸다.

"그리고 보니 전에 소진욱 교수님이 찾아 오셨었는데… 문학 사전 프로젝트에 대한 제안을 받았는데 꽤 흥미롭더군요. 혹시 알고 있습니까?"

문학사전 프로젝트는 윤우가 1학년부터 연구보조원으로 활동하며 직접 참여한 프로젝트였다.

윤우에게는 나쁘지 않은 기회였다. 그는 천연덕스럽게 웃으며 프로젝트에 대한 이야기를 꺼냈다.

"소진욱 선생님께 네이비 쪽에 서비스 제공을 하는 게 어떻겠냐고 제안을 드리긴 했는데, 지금 어떻게 되고 있는지 잘 모르겠네요. 학부생이다 보니 아직 끼어들 수 있는 곳이 많지 않아서요."

걸려들었다. 역시나 이하진 사장은 흥미로운 표정을 지어 보였다.

"제공 제안을 했던 게 윤우 후배였습니까?"

"예. 개인적으로 네이비가 최근 전개하고 있는 사전 데이터베이스화 작업에 관심이 많았거든요. 인터넷 관련 디바이스는 계속 보급이 될 거고… 사전류 콘텐츠를 잘 구축한다면 트래픽을 어느 정도 확보할 수 있을 것 같아서요."

과거의 경험을 가지고 있는 윤우는 잘 알고 있었다. 모든 학생들이 과제를 위해 네이비에 들른다는 것을. 사전 데이터베이스도 그러한 작업의 일환이었다.

턱을 쓸어 만지며 환하게 웃던 이하진 사장이 윤우에게 다시 한 번 악수를 건넸다.

"이거 흥미롭군요. 언제 꼭 연락 주시죠. 빈말 아닙니다. 느긋하게 이야기를 나눠보고 싶네요."

"조만간 연락드리도록 하겠습니다."

그때 연회장 내부가 조금 어두워졌다. 강렬한 조명이 대형 홀의 무대로 집중되었다. 나비넥타이를 맨 사회자가 걸어 나오더니 마이크를 잡았다.

"다들 즐겁게 즐기고 계신가요? 이제 슬슬 본 무대로 들어갈 시간입니다!"

박수갈채가 터져 나왔다. 모든 사람들이 연단을 향해 돌아섰다.

가장 먼저 연사로 나선 것은 한국대학교 총동문회장이었다. 그는 재치 있는 유머를 섞어가며 동문회에 참여해준 사람들에게 감사를 표했다.

총동문회장을 포함한 연사들의 무대가 끝나자 사회자가 나서서 다음 순서를 진행했다.

"자, 그럼 지금부터 자랑스러운 한국대인상 시상식을 거행하도록 하겠습니다."

총동문회장이 시상을 위해 다시 연단으로 나왔다. 그리고 젊은 여자 두 명이 각각 꽃다발과 상패를 들고 뒤를 따랐다.

"자랑스러운 한국대인상은, 여러분들도 잘 아시다시피 연구 부문과 사회공헌 부문으로 나눠서 시상합니다. 먼저 재학생 부문을 시상하도록 하겠습니다."

연회장의 조명이 한층 더 어두워졌다. 사회자는 미리 준비한 대본을 보며 수상자를 호명했다.

"재학생 연구부문, 국어국문학과 03학번 김윤우 학우!"

박수갈채가 쏟아져 나왔다.

윤우는 수상 사실을 알고 있었기 때문에 미리 앞으로 나가 있었다. 그래서 바로 연단에 올라갈 수 있었다. 스포트라이트가 윤우를 따라 무대로 이동했다.

"축하하네."

총동문회장이 상패를 건네며 악수를 청했다. 뒤이어 윤우는 꽃다발을 받았다. 강태완 이사장은 흡족한 눈으로, 그리고 제자 강서연은 신기한 눈으로 윤우를 보고 있다.

잠시 후 사회자가 들고 있던 마이크가 윤우에게 넘어왔다. 윤우는 어색한 미소를 지으며 마이크를 들었다.

"먼저 이 상을 주신 총동문회 선배님들께 진심으로 감사의 말씀을 드립니다."

다시금 박수가 쏟아져 나왔다. 윤우는 이미 동문회에서 유명 인사였다. 동문회에서 큰일을 맡아 하는 강태완 이사장의 목숨을 살린 은인이었기 때문이다.

윤우는 박수 소리가 잦아들 때까지 잠시 기다렸다가 말을 이었다.

"제가 지금까지 써왔던 여러 논문은, 모두 선배님들께서 일궈놓은 토양에서 자랐습니다. 싹을 틔우고 건강하게 자랄 수 있는 환경을 만들어 주신 선배님들께 다시 한 번 감사의 말씀을 드립니다."

이 순간만큼은 고요했다. 모두가 훈훈한 미소를 지으며 윤우를 바라보았다.

"이제 저는 누군가의 선배가 되었습니다. 제가 지금까지 받았던 그 이상의 것을, 선배님들이 베푸신 것처럼 후배들에게 전하는 그런 사람이 되도록 하겠습니다. 감사합니다."

윤우가 허리를 숙여 인사하며 수상 소감을 마무리했다. 다들 적지 않게 감동을 느껴서인지, 그가 연단을 내려갈 때까지 박수 소리가 멈추지 않았다.

짜릿한 쾌감.

윤우는 그것을 온몸으로 느끼며 미소를 지었다.

KCI 등재지에 세 편의 논문을 게재했고, 전국 규모 급의 학술대회에서 연이어 발표를 했다. 과정은 힘들었지만 그 결과는 소름이 돋을 정도로 달콤했다.

자랑스러운 한국인상을 수상하게 되면 부상으로 장학금 2천만 원이 지급된다. 하지만 윤우가 지금 받은 이 상은 그 이상의 가치를 가지고 있었다.

연구부문에서 상을 받음으로써 대학원 진학이 한결 쉬워진 것이다. 아무리 남재창 교수라도 총동문회가 인정한 연구자의 입학을 불허하기는 어려울 것이다.

'하지만 남 선생도 보통은 아니겠지. 긴장의 끈을 놓아서는 안 돼.'

그렇게 다짐한 윤우는 남은 파티를 즐겼다. 많은 사람과 교류할 수 있는 뜻깊은 시간이었다.

늦은 밤, 윤우는 집으로 바로 돌아가지 않고 가연이의 집으로 향했다.

빌라 앞에 선 윤우는 전화를 걸어 가연이에게 잠깐 나오라고 말했다.

"무슨 일이야? 이렇게 늦은 밤에?"

그래도 뜻하지 않게 윤우를 봐서 그런지 가연이의 얼굴엔 미소가 가득하다. 일단 윤우는 손에 들고 있던 꽃다발을 가연이에게 건넸다.

"오늘 상 받았어. 자랑하려고 왔지."

"맞다, 오늘이었지? 축하해. 공부하느라 정신이 없다 보니 잊고 있었네."

하지만 윤우는 서운하지 않았다. 그녀는 누구보다도 열심히 자신이 세운 목표를 향해 나아가고 있었으니까.

무엇보다도 자기가 바쁜 시간을 쪼개가며 연구 활동을 할 때 끝까지 기다려줬던 그녀였다. 윤우는 얼마든지 그녀를 기다릴 준비가 되어 있었다.

"공부는 어때?"

"아직은 모르겠어. 조금씩 속도가 붙고 있긴 한데, 더 해봐야 알 것 같아."

윤우는 고개를 끄덕였다. 하지만 별다른 조언은 해 주지 않았다. 그녀라면 알아서 잘 할 거라는 굳은 믿음이 있었기 때문이었다.

"실은 할 말이 있어서 찾아왔어."

"무슨……?"

윤우가 갑자기 진지하게 말하자 가연이는 조금 걱정스러운 표정을 지었다.

이윽고 윤우가 본론을 꺼냈다.

"나, 다음 달에 입대해."

"다음 달에?"

가연은 깜짝 놀랐다. 그렇게 되묻고는 한동안 말을 꺼내지 못했다. 윤우는 손을 잡으며, 그녀가 충분히 생각을 정리할 시간을 주었다.

"갑자기 왜 당겨진 거야? 내년 초에 가기로 한 거 아니었어?"

확실히 갑작스럽긴 했다.

윤우는 2학년을 마치고 내년 초에 입대하는 것으로 가연에게 이야기를 해. 놓은 상황이었다. 그런데 그것이 반년이나 당겨진 것.

가연은 서운한 표정을 숨기지 않았다. 다른 것도 아니라 현역 입대다.

"계획을 조금 바꿨어. 더 일찍 다녀오는 게 나을 것 같아서."

"왜?"

"이야기가 좀 길어질 것 같은데, 자리 옮길까?"

윤우와 가연은 근처에 있는 놀이터로 향했다.

여름밤이라 그런지 사람들이 꽤 많았다. 가족 단위로 나와 놀이터 한쪽에 세워진 정자에 앉아 시원한 바람을 쐬고 있는 모습이 보였다.

두 사람은 평소 자주 쓰던 벤치에 앉았다. 꽃을 들고 있는 가연의 표정은 여전히 우울해 보였다.

"뭐 마실래? 커피라도 사 올까?"

"아니. 괜찮아."

"미안해. 내가 너무 갑작스럽게 이야기를 했지?"

가연은 대답하지 않고 꽃을 바라보기만 했다. 윤우는 씁쓸한 미소를 지었다.

늦게 이야기를 한 것은 의도적인 것이었다. 일찍 이야기를 하게 되면, 그만큼 그녀가 신경을 쓰는 시간이 늘어나 공부에 방해가 될 거라고 생각했던 것이다.

"일찍 이야기를 하면 네가 괜히 신경 쓰니까 일부러 늦게 말한 거야."

"그래도……."

"입대일을 앞당긴 것도 이유가 있고."

윤우는 그녀가 오해하지 않게 차근차근 설명을 시작했다. 어떻게 설명을 할 것인지는 이미 이곳으로 오는 도중

구상을 마친 뒤였다.

"내가 지금까지 바쁘게 여러 일을 하면서 느낀 게 있어. 내가 바쁘다고 너랑 많이 못 만났었잖아. 그러니까 미안한 마음에 일에 집중이 잘 안 되더라고. 한편으로 죄책감도 들고."

가연은 고개를 살짝 돌려 윤우를 바라보았다. 말하지 않아도 알고 있었다. 머리로는 이해가 되는데 마음으로는 이해가 안 될 뿐이다.

"네가 편입 준비하는 동안 내가 군대에 있으면 조금 더 편하게 준비할 수 있지 않을까 싶어서. 의무적으로 만날 필요도 없잖아. 그치?"

윤우는 가연의 머리를 쓰다듬었다. 긍정적인 대답을 바라는 듯이.

가연이는 고개를 끄덕였다.

"정확히 언제 들어가?"

"2주 남았어."

그 말에 참았던 눈물이 터지고 말았다. 가연은 윤우를 꼭 끌어안으며 눈물을 쏟아냈다. 윤우는 말없이 그녀의 등을 두드려 주었다.

지금까지 그녀가 공부하는 것을 쭉 지켜본 윤우는 그녀가 분명 편입에 성공할 수 있을 거라고 확신했다. 그만큼 공부에 열을 올리고 있었다.

가연은 내년까지 편입 준비를 할 계획이었다. 올해 백은 대에서 2학년을 수료한 다음, 휴학을 하고 1년 정도 더 준비를 할 것이다.

그렇기 때문에 윤우가 입대를 앞당긴 것도 있었다. 전역 후 복학을 할 때쯤이면 가연이도 편입에 성공해 학교에 다니고 있을 테니까.

윤우는 가연을 끌어안은 채로 하늘을 올려다보았다. 어서 시간이 지나 함께 캠퍼스를 거닐 수 있는 그 날이 왔으면 좋겠다고 생각했다.

오랜만에 신화대학교를 방문한 강태완 이사장은 민경원 총장과 식사를 함께 했다. 강태완 이사장의 아들인 강민호도 자리에 함께 했다.

"어떤가? 요즘 대학은. 다른 일에 손을 대고 있다 보니 신경을 쓰지 못했군 그래."

강태완 이사장이 부드럽게 말을 꺼냈다. 반면 민경원 총장은 진지하게 응했다.

"등록금 문제로 조금 몸살을 앓았습니다만, 이제는 진정이 되었습니다."

"대학 운영은 자네가 하는 거지만… 젊은이들이 어려운

시대야. 조금이라도 그들을 배려할 수 있는 정책을 구상해
야 돼."

"노력하고 있습니다."

민 총장은 긍정적으로 답하긴 했지만 현실적으로 어려
운 것이 많았다.

눈치를 봐야 하는 것은 학생들만이 아니었다. 정부는
말할 것도 없고 교육 당국의 정책에도 신경을 써야 했다.
나아가서는 사립대학교협의회 등에서도 압력이 들어온
다.

이번에 등록금을 인하하게 된 것도 여러 외압을 이겨 내
고 내린 결단이었다. 재단의 비호가 없었더라면 결코 쉽지
가 않은 일이었다.

그때 옆에 있던 강민호가 이야기에 끼어들었다.

"그래도 이번에 등록금을 인하한 것이 주효했던 모양입
니다. 실제로 전국 사립대학 중 우리 학교만 등록금을 인
하하기도 했고요. 긍정적인 여론이 나오고 있더군요."

강 이사장은 고개를 끄덕였다. 여전히 그의 시선은 민
총장에게로 향해 있었다.

"등록금 인하뿐만이 아니라 장학 제도도 손질을 해야
지. 장기적으로 대학과 학생, 그리고 교수라는 세 주체가
조화를 이룰 수 있도록 해 주게. 그게 대학이 경쟁력을 갖
추는 길이야. 민 총장만 믿겠네."

"맡겨 주십시오."

그렇게 잠시 대화가 끊겼다.

이번엔 강 이사장의 아들인 강민호가 대화를 이끌기 시작했다.

"그나저나 요즘 서연이가 아쉬워해서 큰일입니다."

"서연이가? 왜?"

"김윤우 선생님이 과외를 그만 둔다고 해서요."

"뭐라?"

아무것도 보고를 받지 못한 강 이사장은 표정을 굳혔다. 너무나도 갑작스러운 통보였다. 뭔가 서연이가 실수를 한 게 아닐까 생각이 들었다.

강민호는 아버지가 오해를 하지 않도록 사실대로 이야기했다.

"저도 깜짝 놀라서 이유를 물어보니, 김 선생님이 곧 입대를 한다고 하더군요."

"내년에 입대한다고 하지 않았었나?"

"일정을 당긴 모양입니다. 이유는 모르겠습니다만."

강 이사장은 무릎을 치며 탄식을 흘렸다.

"이런 이런, 서연이가 수능을 볼 때까지만이라도 봐 주셨으면 했는데… 그럼 입대 전에 한번 초대를 해야겠군 그래. 날을 잡도록 해 봐."

"알겠습니다."

윤우의 도움으로 강서연의 성적은 점차 안정권에 접어들고 있었다. 성적뿐만 아니라 학교생활의 만족도도 이전보다 훨씬 올라간 상태였다.

강 이사장은 손녀딸의 근황을 학교에서 직접 보고받고 있었기 때문에 윤우가 그녀에게 어떤 영향을 끼쳤는가를 잘 알고 있었다. 그랬기에 진심으로 아쉬워했던 것이다.

"아아, 그렇지. 민 총장. 김윤우 선생님에 대한 일은 어떻게 진행되고 있지?"

민 총장은 멋쩍은 미소를 지으며 고개를 숙였다. 나오지 않았으면 하는 질문이었다.

그는 일전에 신화대학교에서 열린 한국문학회 동계학회에 참석한 자리에서 이사장에게 맡겨만 달라고 호언장담을 한 적이 있었다.

하지만 생각대로 일이 풀리지 않았다.

비장의 카드로 준비했던 교수직을 제안해 보아도 윤우의 마음은 바뀌지 않았다.

"그게… 김태호 부총장을 보내 설득을 해 봤습니다만 쉽지가 않습니다. 한국대를 원하는 것 같더군요."

"어떤 제안을 했나?"

"우리 대학에서 박사를 마치면 교수 임용을 보장하겠다고 했습니다."

강태완 이사장이 보기에도 부족함이 없는 제안이었다. 그는 신중히 생각에 잠기더니 고개를 끄덕였다.

"그래도 꾸준히 의사를 타진해 봐. 옛말에 열 번 찍어 안 넘어가는 나무 없다고 하지 않나?"

"알겠습니다."

강태완 이사장은 다시 생각에 잠겼다.

그의 머릿속에는 신화대학을 명문대로 만들 만한 계획으로 가득 차 있었다.

언젠가 그것을 윤우와 공유한 적이 있었다. 윤우는 그 계획에 긍정적인 평가를 해주는 것은 물론, 더 나은 방향을 제시해 주기도 했다.

그랬기에 강 이사장은 윤우의 존재가 더욱 절실해진 상황이었다. 윤우를 신화대학, 아니 신화재단으로 영입한다면 많은 것들이 바뀔 것 같았다.

강태완은 오랜 세월을 살아온 사람이다.

또한 재단을 운영하며 그 세월만큼 많은 사람을 만나오기도 했다. 그럼에도 불구하고 이번만큼 강한 확신이 드는 것은 드문 일이었다.

옆에 있던 강민호가 아버지를 빤히 바라보더니 미소를 지었다.

"아버지의 김 선생님 사랑은 못 말리겠군요. 설마 우리 서연이 사윗감으로 점찍어 두신 건 아니시겠죠?"

강 이사장은 오랜만에 호쾌하게 웃음을 터트리며 고개를 끄덕였다.

"김 선생님 정도면 훌륭하지. 요즘 보기 드문 이상적인 청년이야."

"그래서 신화대로 데려오시려는 거였군요. 서연이도 싫어하는 눈치는 아니고. 지켜볼 필요가 있겠습니다."

강민호도 강태완 이사장과 같은 생각을 하고 있었다. 가끔 이야기를 나눌 기회가 있었는데, 그때마다 윤우의 인품과 식견에 대해 감탄을 했었으니까.

그렇게 신화재단의 세 고위 관계자가 윤우에 대한 이야기를 나눌 무렵, 당사자인 윤우는 강서연의 집에서 점심을 먹고 있었다.

"선생님. 이것도 드세요."

서연은 식탁에 놓인 반찬그릇을 하나씩 윤우의 앞에 옮겨 주었다.

"넌 안 먹어?"

"전 다 먹었어요. 요즘 다이어트 중이라."

서연은 두 손으로 배를 만지작거렸다. 윤우에 눈엔 날씬하기만 했지만 정작 본인은 마음에 들지 않았던 모양이다.

"다이어트는 수능 끝나고 해도 안 늦을 텐데."

"밥 먹을 땐 시험 이야기 하지 말라고 했잖아요."

수능 이야기가 나오자 서연은 반사적으로 인상을 찌푸

렸다. 의도한 일이었다. 윤우는 재미있다는 듯 웃으며 계속 식사를 했다.

"농담 아니야. 괜히 살 빼려고 스트레스 받으면 공부 더 안 될 거야. 성적표 기다리면서 살 빼도 되니까 마음껏 먹어. 체력이 있어야 공부를 하지."

가만히 윤우의 말을 듣고 있던 서연은 못마땅한 얼굴로 윤우를 바라보았다.

"그렇게 걱정이 되는데 왜 과외 그만두고 군대를 이렇게 빨리 가는 거예요? 내년에 간다던 사람이."

"이제 선생님 없어도 공부 알아서 잘 하잖아? 군대가 아니어도 슬슬 그만두려던 참이었어."

"완전 멋대로야. 선생님은."

"내가 할 말 대신 해 줘서 고맙다."

밥공기를 깨끗이 비운 윤우는 잘 먹었다는 말과 함께 서연의 방으로 돌아왔다. 그리고 가방을 챙기고 바로 돌아갈 준비를 했다.

"어? 벌써 가려고요?"

"벌써라니? 과외 끝난 지 한 시간 반이나 지났는데."

"아니, 그런 말이 아니라… 디저트 먹고 가라는 의미였어요. 아주머니가 준비하고 있는데."

윤우는 고개를 가로 저었다.

"오후에 잠깐 학교 들렀다가 여자 친구 만나러 가야돼."

"그럼 어쩔 수 없겠네. 선생님은 완전 여자 친구분한테 잡혀 사니까."

어린 친구였지만 비아냥거림은 일품이었다. 씨익 웃은 윤우는 서연이에게 꿀밤을 먹였다.

"아얏!"

평소라면 왜 때리냐고 으름장을 놓았을 서연이었다. 하지만 그러지 못했다. 아마 당분간은 꿀밤을 맞고 싶어도 맞을 수 없을 테니까.

윤우는 현관 밖으로 나갔다. 서연이는 말없이 그 뒤를 따랐다. 함께 엘리베이터를 타면서도 아무런 이야기를 주고받지 않았다.

아파트 밖으로 나온 윤우는 멈춰 섰다.

"이제 들어가 봐. 수업은 이제 끝이다. 그동안 고생 많았어."

서연은 윤우를 올려다보며 눈을 깜빡거렸다. 끝이라는 말에 코끝이 찡해졌다.

"선생님, 이제 진짜 안 와요?"

"정리해야 할 게 많아. 만나야 할 사람들도 많고. 휴가 나오면 연락할 테니까 그때 보는 걸로 하자."

"알았어요. 편지 보낼게요. 나중에 주소 알려주세요. 꼭이요."

씨익 웃은 윤우는 손을 한번 들어주고 몸을 돌렸다. 윤우의 뒷모습을 보며 서연은 나지막이 한숨을 흘렸다.

◆

윤우는 얼마 남지 않은 시간을 최대한 효율적으로 사용했다.

오랜만에 이재환 원장과 만나 술잔을 기울였고, 처음으로 윤우가 술값을 냈다. 계산을 하는 윤우를 보며 이재환은 이제 어른이 됐다고 흐뭇해했다.

윤우는 명성학원 인터넷사업팀 회식자리에 끼어들기도 했다. 정현철 팀장과 차슬기 대리는 마치 오랜만에 만난 친구를 대하듯 윤우를 환영해 주었다.

한국대학교에서는 선배와 동기, 후배 할 것 없이 모여 윤우를 위해 송별회를 열어 주었다. 50명이 넘는 학우들과 새벽까지 술을 마셨다.

그리고 입대 이틀 전. 윤우는 조촐히 술자리를 열어 옛 학생회 임원들과 어울렸다. 참석자는 슬아와 나리, 성진이와 예린이었다.

"으하하하! 진짜 대박이다. 머리 밀면 다들 이렇게 되나? 엉?"

성진이가 애써 웃음을 참으며 말했다. 윤우는 입대를 위해 머리를 미리 깨끗하게 밀어버린 상태였다.

"너의 미래다."

윤우의 한마디에 성진은 웃음을 뚝 그쳤다.

거짓말이 아니었다. 성진이도 이제 몇 개월 뒤면 입대를 해야 하니까. 지금은 직장을 그만 두고 여행을 다니거나 취미생활을 즐기는 중이다.

나리가 물었다.

"그런데 좀 피곤해 보이네. 어디 아픈 건 아니지?"

"요즘 계속 술을 마셨거든. 힘들어서 그런가봐."

"내일은 뭐 하는데?"

"집에 계속 있을 거야. 마지막 날이니 가족들이랑 보내야지. 밤에는 잠깐 가연이 만나기로 했고."

그때 마음을 추스른 성진이가 맥주잔을 높이 들고 끼어들었다.

"자자, 우울한 얘기들은 그만 하고 술이나 마시자. 윤우의 무사 귀환을 위해 건배!"

"건배!"

잔이 부딪히고 본격적으로 술판이 시작되었다.

술자리는 밤늦게까지 계속되었다. 술이 꽤 오른 윤우는 잠시 양해를 구하고 바람을 쐬러 밖으로 나갔다.

가연에게 문자를 하나 보낸 다음 하늘을 올려다본다. 별 하나 없는 시커먼 하늘이 빌딩 위에 끝없이 펼쳐져 있다.

그때 뒤에서 인기척이 느껴졌다.

"네가 전역하고 나면 난 한국에 없을 거야."

슬아의 목소리가 들리자 윤우가 고개를 돌렸다.

그녀도 오늘따라 술을 굉장히 많이 마셨다. 그러다보니 얼굴이 붉게 물들어 있다.

"내후년에 나간다고 했었지? 그래도 방학 때면 한국에 들어오니 볼 수 있겠네."

슬아는 고개를 가로 저었다.

"될 수 있으면 안 들어올 거야. 최대한 빨리 학위과정 끝내고 돌아올 생각이거든. 박사까지 4년 정도 생각하고 있어."

"4년이라… 그러면 우리가 다시 보는 건 스물일곱 살 정도가 될 때인가."

스물일곱. 까마득히 먼 시간이었다. 문득 윤우는 그 나이에 자신이 무엇을 하고 있을지 궁금해졌다.

"서로 힘내서 한국대에서 다시 보는 걸로 하자."

그렇게 한마디 한 윤우는 슬아의 어깨를 다독이며 다시 술집 안으로 들어갔다.

슬아는 팔을 뻗어 그를 붙잡으려 했다. 하지만 가연이에게 걸려 온 전화를 받는 그의 모습을 뒷모습을 보곤 뻗은 손을 내려야 했다.

그리고 이틀 후, 윤우는 가족들과 연인의 배웅을 받으며 논산에 위치한 육군훈련소에 입소했다.

NEO MODERN FANTASY STORY

뉴 라이프
NEW LIFE

Scene #38 복학

NEW LIFE

Scene #38 복학

국방부 시계는 느리게 움직이는 법이다. 하지만 윤우가 없는 사이 바깥세상의 시간은 빨리 흘러갔다.

가연은 2학년을 마친 다음 백은대학교에 휴학계를 냈다. 그리고 1년여 간 한국대학교 편입 시험을 준비했다. 물론, 가끔 윤우에게 면회를 가 애인으로서의 임무를 다했다.

3학년을 마친 슬아는 윤우에게 편지를 하나 남기고 바로 한국을 떠났다. 한 장짜리 편지엔 별말이 없었다. 무사히 전역하기를 바란다는 말만 적혀 있었을 뿐이다.

그 사이에 깜짝 놀랄 만한 일이 하나 있었다. 성진과 예린이가 연애를 시작한 것이다. 박성진이 육군 현역병으로 복무를 하고 있는 와중이었다.

그리고 윤우의 제자 강서연은 목표로 삼았던 한국대학교 경영학과에 입학했다.

그녀는 윤우가 조언한 대로 자신에게 주어진 어드밴티지를 충분히 활용할 생각이었다. 경영학과를 졸업한 뒤 신화재단에 들어가 사업을 제대로 해 볼 계획을 세웠다.

또한 윤우의 가까운 동기였던 김승주도 2학년을 마치고 입대를 했다. 훈련소 앞에서 펑펑 우느라 정신을 못 차리던 소영을 달래느라 애를 썼다고 한다.

마지막으로, 이 모든 이들의 중심에 서 있던 주인공 윤우는 2006년 8월에 무사히 전역했다. 과거로 회귀하며 얻게 된 신체 능력 덕분에 군 생활이 크게 힘들지는 않았다.

힘든 게 있다면 역시 외부와의 단절이었다. 하지만 윤우는 외로움을 이겨내고, 부대 내에서 독서와 연구를 병행하며 자투리 시간을 최대한 활용했다.

윤우가 전역할 무렵에 그의 노트엔 세 편의 논문이 완성되어 있었다. 전역 후 윤우는 참고문헌을 보강하여 즉시 학회에 발표할 수 있는 수준의 논문을 완성해 냈다.

그것은 윤우만이 할 수 있는 특별한 일이었다. 아무튼 윤우는 2006년 2학기에 한국대학교 국문과로 돌아왔다. 선후배뿐만 아니라 교수들도 그의 복귀를 축하했다.

2007년 3월 2일.

한국대학교 근처에 위치한 윤우의 자취방에서는 이른 아침부터 도마소리가 경쾌하게 들렸다. 곧이어 구수한 국내음이 온방을 가득 채우기 시작했다.

평소라면 느낄 수 없는 일들이었다. 덕분에 침대에 누워 잠에 빠져있던 윤우는 몸을 일으키더니, 게슴츠레 눈을 뜨고 주변을 두리번거렸다.

이윽고 그의 시선에 누군가의 모습이 보인다. 앞치마를 두르며 요리를 준비하던 가연은 마침 숟가락으로 국의 간을 보더니 만족스러운 미소를 짓고 있었다.

마치 신혼집의 아침을 보는 것 같은 풍경이었다. 이제 곧 출근을 앞둔 남편을 위해 아침밥을 준비하는 아내의 모습을 보는 듯하다.

"일어났어?"

숟가락을 내려놓은 가연은 가스레인지의 불을 줄이고 윤우의 옆에 앉았다. 그리고 흐트러진 윤우의 앞머리를 손으로 정리해 주었다.

"어서 씻고 와. 아침 거의 다 됐어. 국 조금만 더 끓이면 돼."

"그보다 아침부터 웬일이야? 얘기도 없이."

"바람 피나 검사하려고."

윤우는 피식 웃었다. 다른 사람이면 모를까, 가연이가 그런 일을 할 리가 없다.

"실은 아침 매번 거르고 다닌다고 해서 걱정돼서 왔어."

윤우는 이번 학기부터 한국대 근방에 방 두 칸짜리 집을 구해 자취를 시작했다.

방 두 칸짜리를 고집한 이유는 간단했다. 방 하나는 생활공간으로 쓰고, 다른 방은 서재 전용으로 쓰려고 했던 것이다. 윤우는 자신만의 서재를 갖는 것이 꿈이었다.

본가는 경기도로 이사를 했다. 부모님의 출퇴근을 고려해 56평형 아파트를 구입해 이사를 했다. 예린이는 저번 학기까지 통학을 하다 자취를 시작했다.

예린이의 자취 비용도 윤우가 전액 부담했다. 돈 걱정은 없었다. 전역을 하고 나니 윤우가 보유한 주식의 가치가 5배 이상 뛰어 있었으니까.

"오늘따라 일어나기가 힘드네. 온몸이 쑤신다."

"어제도 밤샘한 거야?"

윤우는 고개를 끄덕였다. 최근 소진욱 교수를 도와 염상섭 선집 편찬 작업을 하는 중이다. 마감일에 맞추다 보니 조금 무리를 할 수밖에 없었다.

무엇보다도 대학원 입시까지 이제 일 년이 남았다. 계획대로라면 3학년을 마치고 조기졸업자 신분으로 학석사연계과정에 들어가게 된다.

그러다 보니 준비할 것이 상당히 많았다. 물론 남재창 교수가 과정 이수를 허가해야 가능한 일이었지만, 윤우는 허가에 별문제가 없을 거라고 판단했다.

그가 지금까지 쌓아 온 경력은 한국대에서만 소화가 가능한 것이었다. 특히 입대 전 받았던 '자랑스러운 한국대인상'의 비중이 컸다. 남재창 교수도 어쩔 수 없을 것이다.

"지금 몇 시야?"

"일곱 시 반."

윤우는 입을 가리며 하품을 했다.

"얼마 안 됐네. 오늘 열시 반 수업이야. 조금 더 자도 되겠다. 그러니까……."

윤우는 갑작스레 가연이를 끌어안더니 함께 침대로 뒹굴었다. 깜짝 놀란 가연은 작게 소리쳤지만, 이내 그것은 행복한 웃음소리로 바뀌었다.

◆

그로부터 두 시간 후, 윤우와 가연은 사이좋게 자취방을 나섰다.

가연이도 학교에 갈 준비를 끝낸 뒤였다. 그녀는 이제 더 이상 백은대학교 학생이 아니었다. 작년 말 한국대학교 편입 시험에서 당당히 합격을 했기 때문이다.

"어때? 한국대생이 된 기분이."

적어도 윤우는 기분이 좋았다. 같은 학교 학생이 된 만큼 보고 싶을 때 아무 때나 볼 수 있었으니까.

인문대는 사회대 건물 옆에 위치해 있었다. 가연의 전공은 달랐지만 길 하나만 건너면 만날 수 있었다.

가연은 수줍게 웃으며 답했다.

"아직 실감이 잘 안 나. 학생증도 안 나왔고. 수업을 들어보면 조금 달라지지 않을까 싶은데."

"편입했으니 05학번이지? 이제 학교에선 선배님이라고 불러야겠네. 난 03학번이니까."

"알겠어요. 선배님."

어울리지 않게 새침하게 대답하는 가연. 윤우는 그 모습에 웃고야 말았다.

"농담이야. 농담."

그렇게 두 사람은 소소한 일상을 나누며 학교 정문을 통과했다.

인문대 건물까지는 걸어서 15분정도가 걸렸다. 그래도 두 사람은 셔틀버스를 이용하지 않고 팔짱을 끼고 사이좋게 걸었다. 걷기에 정말 좋은 날씨였다.

"김윤우!"

인문관을 향해 올라갈 때였다. 뒤에서 누군가가 부르는

소리에 두 사람은 멈춰서 뒤를 돌아다보았다.

국문과 동기 김승주였다. 그는 손을 흔들며 이쪽으로 뛰어왔다.

윤우는 승주를 보더니 픽하고 웃음을 터트렸다. 그의 머리카락은 손가락 두 마디도 안 될 정도로 짧았다. 전역한 지 한 달도 채 되지 않았기 때문이다.

그에 비해 윤우는 지난해에 전역을 했기 때문에 머리가 원상태로 복구되어 있었다.

"칼복학한 거냐?"

"그래야지. 우물쭈물하다가 네 대학원 후배가 될 수는 없잖아."

"그것도 나름 재미있을 것 같은데."

승주도 한국대 대학원을 목표로 공부하고 있었다. 성적이 우수했기 때문에, 그도 윤우처럼 학석사연계과정을 거쳐 대학원에 들어올 예정이었다.

승주는 가연이와도 인사를 나눴다.

"되게 오랜만에 보는 것 같네요. 편입했다는 얘기 들었습니다."

"아, 예."

가연은 얌전히 고개를 숙였다. 점잖을 떠는 두 사람을 지켜보던 윤우가 끼어들었다.

"동갑인데 말 편히들 해. 앞으로 자주 볼 텐데."

"그럴까?"

가연은 환하게 웃으며 고개를 끄덕였다.

"그럼 지금부터 말 놓을게. 아무튼 대단하다. 우리학교는 정시로 들어오는 것보다 편입이 더 어렵다던데."

"윤우가 많이 도와줬으니까."

"윤우가? 뭘 어떻게 도와줬는데?"

"일찍 군대에 가 줘서 더 공부에 집중할 수 있었거든."

처음엔 가연이도 윤우의 행동을 이해하지 못했던 것이 사실이다. 도와주고 격려를 해 주려면 곁에 있어야 한다고 생각했다.

하지만 막상 공부를 하다 보니 윤우의 선택이 옳았다는 것을 깨달았다. 만나야 하는 부담감이 훨씬 줄어들었으니까.

"아무튼 축하해. 행정학과라고 했나?"

"맞아."

고개를 끄덕인 승주가 다시 윤우에게 물었다.

"참, 송현우 선배가 오늘 소진욱 선생님 모시고 식사하기로 했다던데 너도 가냐?"

"가야지. 넌?"

"난 고민 중이야. 왠지 송 선배랑 같이 밥 먹으면 체할 것 같아서."

승주의 표정이 어두워졌다. 군대에 다녀와서도 송현우

공포증에서 벗어나지 못한 듯했다.

송현우는 재작년에 성공적으로 석사논문을 완성하고 현재는 박사과정을 수료한 상태였다. 서은하도 석사논문을 발표하고 박사과정에 들어와 있었다.

한국대 박사과정은 한국대 출신이라고 해도 아무나 받아주지 않는다. 석사과정 중에서 학문적 성취를 달성한 석사들만 박사과정에 입학시킨다.

그만큼 송현우와 서은하의 능력이 뛰어나다는 것이었다. 윤우는 두 선배를 볼 때마다 조급증이 들었다. 자신도 하루빨리 대학원에 입학하여 성과를 내고 싶었다.

윤우가 물었다.

"그건 그렇고 연구실엔 언제부터 나올 거냐? 일손 부족해서 큰일이야. 빨리 합류해서 일 좀 도와라."

"다음 주부터 나가기로 했어. 전역한 지 얼마 안 됐는데 좀 봐주라. 자유를 누려야지."

"하긴. 그런데 소영이는?"

"늦잠 잤대."

그렇게 몇 마디 더 나누다가 승주와 헤어진 윤우는 가연이를 사회대 건물까지 데려다 주었다.

수업이 시작되기 전이었기 때문에 학생들이 건물 안으로 많이 들어가고 있었다. 잠시 멈춰 선 가연이가 윤우 쪽으로 돌아서자, 윤우는 그녀의 볼을 살짝 꼬집었다.

"이따 같이 점심 먹자. 수업 끝나면 연락해."

가연은 고개를 끄덕였다.

"이따가 봐."

윤우는 즉시 인문관으로 돌아왔다. 엘리베이터에서 내려 과실로 들어가니 신입생들이 잔뜩 앉아 있었다.

윤우의 인기는 국문과 내에서 최고였다. 키가 큰데다가 훈훈하게 생긴 외모에 똑똑하기까지 했으니 그를 싫어할 사람이 없었다.

윤우가 가진 유일한 결격 사유는 애인이 있다는 것이었다. 물론, 가끔 애인이 있든 없든 들이대는 여자 선후배들도 있긴 했지만 말이다.

"오빠, 이따 밥 사 주세요!"

"저도요!"

"형 저흰 저녁에 술 사 주세요. 오늘 개강일인데 한번 거하게 마셔야죠!"

매번 과실에 들어오면 듣는 말이었다. 올해 신입생들도 예외는 아니다. 윤우는 이번 오리엔테이션에 참가했기 때문에 07학번 신입생들과 꽤 친해진 상태였다.

윤우도 마음 같아서는 후배들을 챙겨주고 싶었다. 신입생 때 선배들에게 받은 것 이상으로 후배들에게 베풀어야 한다고 생각했으니까.

하지만 당분간은 가연이와 어울릴 생각이다. 그녀가 학

교생활에 완전히 적응할 때까지 함께 하는 게 좋겠다고 판단했기 때문이다.

"오늘은 약속이 있어. 다음에 사 줄게."

"너무해요. 애정이 식으셨어."

"식었으면 전자레인지에 넣고 돌려라."

"헐, 뭐예요. 썰렁하게."

씨익 웃은 윤우는 사물함에서 책을 꺼내 밖으로 나갔다. 그러다 다시 들어와 2학년 과대인 강호영을 밖으로 불러냈다.

"무슨 일이세요?"

윤우는 뒷주머니에서 지갑을 꺼내 만 원짜리 네 장을 꺼냈다. 그리고 호영의 손에 돈을 쥐어 주며 말했다.

"이따 오후에 애들 밥이나 사 줘. 내가 돈 줬다는 얘기는 하지 말고."

"형, 안 이러셔도 되는데……."

"됐으니까 넣어 둬. 너 밥 사 준지도 까마득해서 미안하다."

"감사해요, 형."

호영의 어깨를 한번 다독여 준 윤우는 한 층 내려와 소진욱 교수 연구실로 들어왔다. 안에는 송현우 혼자 책상에 앉아 뭔가를 읽고 있었다.

"안녕하세요, 선배님."

송현우는 늘 그렇듯 고개만 까딱거렸다. 그러다 뭔가가 생각났는지 윤우를 불러 세웠다.

"내가 이번 학기부터 강의를 나가게 됐어. 그러니 연구실을 자주 비울 거다. 앞으로는 네가 책임지고 소진욱 선생님을 보좌하도록 해."

말하지 않아도 그렇게 하고 있었다. 최근 현우가 바쁜 탓에 연구실에 자주 들르지 못했으니까.

이제 그도 커리어를 쌓아가야 하는 때가 되었다. 외부 강의를 나가 경력을 쌓으며 박사논문을 완성해야 전임교수 자리에 도전할 자격이 생긴다.

사실, 학부생인 윤우가 소진욱 교수를 보좌하는 것은 무리가 있었다. 못해도 대학원생 이상은 되어야 하는 게 암묵적인 룰이었으니까.

하지만 윤우는 대학원생 이상의 능력을 가지고 있었다. 그랬기에 깐깐하기로 소문난 송현우도 그에게 보좌를 맡기려 하는 것이다.

"강의는 어디로 나가세요?"

"세민대."

"우연이네요. 제 동생도 세민대 만애과 다니는데… 무슨 강의 하시는데요?"

"교양 하나 맡게 됐다. 문학과 영상의 만남."

"문학작품이 영상화된 것들을 다루는 과목인가요? 재미

있겠네요."

송현우는 고개를 까딱였다.

윤우는 나중에 예린이에게 그 강의를 추천해 줘도 되겠다고 생각했다. 영상매체라면 예린이의 전공과도 잘 어울렸고, 무엇보다도 송현우는 실력 있는 강사였으니까.

"연구실은 제게 맡기시고 마음 편히 강의하고 오세요."

윤우를 물끄러미 바라보던 송현우는 피식 웃었다. 어이가 없다는 그런 표정이다.

"뭔가 너 요즘 되게 건방져진 것 같단 말이지."

"그런가요?"

확실히 그랬다.

처음에 송현우는 굉장히 무서운 선배였다. 하지만 그의 사람됨을 알고 나니, 윤우는 더 이상 그가 어렵게 보이지 않았다. 물론 송현우가 윤우를 어느 정도 받아들인 것도 있었지만.

현우는 다시 논문으로 시선을 돌리며 말했다.

"가서 일 봐라."

"네."

윤우는 다시 자리로 돌아와 컴퓨터를 켜고 메일함을 열었다. 새로 온 메일이 세 통 있었다.

첫 번째 메일은 국제비교문학회에서 온 메일이었다.

주제발표를 해 줄 수 있냐는 청탁이 적혀 있었다. 윤우는 이미 발표하기로 한 곳이 있어 정중히 거절의 메일을 남겼다.

두 번째는 신화대 총장실에서 보내 온 메일이었다. 민경원 총장이 만나고 싶다는 의사를 밝혀 왔다. 윤우는 날짜를 정해 주면 최대한 그 시간에 맞추겠다고 답장을 보냈다.

세 번째는 미국 코네티컷 주에서 온 메일이었다.

발신인은 슬아였다.

슬아는 약 한 달에 한 번씩 메일을 보내오곤 했다. 지금처럼 예일대학교를 상징하는 건물 앞에서 사진을 한 장씩 찍어서 말이다.

확실히 전통의 명문이라 그런지 고색창연한 건물들이 많은 곳이었다. 윤우는 국문학 전공이라 유학을 갈 일은 없지만, 기회가 된다면 한 번 가보고 싶다는 마음이 들었다.

'그나저나 조금 야윈 것 같은데?'

중학교 시절부터 늘 함께 해왔던 윤우였기 때문에 사소한 변화도 알아챌 수 있었다. 그래도 큰 걱정은 하지 않았다. 슬아라면 뭐든 잘 이겨낼 거니까.

사진을 제외하면 메일은 짧았다. 늘 그렇듯 최근에 어떻게 지내고 있는지 적혀 있었고, 다른 친구들의 안부를 묻는 선에서 끝나 있었다.

슬아는 지금 예일대에서 석사과정을 밟고 있었다. 의사소통에 큰 문제가 없다보니 적응을 잘 하고 있는 것 같았다. 현지인 친구들도 많이 사귀었다고 한다.

윤우는 바로 답장을 하려고 했지만, 무심코 시계를 보니 수업 시간이 얼마 남지 않아 일단 인터넷 창을 끄고 가방을 들고 일어섰다.

"선배님, 저 수업 다녀오겠습니다."

송현우는 시선을 논문에 고정한 채 고개를 살짝 끄덕였다. 윤우는 즉시 연구실에서 나와 강의실로 움직였다.

10시 30분부터 시작되는 '한국현대소설비평론'은 3학년 전공필수 과목으로, 남재창 교수의 수업이었다.

이미 소설 미학과 비평에 대한 식견이 풍부했던 윤우에게는 특별할 것 없는 강의였지만, 담당 교수가 남재창이라는 사실이 흥미로웠다.

'어떤 식으로 나올지 기대되는데?'

이미 소진욱 교수로부터 남재창 교수가 자신을 어떻게 생각하고 있는지를 전해 들었다. 그는 분명히 자신의 재능을 질투하고 있다고 했다.

물론, 성적을 어이없게 준다거나 공개적으로 논박하진 않을 것이다. 남재창 교수는 지천에 널린 그런 소인배가 아니었다. 권위가 있는 사람이었다.

'그러지 않고서야 한국대 국문과에서 우두머리 노릇을 하고 있지는 않겠지. 자기 밑으로 사람이 많이 몰리지도 않았을 거고.'

윤우가 그간 한국대 국문과에서 생활하며 파악한 라인 은 크게 세 가지였다.

첫째는 학과장인 남재창 교수의 라인이었다. 출세를 위 한 가장 확실한 라인. 소진욱 교수와 강민혜 교수도 이 라 인에 속해 있다.

둘째는 현대문학을 전공한 윤민수 교수의 라인이다. 남재 창 교수 라인에 비하면 그 규모가 작았지만, 외부 지원 사업 을 많이 따 오기 때문에 무시 못 할 영향력을 가지고 있다.

마지막으로 고전문학을 전공한 김호 교수 라인이 있다. 고전문학은 지속적으로 전공자가 줄어드는 등 하향세를 타 고 있는 분야였다. 그러다보니 영향력은 미미한 수준이다.

물론 영향력이 미미하다고 해서 신경을 쓸 필요가 없다 는 것은 아니다. 개개인으로 놓고 보면 그들은 각기 분야 에서 걸출한 학자들이었다.

그리고 이들 모두가 추후 교수임용 심사에서 결정적인 역할을 할 것이다.

'김호 교수님과도 가까이 지내야겠다. 이번 학기에 선생님 강의를 처음 들으니 열심히 해야겠어.'

전생의 백은대 시절에는 이렇게 고민할 필요가 없었다. 전임교수가 많지 않았기 때문에 강의를 듣다 보면 자연스레 모두와 친해질 수 있었다.

다른 학교 국문과는 전임교수가 많아야 열 명도 안 된다. 보통은 대여섯 명 정도만이 전임교수 자리를 유지하고 있다. 적으면 두세 명 정도인 곳도 있다.

하지만 한국대 국문과는 다르다. 국내 최고 학부답게 전임교수의 수가 스무 명을 훌쩍 넘는다. 명예교수 등을 포함하면 서른 명은 가볍게 넘는다.

때문에 같은 과임에도 불구하고 특정 교수의 강의를 한 번도 듣지 못하고 졸업을 하는 경우가 비일비재했다.

'선택과 집중이 필요해. 나에게 도움이 될 수 있는 사람들을 우선순위로 삼자.'

그렇게 다짐한 윤우는 전공 강의실로 들어왔다.

"그러니까… 시, 소설, 희곡 등의 작품, 그것들을 텍스트로 삼아 가치 평가를 내리는 실천적 행위가 바로 비평이라고 할 수 있겠지요. 나는 이 강의를 통해 비평의 개념 정의와 비평의 모든 방법론을 설명할 겁니다. 여러분들이 비평적 안목을 갖도록 하는 것이 바로 이번 강의의 목표이기도 하지요."

남재창 교수는 칠판에 주요 개념을 적으며 진지하게 설명을 이어 나갔다. 첫 수업이라 강의에 대한 전반적인 내용에 대해 소개하고 있었다.

묵직한 톤의 목소리가 마이크를 타고 느릿느릿 강의실을 울렸다.

"비평에는 여러 갈래가 있습니다. 매 시간마다 이러한 유형에 따라 이론 학습을 하게 될 거고… 중간과 기말 과제에는 배운 이론을 토대로 실제 비평을 하는 것으로 강의를 진행하려고 합니다."

학생들은 수업계획서를 보거나 남재창 교수를 보고 있었다. 워낙 실내가 조용했던 터라 남재창 교수의 말이 끊길 때마다 침묵이 돌았다.

그렇게 남재창 교수의 수업은 30분 만에 끝이 났다.

"김윤우 군. 잠깐 나 좀 보고 가지."

가방을 챙기고 있던 윤우는 강단 앞으로 슬슬 뛰어갔다.

"예, 선생님."

"특별한 일은 아니고… 자네가 이 강의의 반장을 맡아줬으면 좋겠는데. 가끔 과제를 걸 일도 있고, 전파해야

할 일도 있으니 말이야. 인터넷 카페도 개설했으면 좋겠
고."

의외의 제안이었다.

다른 강의에서 몇 번 해본 일이었기 때문에 윤우는 흔쾌
히 맡아서 하겠다고 답했다.

"고맙네. 자네에겐 추가로 가산점을 주도록 하지. 이러
면 공평하겠지?"

"감사합니다. 마이크는 제가 반납할 테니 두고 가세요."

"그럼 부탁하네."

"다음 시간에 뵙겠습니다. 선생님."

그렇게 남 교수는 강의실을 나갔다. 윤우도 가방을 챙기
고 마이크를 수거해 강의실을 나섰다.

학과 사무실에 마이크를 반납한 뒤 인문관을 내려오며
윤우는 곰곰이 생각에 잠겼다.

'무슨 꿍꿍이지?'

반장을 맡긴 것은 조금 의외였다. 소진욱 교수의 말에
의하면 남재창 교수는 자신을 싫어하는 게 분명했으니
까.

'그래도 어쩔 수 없지. 그 상황에서 하기 싫다고 할 수도
없는 거였으니까.'

그렇게 오전 수업을 모두 마친 윤우는 점심을 먹기 위해
자하당 앞으로 나와 가연이를 기다렸다.

봄내음이 한창인 3월, 자하당 앞에는 봄꽃이 조금씩 싹을 틔우고 있었다. 며칠 정도만 지나면 활짝 개화해 주변을 총천연색으로 물들일 것 같았다.

윤우가 휴대폰을 조작하며 문자를 보낼 그때, 바로 옆에서 누군가의 목소리가 들렸다.

"선생님."

강서연이 두꺼운 전공책을 품에 안은 채 윤우의 옆에 섰다.

고등학생 때 처음 만난 강서연도 이제는 어엿한 성인이 되어 있었다. 스물두 살. 무엇을 해도 예뻐 보이는 나이다.

강서연은 윤우의 옆자리에 앉았다.

"선생님은 진짜 자하당 단골이네요. 여기에 오면 맨날 있는 것 같아요. 혹시나 해서 와 봤는데 진짜 있고."

"그래서 내 별명이 자하당의 요정이잖아."

윤우의 농담에 강서연은 소리 없이 웃었다.

"뭐하고 있었어요?"

"여친 기다려. 같이 점심 먹기로 했거든."

"아, 맞다. 선생님 여친 편입했다고 했죠?"

윤우는 고개를 끄덕였다. 그리고 가연이에게 자하당 앞 벤치로 오라고 문자를 보냈다.

지난 2006년 2학기에 복학한 이후로 강서연과 자주 어울렸다. 물론 윤우가 먼저 어울린 것은 아니고 서연이가 일방적으로 연락을 해 왔다.

용건은 상담이었다. 강서연은 대학만 가면 모든 게 해결될 줄 알았는데 그게 아니었던 모양이다. 다양한 인간관계가 얽히며 그만큼 고민도 늘어났던 것이다.

윤우는 이미 한 번 대학생활을 경험해 보았기 때문에 그 부분에서 좋은 충고들을 많이 해 줄 수 있었다.

"그런데 너 언제까지 나한테 선생님이라고 할 거냐?"

"왜요? 이상한가?"

"학교 밖이라면 모를까 안에서는 좀 그렇잖아. 나이도 두 살 밖에 차이 안 나는데. 차라리 선배나 오빠라고 부르는 게 나을 것 같은데."

그 말에 서연은 묘한 미소를 지어 보였다.

"알았어요. 그럼 앞으론 오빠라고 부를 게요. 기왕 이렇게 된거 말도 놓을까?"

"좋을 대로 해라."

역시 한 발 앞서 나가는 건 강서연다웠다. 이런 추진력이라면 나중에 회사 경영도 잘 해낼 것이다.

그때 수업을 마친 가연이가 자하당에 도착했다. 그녀는 서연을 보더니 고개를 갸웃했다. 어디선가 많이 본 것 같은 얼굴이었기 때문이다.

"안녕하세요, 언니. 저 기억 안 나세요?"

"어디선가 본 것 같은데……."

"저번에 한 번 봤는데 기억 안 나시는 모양이구나. 서연이에요. 강서연. 오빠 제자요."

그제야 가연은 고개를 끄덕였다. 이름을 들으니 기억이 확실히 떠올랐다.

강서연을 처음 만난 것은 작년 연말 파티에서다. 윤우가 신화재단 송년회에 VIP로 초청을 받았었는데, 그때 함께 참석을 한 자리에서 서연을 만났었다.

"미안해. 내가 사람 얼굴을 잘 기억 못하는 편이라."

"아녜요. 언니. 그럼 두 분 데이트 잘 하세요. 전 이만 빠져 드릴 테니까."

"점심 같이 먹을 사람은 있어?"

"줄 섰거든요?"

한번 톡 쏜 다음 돌아선 서연은 경영관 쪽으로 유유히 걸어갔다.

윤우와 가연은 곧장 학생식당으로 향했다. 그리고 각자 마음에 드는 메뉴를 골라 자리를 잡고 식사를 시작했다.

"맞다. 요즘 사업은 어때? 회사에 나가는 걸 못 본 것 같아서 말야."

"잘 되고 있어. 성진이가 많이 바쁠 거야."

윤우는 박성진이 전역한 다음 그와 합자하여 벤처기업을 설립했다. 상호는 미래E&M. 디지털 콘텐츠를 전문적으로 다루는 기업이었다.

윤우는 작년에 '문토피아'를 성공적으로 인수했다. 그것을 시작으로 미래E&M은 웹툰과 웹소설 등의 콘텐츠 서비스를 제공하고 있었다.

성진은 콘텐츠업에 대한 경험이 전무했기 때문에, 윤우는 관련 업계에서 잔뼈가 굵은 직원들을 여러 명 채용해 그를 보좌하게 했다.

어차피 윤우의 머릿속에 전반적인 로드맵이 그려져 있었기 때문에 성진은 회사가 제대로 돌아갈 수 있게끔 관리만 해 주면 되었다.

그리고 유료서비스를 시작한 지 5개월이 지난 지금, 미래E&M은 월매출 3억을 기록하며 꾸준한 성장세를 보이고 있었다. 이대로 성장한다면 연매출 100억도 꿈은 아니었다.

물론 윤우에게 있어 중요한 것은 매출이 아니었다. 그는 직원이 보내준 통계 자료를 보며 자신의 연구와 접목시킬 수 있는 지점을 찾으려 노력했다.

"내년 쯤 예린이 웹툰 작가로 데뷔시켜 줄 계획이야. 전에 그려온 만화 봤는데 재미있더라고."

"무슨 내용인데?"

"오랜 수면에서 깨어난 절대자의 이야기? 뭔가 전투 장면이 많았어. 녀석 성격과는 정반대로. 그래도 잘 그리더라고."

"확실히 예린이가 그리면 뭔가 순정만화가 나올 것 같기도 해. 아무튼 잘 됐으면 좋겠다. 이러다 예린이도 그렇고 윤우도 부자되면 나 멀리하는 거 아냐?"

"예린이는 모르겠지만… 난 알잖아. 돈에 별로 관심 없는 거."

가연은 고개를 끄덕였다. 확실히 윤우는 물욕이 많지 않았다. 돈으로 살 수 없는 것들을 더욱 중요시하는 사람이었다.

그것은 가연이가 윤우를 좋아하는 이유 중 하나이기도 했다.

◆

그 시각, 남재창 교수 연구실.

"어쩌실 겁니까?"

차성빈 교수가 남재창 교수에게 물었다. 남재창 교수는 물끄러미 결재서류를 들여다보고 있다.

"어쩌긴. 이렇게 된 이상 받아주는 수밖에. 다른 방도가 없지 않나?"

남재창 교수는 들고 있던 서류를 내려놓았다. 그것은 내년도 학석사연계과정 신청서류였다. 거기엔 당연히 윤우의 이름이 들어가 있었다.

"확실히 그렇긴 하지요. 평점평균 4.5에 논문 게재수만 5편, 각종 학회 발표실적에 자랑스러운 한국대인상도 받았으니 받아줄 수밖에요."

차성빈 교수는 남재창 교수의 오른팔로 그가 추진하는 일을 도맡아 해오던 사람이었다. 때문에 남 교수가 어떤 부분에서 고민하고 있는지를 잘 알고 있었다.

차 교수도 윤우가 얼마나 위험한 인물인지를 제대로 인지하고 있었다. 이대로 윤우가 계속 성장해 나간다면, 지금까지 자신들이 쌓아왔던 것들이 초라해질 것이다.

"받아 줄 수밖에라……."

가만히 차성빈 교수의 말을 듣고 있던 남재창 교수가 흥미로운 표정으로 그에게 시선을 돌렸다.

"왠지 속뜻이 들어있는 것 같은 느낌의 말인데. 다른 방법이 있다는 이야기인가?"

남재창 교수가 묻자 차성빈 교수가 씨익 웃었다.

"그냥 안 받아 주면 됩니다. 아무리 성적이 좋고 제2외국어 시험에 통과한다고 해도 면접에서 불합격 처리를 하면 들어올 수 없겠지요."

"그렇게 쉽게 말할 문제가 아니야. 총동문회의 입김이 얼마나 센지 자네도 잘 알지 않나. 심하면 입시에 대한 감사를 받을 수도 있어."

"왠지 선생님답지 않으신데요?"

확실히 그랬다. 남재창 교수는 단호하게 일을 처리하기로 유명했으니까. 그가 손에 쥔 권력을 휘두르며 말이다.

"신중하게 가자 이거지. 신중하게… 별것 아닌 일에 그렇게 무리수를 던져서야 되겠나?"

남재창 교수는 생각에 잠겼다. 이럴 때는 침묵을 유지해야 한다는 게 불문율이다. 차 교수는 입을 닫은 채 남 교수가 다시 이야기를 꺼낼 때까지 기다렸다.

"으음… 윤우 군이 대학원에 들어오는 것까진 좋아. 하지만 그 이후가 걱정이 된단 말이지. 그 친구가 윤민수 교수에게 힘을 실어 줄까 봐."

남재창 교수는 보수적인 사람이었다. 예측 불가능한 일을 좋아하지 않았다. 그의 시각으로 봤을 때 윤우는 어디로 튈지 모르는 꼬마였다.

"소진욱 교수가 지도교수라고 하지 않았습니까? 그렇다면 그쪽 라인으로 갈 일은 없을 것 같습니다만."

"모르지. 진욱이도 내 새끼이긴 한데 요즘 색깔이 불분명해. 가끔 보면 무슨 생각을 하고 있는지 모르겠다니까. 민혜도 그렇고."

차 교수는 고개를 끄덕거렸다.

"젊은 친구들이라 세상 물정에 어두워서 그렇죠. 언제 날 잡아서 따끔하게 혼내실 필요가 있겠군요."

"그래야겠지. 아무튼… 이번 한 학기동안 윤우 군이 내

수업을 듣더군. 어떻게 하나 가만히 지켜볼 생각이야. 그 이후에 결정을 해도 늦지 않겠지."

"석사를 졸업한다고 해도 박사과정에 들어오지 못하게 막을 수 있으니까요."

결론은 나왔다. 남 교수가 고개를 끄덕이자 차 교수가 웃으며 자리에서 일어났다.

"그럼 윤우 군을 포함해 면접일정 잡도록 하겠습니다."

"부탁하네."

NEO MODERN FANTASY STORY

뉴 라이프

NEW
LIFE

Scene #39 프로포즈

NEW LIFE

Scene #39 프로포즈

금요일 오후, 한국대학교에서 일제히 학석사연계과정 서류합격자 면접이 열렸다.

국어국문학과는 총 응시 인원이 윤우와 승주를 포함해 네 명뿐이었다. 응시자는 가벼운 전공 테스트와 연구계획서 평가, 그리고 기타 질문에 대한 답변을 해야 한다.

하지만 대개 학석사연계과정을 지원하는 사람들은 교수들과 친분이 있는 학생들이기 때문에 전공 테스트는 생략하는 경우가 많았다. 어느 수준인지는 대강 알 수 있으니까.

그래도 윤우는 적당히 긴장감을 유지하며 면접을 대비했다. 예상 질문을 뽑아보았고, 그 질문 위주로 답변을 준비했다. 심사위원장이 남재창 교수였기 때문이었다.

다른 교수들은 몰라도 남재창 교수는 연구계획서나 자신의 계획에 대해 딴지를 걸고 들어올 가능성이 높았다. 자신을 못마땅하게 생각하고 있으니까 말이다.

그때 승주가 조용히 물었다.

"무슨 생각 하냐?"

"아무것도."

"아, 이거 은근히 긴장되네. 별거 아니라고 생각했는데."

앞서 두 명의 면접이 끝나고 면접장 앞에는 윤우와 승주만 남아 있었다. 그때 면접고사장 문이 열리더니 학과조교가 밖으로 나왔다.

"03학번 김승주 학생. 들어오세요."

"옙."

승주가 한숨을 쉬며 가뿐히 일어섰다.

"네가 젤 마지막이구나."

"남 걱정 말고 잘 하고 오기나 해."

피식 웃은 승주는 면접장 안으로 들어갔다. 복도는 다시 조용해졌다. 윤우는 눈을 감고 생각을 정리했다.

승주가 다시 밖으로 나온 것은 5분 정도가 지난 이후였다.

"어땠어?"

승주의 표정은 한결 편안해 보였다.

"그냥 뭐 형식적인 질문뿐이었어. 특별한 건 안 묻던데? 괜히 긴장했다는 생각도 들더라."

윤우는 고개를 끄덕였다. 승주도 다른 교수님들의 총애를 받고 있었기 때문에 아마 합격이 확실할 것이다. 앞서 면접을 본 두 사람은 잘 모르겠지만.

윤우는 자리에서 일어섰다. 밖으로 나온 학과조교와 눈이 마주쳤기 때문이었다. 특별히 말이 오가지 않아도 자신의 차례가 왔음을 느꼈다.

"괜히 쫄지 마라."

승주의 말에 윤우는 씨익 웃어 보이며 안으로 들어갔다.

딸각—

회의실 안에는 교수 세 명이 나란히 앉아 있었다. 가운데에는 학과장 남재창 교수가, 그 왼편엔 윤민수 교수가, 나머지 한 자리엔 김호 교수가 자리하고 있었다.

그들은 진지한 표정으로 서류를 넘겨보고 있었다. 보기만 해도 위압감이 넘쳐흘렀다. 한국대학교 국문학과의 실세들이 한 자리에 모여 있었던 것이다.

윤우는 학부 입학 면접 때와는 또 다른 느낌을 받았다. 생각보다 엄숙했고, 사방이 탁 막힌 듯한 기분이 들었다.

그럴 만도 했다. 오히려 교수들의 입장에서는 학부 입학 면접보다 대학원 입학 면접이 더욱 중요했기 때문이다.

실제적으로 교수에게 도움이 되는 것은 학부생이 아니라 대학원생들이다. 연구뿐만 아니라 사적인 일도 시키기 때문에 말을 잘 듣는 사람을 뽑아야 한다.

윤우는 전생의 백은대학교 대학원 시절에 지도교수였던 서광필이 회식 자리에서 했던 말을 아직도 기억하고 있다.

'코끼리를 냉장고에 넣는 방법이 뭔 줄 아나? 바로 대학원생에게 시키면 된다 이거야.'

겉으로 보면 단순히 우스갯소리로 들리겠지만, 대학원생들이 들으면 씁쓸한 표정으로 고개를 끄덕이게 만드는 그런 말이다. 그때도 그랬고.

어느 계열이나 마찬가지로 교수들은 대학원 제자들에게 사적인 일을 시킨다. 차에 물건을 실으라는 것은 양반이다. 때로는 대리운전을 시키는 경우도 비일비재하다.

여학생일 경우는 더욱 심하다. 공공연하게 술시중을 들어야 하고, 거기에 성추행까지 벌어지기도 한다. 지도교수의 손이 은근슬쩍 허벅지로 들어와도 제지할 방법이 없다.

최근 언론에서 한창 보도되고 있는 성추행 사건은 정말 빙산의 일각에 지나지 않는다. 남학생이라고 해서 성추행을 당하지 않을 거라고 생각하는 것도 흔한 착각이다.

때문에 단순히 공부에 뜻이 있다고 해서 대학원에 진학하는 것은 신중히 생각해 봐야 할 문제인 것이다. 웬만한 각오 없이는 버티기 힘든 동네다.

윤우는 잡생각을 물리치며 정신을 차렸다. 그리고 바로 선 다음 허리를 굽혀 인사했다.

"안녕하십니까. 김윤우입니다."

"자리에 앉지."

남재창 교수가 권하자 윤우는 책상 맞은편에 놓인 의자에 앉았다. 잠시 침묵과 함께 사그락거리는 종이 넘기는 소리가 들렸다.

"윤우 군이야 최근 워낙 열심히 하고 있으니 특별히 물어볼 말은 없을 것 같은데… 안 그렇습니까?"

윤민수 교수의 말이었다. 백발이 무성한 그는 인자하게 웃으며 윤우를 바라보고 있었다.

"그렇긴 하지요. 장래가 기대되는 학생입니다."

김호 교수도 지원 사격을 했다. 시작이 나쁘진 않았다. 그래도 윤우는 풀어지지 않고 정면을 응시했다.

"벌써 등재지에 논문을 다섯 편이나 실었어요. 대단하지 않습니까?"

"그럼요, 그럼요."

이렇게 칭찬이 오가는 사이 윤우가 살짝 끼어들었다.

"훌륭한 선생님들 밑에서 배울 수 있었기 때문에 이런 결과가 나왔다고 생각합니다. 앞으로도 많이 배우겠습니다."

윤우를 바라보는 윤민수 교수의 두 눈에 흥미가 돌았다. 마음 같아서는 윤우를 자신의 라인으로 끌어가고 싶었다. 세부전공이 같으니 문제될 것은 없다.

그래서 그가 질문을 던졌다.

"희망 전공을 현대문학이라고 정했는데, 조금 모호하지 않나? 현대문학이라고 해도 세부적으로 놓고 보면 분야가 다르니 말이야. 소설 미학이나 비평에는 관심이 없나?"

윤민수 교수는 한국신문 신춘문예 평론부문에서 당선하여 비평계의 명인으로 활약하고 있는 사람이었다. TV에도 출연을 할 정도로 인지도가 높았다.

윤우가 답했다.

"관심이 많습니다. 기회가 주어진다면 그 분야도 공부를 해보고 싶습니다. 평론 활동도 해보고 싶고요."

"단순히 연구만 하겠다는 건 아니군 그래?"

머리가 반쯤 벗겨진 김호 교수의 질문에 윤우가 그쪽으로 시선을 돌리며 답했다.

"큰 그림을 그리자면 그렇습니다. 사견이지만 앞으로 시대가 많이 바뀔 거라고 봅니다. 그래서 실제로 여러 활동을 하고 있습니다. 일례로 문학을 단순히 연구의 영역에서 다루는 것이 아니라 소비의 영역, 즉 사업적인 측면에서도 다뤄보려고 노력하고 있습니다. 그 작업의 일환으로 현재 개인적인 사업을 하나 하고 있기도 하고요."

"사업을? 무슨?"

"한마디로 이야기산업이라고 할 수 있겠습니다. 이야기를 인터넷이라는 가상 정보망을 통해 소비자들에게 유통하는 것이지요. 구체적으로 웹소설과 웹툰 서비스를 하고 있습니다."

윤우는 그 이후로도 웹소설과 웹툰에 대해 자세히 설명해야 했다. 아무리 학계 권위자라고 해도 이 세 교수들은 나이가 많았다. 인터넷이라는 새로운 플랫폼에 대한 지식이 거의 없었다.

윤우의 설명이 모두 끝나자 윤민수 교수가 고개를 주억거렸다. 다는 모르겠지만, 의도 자체는 파악했다는 그런 표정이었다.

"어린 나이에 대단하군 그래."

하지만 남재창 교수의 표정엔 변화가 없었다. 그가 드디어 입을 열었다.

"사업을 한다는 것은 자본의 논리에 편승한다는 것일 텐데, 아카데믹한 것과는 거리가 먼 게 아닌가? 자네는 학문을 위해 대학원에 온다고 하지 않았나."

제법 날카로운 질문이었다. 하지만 예상범위를 벗어난 공격은 아니었다.

"저는 이야기산업에 대한 연구도 진행할 계획입니다.

그러기 위해서는 데이터가 필요합니다. 사업은 물론 돈을 벌기 위한 목적도 있습니다만, 궁극적으로는 연구 자료를 수집하기 위해 하고 있습니다."

남재창 교수가 다시 물었다.

"사업을 하다 보면 공부할 시간이 부족할 텐데."

"제 친구가 공동대표로 있습니다. 그 친구가 많은 것을 관리해 주기 때문에 실제로 제가 사업에 들이는 시간은 많지 않습니다."

남재창 교수는 입을 다물었다. 그때 남 교수를 힐끔 바라보던 윤민수 교수가 끼어들었다.

"지도교수로 생각하고 있는 선생이 있나?"

"소진욱 선생님입니다."

"그렇군. 하지만 서류상으로 지도교수를 결정하는 건 석사 2학기가 끝날 무렵이지."

왜 이런 이야기를 꺼내는 걸까. 윤우는 그를 바라보며 머리를 굴려 보았다.

"아까 자네가 말한 대로 한국대에는 훌륭한 선생들이 많지. 그러니 벌써부터 속단하지 말고 많은 선생님들과 교류를 해보도록 해."

"알겠습니다."

윤우는 윤민수 교수가 한 말의 뜻을 알 것 같았다. 자신의 라인으로 포섭하려는 것이리라.

확실히 윤우가 간파한 것이 맞는지 남재창 교수와 윤민수 교수 사이에 미묘한 기류가 흐르기 시작했다.

'남재창 선생과 윤민수 선생 사이에서 적당히 줄타기를 하면 될 것 같다. 미안한 일이지만, 윤민수 선생을 적당히 이용할 필요가 있겠어.'

그렇게 결론을 내릴 때, 남재창 교수가 면접의 끝을 선언했다. 윤우는 자리에서 일어서 다시 공손히 인사를 하고 면접고사장 밖으로 나왔다.

자취방으로 돌아온 윤우는 대강 집을 정리한 다음 밖으로 나와 차에 시동을 걸었다. 06년형 아반떼. 작년 말 강태완 이사장이 선물로 준 것이다.

표면적으로는 윤우의 전역 선물이었지만, 강서연이 한국대학교에 성공적으로 입학했다는 것이 크게 작용했다. 물론 강태완 이사장의 목숨을 구한 것이 가장 크긴 했지만.

강태완 이사장은 마음 같아서는 중형 이상 급의 차를 선물해 주고 싶었다. 그러나 윤우가 받지 않을 것을 염려해 사양을 많이 낮춘 것이었다.

'슬슬 예린이도 수업이 끝났겠지?'

윤우는 일단 내비게이션을 세민대학교로 맞추었다. 동생을 데리고 본가로 갈 계획이었던 것이다.

내일부터 주말이었다. 윤우는 특별한 일이 없으면 주말은 본가에서 보냈다. 자취를 하는 와중에도 일요일이면 아버지와 함께 등산을 했다.

그때 전화가 왔다. 호랑이도 제 말하면 온다더니, 액정에 뜬 이름은 예린이었다.

─ 오빠 지금 혹시 오는 길?

"막 출발하려고. 지금 너희 학교로 내비 세팅 중이다. 왜?"

─ 다행이다. 이번 주는 집에 안 가려고. 개강총회 하잖아 오늘. 술 엄청 마실 것 같아.

"새내기도 아니고 헌내기가 무슨 개강총회를 가?"

─ 오빠야 아싸니까 안 간다고 쳐도 난 과 생활 충실히 하고 있다고!

"아싸라니. 누가 들으면 오해하겠다? 혹시 성진이랑 노느라 거짓말 하는 건 아니겠지? 자취한다고 해서 너무 막나가지 마라. 난 아직 조카를 받아들일 마음의 준비가 안 됐으니까."

─ 무, 무슨 소리 하는 거야? 그런 거 아니야! 오빠나 조심하지 그래? 나도 조카를 받아들일 마음의 준비 안 됐거든?

윤우는 피식 웃었다.

"알았으니까 볼일 봐, 그럼."

전화를 끊은 윤우는 잠시 핸들을 쥐고 생각에 잠겼다.
시동을 켜긴 했는데 다시 끄기가 뭐했던 것이다. 그때 머
릿속으로 좋은 생각이 떠올랐다.

윤우는 그길로 어머니에게 전화를 걸었다.

윤우는 한국대 앞에 차를 세우고 가연이가 나오기만을
기다렸다.

잠시 후 정문 저 편에서 가연이 이쪽을 향해 달려오는
모습이 보였다. 윤우는 차에서 내려 그녀를 맞았다.

봄철답게 산뜻한 복장이었다. 검은 꽃모양이 들어간 흰
색 원피스에 살짝 걸친 연노랑 카디건이 가연의 순수한 이
미지와 무척이나 잘 어울렸다.

"오늘은 집에 안 가?"

"예린이 녀석이 펑크를 내서 말이야. 시동을 켰는데 갑
자기 못 온다고 전화가 오더라."

가연이도 윤우가 금요일 저녁에 본가에 내려간다는 사
실을 잘 알고 있었다. 그랬기에 표정이 환했다. 뜻하지 않
은 행운을 얻은 사람처럼 말이다.

"그럼 같이 저녁 먹자."

윤우는 고개를 끄덕였다. 그리고 조수석 문을 열고 가연이를 차에 태웠다. 그리고 안으로 들어 와 손수 안전벨트를 매 주었다.

"고마워. 저녁은 어디서 먹을까?"

"우리 집에서 먹을까?"

윤우가 너무 아무렇지도 않게 얘기한 탓에 가연이는 눈을 깜빡이며 할 말을 잃었다.

"윤우네 집? 경기도 집 말이야?"

"그래. 어머니한테는 전화해 놨어. 어차피 예린이도 없고 하니까 한사람 몫 정도는 넉넉히 있을 거야. 마침 갈비찜 해 놓으셨다고 하더라고."

"그래도 좀 갑작스러운데……"

씨익 웃은 윤우는 시동을 걸었다. 그리고 핸들을 쥐고 가연이를 바라보았다.

"가겠다고 확실히 대답은 안했으니까 부담되면 다른 데서 먹어도 돼. 너 편한 대로 해."

곰곰이 생각에 잠기던 가연은 결국 가겠다고 말했다.

사실 길게 생각할 문제는 아니었다. 윤우의 부모님을 처음 보는 것도 아니었고, 윤우와 결혼을 생각하고 있었기 때문에 싫진 않았다.

그래도 장래 시부모님이 될 사람들과 갑작스럽게 만난

다는 점이 좀 부담스럽긴 했다. 이럴 줄 알았으면 좀 더 예쁘게 입고 나오는 건데.

가연은 가방에서 거울을 꺼내 화장 상태를 체크했다. 그리고 앞머리를 만지작거리며 이리저리 둘러보았다. 윤우는 그런 가연이 너무 귀여워 볼을 살짝 꼬집었다.

"안 봐도 예뻐."

두 사람의 웃음소리가 차창으로 새어 나왔다.

곧이어 차는 경기도에 위치한 윤우의 본가를 향해 서서히 나아가기 시작했다.

◆

"어서 와라. 우리 가연이 정말 오랜만에 보는 거 같구나."

윤우의 어머니는 현관까지 나와 가연을 맞이했다. 활짝 웃는 모습에 애정이 고스란히 배어 있었다. 가연도 그 따뜻한 마음을 느낄 수 있었다.

그녀는 오는 길에 사온 과일 바구니를 내려놓고 공손히 인사했다.

"오랜만에 뵈어요. 건강히 잘 지내셨죠?"

"그럼 그럼, 회사 근처로 이사를 하니까 아주 살 맛 난다."

"그래도 좀 멀리 가서서 서운했어요. 자주 못 뵈니까요."

윤우가 보기에도 어머니와 가연은 사이가 대단히 좋은 것 같았다. 결혼 후에도 두 사람이 이렇게 가까이 지냈으면 좋겠다고 생각했다.

윤우의 어머니가 가연의 어깨를 다독이며 물었다.

"넌 어땠니? 잘 지냈지?"

"예, 저도 요즘은 별일 없었어요. 그런데 아버님은요?"

"곧 들어 오실거야. 자, 어서 들어와 앉아라. 저녁 상 금방 차리마."

제 집이었던 윤우는 거실에 편히 앉았다. 하지만 가연은 가방을 내려놓더니 곧장 주방으로 향했다. 가만히 앉아 있기가 뭐했던 것이다.

"어머니, 제가 좀 도울게요."

"아이고, 아니다. 손님으로 왔는데 일을 시킬 수는 없지. 가서 윤우랑 놀고 있어."

"괜찮아요. 집에서도 곧잘 하는 걸요."

"괜찮대도 그러네."

그 뒤로 계속 실랑이를 벌였지만, 가연이가 물러설 기미를 보이지 않자 윤우의 어머니는 멋쩍게 웃으며 자리를 비켜줘야 했다.

"이거 벌써부터 시집살이 시키는 것 같아 미안하구나."

"그런 말씀 마세요. 당연히 해야 할 일인데."

어쩜 저렇게 말을 예쁘게 할까. 윤우의 어머니는 감탄하며 고개를 끄덕였다. 아마 전 세계를 돌아다닌다고 해도 이런 며느리감을 찾기는 어려울 것이다.

잠시 후 도어락이 열리는 소리가 들리더니 윤우의 아버지가 안으로 들어왔다. 손에는 뭔가 잔뜩 들려 있었다. 구수한 치킨 냄새가 온 집안에 가득 찼다.

"그건 또 뭐예요? 치킨?"

"그래. 우리 아들 온다길래 사왔지."

"뭐하러 그래요? 오늘 갈비찜 해 놨는데."

"이 사람이 오자마자 잔소리는. 갈비찜하고 치킨하고 같아? 이건 술안주야. 술안주. 맥주엔 치킨만한 게 없지."

그때 주방에서 가연이가 앞치마에 손을 닦으며 거실로 나왔다.

"아버님, 안녕하세요. 오랜만이에요."

"으응? 가연이 네가 여긴 웬일이냐?"

"저녁 얻어먹으러 왔어요."

윤우의 아버지도 정말 반가운 마음에 환하게 웃었다.

"잘했다. 그런데 앞치마는 왜 하고 있어? 손님으로 왔으면 먹기만 하지. 손에 물 묻히지 마라. 예쁜 손 상할라. 여봐, 당신 뭐 해? 손님한테 일이나 시키고 있고."

"아녜요, 아버님. 제가 돕겠다고 한 걸요. 어머니는 잘 못 없으셔요."

"그래도 그렇지. 아들. 넌 가만히 구경만 하고 있을 거냐?"

윤우가 웃으며 끼어들었다.

"그냥 내버려 두는 게 좋을 것 같아요. 어머니 음식보다 가연이가 한 음식이 더 맛있거든요."

"뭐? 인석이!"

"하하하!"

윤우의 한마디에 온 집안에 웃음꽃이 활짝 피었다. 윤우는 이런 화목한 분위기가 너무 좋았다. 전생에서는 이런 경험을 전혀 할 수 없었으니까.

이 무렵 아버지는 간암으로 세상을 떠났었다. 하지만 지금은 운동을 하며 건강히 지내고 있다. 술도 줄였기 때문에 혈색이 전보다 훨씬 좋아졌다.

"아무튼, 어서 씻고 나와요. 저녁 준비 다 끝나가니까."

윤우의 어머니는 그렇게 말하곤 가연을 데리고 다시 주방으로 돌아가 음식을 준비했다.

잠시 후, 욕실에서 나온 아버지는 수건으로 목 언저리를 닦으며 윤우에게 말을 걸었다.

"근데 예린이 녀석은?"

"오늘 과 행사가 있는 모양이에요. 밤새 술 마신다고 하더라고요."

바쁘게 움직이던 수건이 딱 멈췄다.

"술? 원 녀석이, 자취를 하더니 아주 막 나가는 모양이구나. 쯧쯧, 네가 시간 날 때 한소리 해 줘라."

술이라는 말에 아버지의 표정이 확 굳었다. 하지만 윤우의 아버지는 전형적인 딸 바보였다. 신경은 쓰이지만 직접 대놓고 싫은 소리는 못한다.

대학 생활을 두 번 해본 윤우는 예린이의 행동을 이해할 수 있었다. 특히 예체능 쪽이니 과에서의 단합이 중요할 것이다. 사람이 재산인 곳이니까.

무엇보다도 윤우는 성진이를 믿고 있었다. 성진이라면 예린이가 엇나가지 않도록 잘 케어해 줄 것이다. 겉으론 가벼워 보여도 책임감이 남다른 친구다.

"너무 그러지 마세요. 요즘 대학생들은 다 그래요. 특히 예린이는 과 애들하고 어울리는 게 좋을 거예요. 나중에 그게 다 인맥이 되거든요."

예린이는 만화가 지망생이다. 한국 만화계는 정말 한 다리만 건너면 모두 아는 그런 곳이다. 지금부터 착실히 인맥을 쌓아 둘 필요가 있다.

"다 그러긴. 넌 안 그러잖냐?"

"전 좀 특이한 경우구요. 예린이도 생각 있는 아이니까

너무 걱정은 마세요. 다른 사람도 아니고 아버지 딸이잖아
요."

윤우가 덧붙인 마지막 말에 아버지는 입을 꾹 다물었다.
그리고 순간 자신의 아들이 국문학 전공이라는 것을 새삼
스레 깨달았다. 말을 잘해도 너무 잘한다.

아버지 딸이라는 그 간단한 말이 깊은 감동을 선물했다.
윤우의 아버지가 피식, 웃음을 터트렸다.

"난 말이다. 가끔 너희들이 진짜 내 자식들인가 싶을 때
가 있다."

"그게 무슨 말씀이세요?"

윤우는 보던 TV에서 시선을 떼고 아버지를 주목했다.
그는 수건을 빨래통으로 휙 던지더니 계속 말했다.

"고등학교도 제대로 못 나온 아버지인데 말이야. 아들
놈은 한국대 우등생이지, 딸은 세민대 만화과 다니지. 형
편이 어려워서 공부도 제대로 시켜주지도 못했는데 말이
다. 어디 나가면 다들 이 아비만 부러워한단다."

"아버지랑 어머니가 자식 농사 잘 지으신 덕이죠."

아버지는 허허 웃었다.

"뭐 우리가 한 게 있더냐? 너희들이 알아서 잘 커준 덕
이지. 나는 말이다. 너희들이 세상에서 제일 자랑스럽단
다. 소중한 보물이기도 하고."

소중한 보물.

그 말을 듣고 있으니 윤우는 왠지 마음이 짠해졌다. 그리고 과거에 교수임용에 낙방하고 스스로 목숨을 끊으려 했던 그 순간을 반성했다.

목숨은 부모님이 물려주신 소중한 보물이었다. 아무리 힘든 일이 닥쳐도 두 번 다시 그런 바보 같은 짓은 하지 않으리라. 윤우는 이렇게 다짐했다.

아버지는 왠지 쑥스러운지 머리를 긁적이며 자리에서 일어섰다.

"이거 말이 길어졌구나. 가서 저녁이나 먹자꾸나. 얼추 다 준비가 된 모양인데."

"예, 아버지."

가족이 모두 모여 식사를 시작했다. 윤우의 부모님은 모든 반찬을 가연이 앞으로 몰아주기에 바빴다.

"많이 먹어라. 얼마든지 더 있으니까."

"예, 잘 먹겠습니다."

"갈비찜 먹어 봐. 우리 어머니 주특기야."

윤우의 설명에 가연은 젓가락으로 갈빗살을 조금 뜯어 입에 넣었다. 오물거리더니 고개를 끄덕이며 맛있다는 말을 연발했다. 짭조름한 것이 입에서 살살 녹았다.

"나중에 갈비찜 하는 거 가르쳐 주실 수 있으세요? 이 거 정말 맛있어요. 어떻게 이렇게 만들 수 있는지 궁금해요."

"얼마든지. 시간 날 때 또 오너라."

그때 윤우의 아버지가 끼어들었다.

"그런데 너희들 결혼은 언제쯤 할 생각이냐?"

마침 국을 떠먹던 가연이가 사레가 들었는지 입을 막으며 콜록거렸다. 윤우는 그녀의 등을 토닥거려 주며 아버지에게 불평했다.

"이러다 체하겠어요. 왜 그런 말씀을 하세요?"

"왜냐니. 너희들 만난 기간도 오래 됐고, 너도 모아둔 돈도 있고 자기 집이 있으니 결혼하는 게 낫지 않나 싶어서 그런다. 괜히 시간 끌 것 없지 않냐?"

아버지의 말씀이 맞긴 했다. 주식으로 모아 둔 돈도 수억 원 대였고, 집이 있는데다가 차까지 있다. 결혼한다고 해서 아쉬울 것은 하나도 없는 상황이다.

하지만 결혼은 혼자가 하는 것이 아니다. 한 집안에서 찬성을 한다고 해서 추진할 수 있는 일도 아니다. 가연이의 의사도 중요했고, 그녀의 부모님께 허락도 받아야 한다.

물론 윤우는 가연의 어머니는 물론 그녀의 아버지에게도 높은 점수를 따 놓은 상태이기 때문에 어렵지 않게 허락을 받을 자신은 있었다.

그때 좀 진정을 되찾은 가연이 물을 한 모금 마시더니 웃으며 이렇게 말했다.

"아버님. 이런 말씀 드리기 죄송한데…… 아직 윤우가 프로포즈 안 했어요."

"뭐? 아들, 그게 사실이냐?"

순식간에 모든 화살이 윤우에게로 쏠렸다. 가연이가 프로포즈 이야기를 꺼낼 줄은 꿈에도 몰랐던 윤우는 당황하며 대충 얼버무렸다.

"아, 아직 어린데요 뭘. 이 나이에 프로포즈 하는 사람이 얼마나 있겠어요? 좀 더 있다 해도 안 늦어요. 오늘따라 왜들 그래요? 밥 먹다 체하겠네, 진짜."

"준비가 됐다면 자리는 빨리 잡는 게 좋다. 애도 일찍 낳는 게 여러모로 좋고. 요즘 젊은 애들은 다들 늦게 결혼을 해서 문제야."

그 이후로도 아버지의 잔소리는 계속 이어졌다. 평소라면 말렸을 어머니도 가만히 듣고 있는 걸 보니, 두 사람이 어서 결혼을 하기를 바랐던 모양이었다.

그 와중에 윤우는 못마땅한 눈으로 가연이를 내려다보았다. 가연은 혀를 살짝 내밀며 얄미운 미소를 짓는다. 오랜만에 보기 좋게 한 방 먹었다.

가연은 후식을 먹고 실컷 떠들다 밤늦게 돌아갔다. 물론 윤우가 그녀의 집까지 태워다 주었다.

집 앞에 도착하고 안전벨트까지 풀었지만 가연이는 차에서 내리지 않았다. 왠지 이대로 헤어지기가 아쉬웠기 때문이다. 그것은 윤우도 마찬가지였다.

밤늦은 시각이라 골목은 한산했다. 전봇대 위에 걸친 가로등만이 외롭게 주변을 밝히고 있다.

"어머니 덕분에 너무 잘 먹었어. 설거지 못한 게 마음에 계속 걸리네."

"식사 준비 도와준 걸로 됐어. 너무 신경 쓰지 마. 우리 어머니 그런 걸로 서운해 할 분 아니니까."

"나도 알아. 그래도 좀 그래서."

윤우는 가연의 머리를 쓰다듬었다. 사소한 거지만, 이렇게 신경을 써주는 마음씨가 너무 예뻤다.

윤우가 물었다.

"근데 아까 프로포즈 얘기는 진심이었어?"

"반쯤은?"

"나머지 반은 뭔데?"

가연은 잠시 뜸을 들이더니 뒤늦게 대답을 했다.

"굳이 남자가 먼저 프로포즈 할 이유는 없다고 생각해서. 내가 해도 되는 거잖아."

"그럼 해 봐."

"지금?"

"그럼 언제 하려고?"

기다려도 가연은 싱긋 웃기만 했다. 그녀를 가만히 바라보던 윤우는, 단단히 결심을 한 표정으로 조수석 앞 서랍을 열어 무언가를 꺼냈다.

반지를 넣는 사각 케이스였다. 윤우는 두 손으로 그것을 열었다. 꽤 커다란 다이아몬드가 박힌 반지가 영롱한 빛을 발하며 모습을 드러냈다.

가연은 아무 말도 하지 않고 그 반지를 바라보기만 했다. 설명을 듣지 않아도 그 반지가 어떤 의미를 품고 있는지 알 것만 같았다.

윤우는 말없이 반지를 꺼내 가연이의 왼손 약지에 끼어주었다.

"내년에 결혼하자."

짧은 그 한마디가 머릿속을 강타했다. 가슴이 빠르게 뛰기 시작했고, 가연은 가벼운 현기증을 느꼈다.

그 와중에도 한 가지 확실히 느낄 수 있었던 것은 그것이 기분 좋은 어지러움이라는 것이다.

그렇게 멍하니 윤우를 바라보고 있던 가연은 이내 풋 하고 웃음을 터트렸다.

"결혼해 줄래도 아니고 결혼하자고?"

"싫으면 올해에 바로 할래?"

"너무 자신감 넘치는 거 아냐? 내가 안 받아주면 어쩌려고 그래."

"마음에도 없는 소리 하지 마."

확실히, 오래 사귀다 보니 서로의 마음을 너무나 잘 알게 되었다. 가연은 시선을 돌려 행복한 눈으로 반지를 이리저리 둘러보았다.

너무나 마음에 들었다. 마치 귀금속점에서 사고 싶은 것을 딱 골라온 듯한 그런 반지였다. 고급스러우면서도 청초함을 느낄 수 있었다.

사실, 가연에게도 그렇지만 윤우에게도 무척 특별한 반지였다.

다이아몬드 반지는 가연에게 처음 해주는 것이었다. 전생에서는 가난한 탓에 결혼할 때에도 제대로 된 반지를 해주지 못했기 때문이다.

한참 후, 가연이 반지에서 눈을 떼고 윤우를 바라보며 물었다.

"그런데 이 반지는 언제 준비한 거야?"

"입대하기 전에. 제대하고 나서 정식으로 프로포즈 하려고 했었지. 오늘 네가 그 얘기를 꺼내지 않았더라면 잘 준비해서 어디선가 근사하게 했을지도 몰라."

"그럼 취소. 나중에 다시 해 줘."

"그러다 나중에 안 하는 수가 있어."

가연은 뚱한 표정을 지었지만, 이내 그것을 미소로 바꾸

고 윤우의 품에 안겼다. 이대로 시간이 멈추었으면 싶을
정도로 행복했다.

NEO MODERN FANTASY STORY

뉴 라이프
NEW LIFE

Scene #40 터닝 포인트

NEW LIFE

Scene #40 터닝 포인트

"어디 가니?"

어머니의 물음에 윤우는 구두를 신으며 대답했다.

"오늘 총장님 만나기로 했어요. 점심 먹고 들어 올 거니까 기다리지 말고 먼저 식사 하세요."

"윤우 네가 총장님을 만난다고? 한국대 총장님 말하는 거냐?"

"아뇨, 신화대 총장님이요."

뭔가 사연이 있는 것 같았지만, 윤우의 어머니는 재차 묻지 않았다. 이제는 아들이 하는 일이라면 뭐든 철썩 같이 믿었다. 스스로 잘 해내니까.

"그럼 어머니. 다녀올게요."

"그래, 운전 조심하고."

어머니의 배웅을 받으며 아파트 밖으로 나온 윤우는 시동을 걸고 근방에 있는 신화대학교로 차를 몰았다.

내비게이션의 무미건조한 안내음을 들으며 윤우는 머릿속으로 민 총장과 어떤 이야기를 나눌지 생각해 보았다.

'민 총장도 왠지 보통이 아닐 것 같단 말이지.'

김태호 부총장과는 몇 번 식사를 같이 한 적이 있지만, 민경원 총장과는 처음 만나는 자리였다.

윤우는 어젯밤 가연이를 데려다주고 와서 인터넷으로 민경원 총장에 대해 조사해 보았다. 그는 한국대학교 경영학과를 졸업했고, 신화대에서 교수를 역임한 사람이었다.

무엇보다도 윤우가 주목한 것은 그가 해외의 석학, 이를테면 물리학이나 의학 분야 등의 노벨상 수상자와 필즈상 수상자들을 대거 초빙해 온 실력파 총장이라는 점이었다.

'아무래도 대학원 이야기가 또 나오겠지? 교수직 제의도 할 것 같고. 부총장 선에서 해결이 안 되니까 본인이 직접 나서려는 거야. 분명히.'

평일에 학교에 나가야 하는 윤우를 위해 민 총장은 특별히 토요일에 약속을 잡았다. 이것만 봐도 민 총장이 자신을 얼마나 필요로 하는지를 명확히 알 수 있었다.

그간 김태호 부총장에게 받은 제안은 두 번이었다. 그

때마다 윤우는 제안을 거절했었다. 삼고초려의 예라도 차리는 걸까. 세 번째 제안은 그가 들고 나오려는 모양이다.

'매번 거절하는 것도 이젠 미안할 지경이네. 강태완 이사장님을 봐서라도 적당한 타협책이 있어야 할 것 같은데……'

그것이 윤우의 속마음이었다. 아무리 조건이 좋아도 한국대학교라는 배경을 쉽게 버릴 수가 없었다. 윤우의 꿈은 신화대학 그 이상을 바라보고 있었다.

그렇다고 해서 신화대로 연결된 인연을 일방적으로 끊을 수도 없었다. 어느 정도 우호적인 관계를 유지하며 필요할 때 도움을 받는 것이 윤우에게는 가장 좋았다.

호혜적(互惠的) 관계.

윤우가 구상하는 신화재단과의 관계는 딱 그것이었다.

끼릭—

본부 건물 지하 주차장에 차를 세운 윤우는 곧장 총장실로 올라갔다.

15층에서 내려 붉은 카펫을 따라 복도 끝으로 가니 총장실이 보였다. 윤우는 문을 가볍게 두드린 뒤 안으로 들어갔다. 젊은 여비서가 윤우를 안쪽 방으로 안내했다.

"안녕하세요. 총장님."

"반갑습니다. 이거 귀한 시간을 내 주셔서 감사하군요."

민경원 총장은 두 손으로 윤우와 악수를 했다.

윤우의 나이는 전혀 생각지 않고, 오로지 그를 하나의 인격으로 대하려는 자세가 돋보였다. 과연 실력파 총장이라는 말이 허언은 아닌 듯했다.

"초대해 주셔서 감사합니다. 안 그래도 한번 뵙고 싶었어요. 김태호 부총장님께 말씀 많이 들었습니다."

"그러셨습니까? 부총장님이 제 험담을 하지 않았나 걱정이군요. 하하하."

"험담은요. 칭찬이 자자하시던데요?"

"이거 부끄럽네요. 자, 일단 이쪽으로 앉으시지요. 장비서. 차 두 잔 내와."

문이 닫히고 윤우와 민 총장이 마주 보고 소파에 앉았다.

잠시간의 침묵이 돌 때 윤우는 총장실 내부를 천천히 둘러보았다. 교기(校旗)와 중역용 책상, 그리고 책장이 놓인 단출한 인테리어였다.

"서울에서 여기까지 오시느라 힘드셨겠습니다."

"아뇨. 어제부터 근처에 있는 본가에서 지내고 있었습니다. 오는 데 10분도 안 걸리더군요."

"그러고 보니 김 선생님 부모님께서 신화재단에서 일을 하고 계신다고 들었습니다. 근처로 이사를 오신 거군요?"

"예. 이사장님 덕분이죠. 마음속으로 정말 감사하게 생각하고 있습니다."

민 총장은 소탈하게 웃었다.

"제가 이런 말 하면 같은 편 감싸는 것처럼 보이시겠지만, 강태완 이사장님은 정말 이시대의 참 교육자십니다. 청렴하고 깨끗한 분이시지요. 제가 개인적으로 존경하는 분이기도 합니다."

윤우는 민 총장의 말에 고개를 끄덕여 동의했다.

확실히 윤우가 보기에도 강태완 이사장은 이상적인 인간상이었다. 재단을 운영하며 비리를 저지르지 않고, 언제나 원리원칙대로 일을 처리해 나갔다.

만약 신화대학교가 경기도가 아니라 서울에 위치해 있다면 순식간에 명문대가 되었을 것이다. 그만큼 학교와 학생들에게 투자하는 것이 많았으니까.

"저도 마찬가집니다. 이사장님과 이야기를 나누고 있다 보면 정말 배워가는 게 많지요. 제가 아직 어려서 세상물정을 모르다보니 좋은 길잡이가 되어 주시기도 합니다."

"어리시다뇨. 어엿한 연구자로 학계에서 주목받는 선생님이신데. 저희들도 김 선생님의 행보를 예전부터 주목해오고 있었습니다."

"관심 주셔서 감사합니다."

그 이후로 윤우와 민 총장은 사적인 대화를 나누었다. 시간이 흘러도 민 총장은 쉽게 속내를 내비치지 않았다. 그저 평범한 내용을 주제로 이야기를 할 뿐이었다.

어느 정도 시간이 지나고 나자, 민 총장이 슬쩍 자리에서 일어섰다.

"실은 보여드릴 게 있어서 모셨습니다. 잠깐 함께 나가실까요?"

윤우는 따라 일어섰다. 민 총장은 집무용 책상으로 돌아가 인터폰을 눌렀다.

"김 기사 대기시켜. 공사 현장으로 갈 거야."

"알겠습니다. 총장님."

윤우는 '공사 현장'이라는 말에 주목했다. 그렇다면 보여주려고 하는 것이 공사 현장이라는 말인데, 대체 무슨 공사장이기에 그러는 것일까?

"무엇을 보여주시려는 건지 여쭈어 봐도 될까요?"

"하하하. 가 보시면 압니다. 그쪽으로 가서 설명을 드리도록 하지요."

민 총장은 자신만만한 미소를 지었다. 뭔가 대단한 카드를 손에 쥐기라도 했다는 듯이.

잠시 후 윤우는 민 총장의 차에 올라 공사 현장으로 향했다. 캠퍼스 내에 있었지만, 신화대학교 캠퍼스는 굉장히 넓었기 때문에 차로 이동해야 했다.

잠시 후 차가 멈춰 섰다. 5분여 정도를 달린 것 같았다. 김 기사가 민 총장의 문을 열어주었고, 윤우도 문을 열고 밖으로 나왔다.

각종 기계소리로 주위가 시끄러웠다. 인부들이 하나같이 바쁘게 움직였고, 거대한 레미콘 트럭이 공사현장으로 줄지어 들어가고 있었다.

그 옆에 선 채 윤우는 눈매를 좁히며 공사 현장을 쭉 둘러보았다. 서울에서도 쉽게 볼 수 없는 그런 대규모 공사가 펼쳐지고 있었다.

절로 탄성이 흘러나오는 광경이었다.

"정말 대단한 규모네요."

"아마 어떤 용도의 건물인지 들으면 더욱 감탄하실 겁니다."

그때 현장감독이 빠른 걸음으로 민 총장에게 다가왔다. 하지만 민 총장은 손을 들어 대강 인사를 하고 돌려보냈다. 중요한 것은, 윤우에게 이 공사의 의의를 설명하는 것이었다.

"여기에 종합 연구동이 들어설 예정입니다."

"종합 연구동이요? 연구동 치고는 규모가 굉장히 크네요."

민 총장은 걸음을 옮겼다. 윤우도 그 뒤를 따랐다. 민 총장이 멈춰선 것은 공사장 한쪽에 세워져 있는 종합 연구동의 조감도였다.

민 총장은 컬러로 디자인된 근사한 현대식 건물 그림을 손으로 툭툭 건드리며 설명을 계속해 나갔다.

"우리 대학의 모든 연구 시설이 이쪽으로 옮겨올 겁니다. 개인 연구실도 만들어 학내 구성원에게 제공할 생각이지요. 이 건물이 완성되면, 대학원생은 물론 시간강사들에게도 개인 연구실이 생길 겁니다."

실로 파격적인 계획이었다. 그의 말에 윤우는 또다시 놀라야 했다.

대학원생이 개인 연구실을 받는 경우는 없다. 시간강사도 마찬가지. 10평 남짓한 공간에 의자 몇 개를 집어넣고 시간강사 휴게실이라고 이름 붙인 게 전부다.

"설마 시간강사도 교원으로 인정하시려는 겁니까?"

"아직 법적으로는 정비가 되지 않았지만, 적어도 우리 학교에서만큼은 교원 대우를 해 주려고 합니다. 사실 대학의 많은 강의를 시간강사들이 책임지고 있지요. 강의의 질을 올리기 위해서는 그들의 연구 환경을 개선해야만 합니다."

"흥미롭네요."

민 총장은 만족스럽게 웃으며 고개를 끄덕였다.

"학제간 융합 연구도 여기에서 진행될 예정입니다. 인문학과 사회학, 자연과학, 예술 등 모든 분야의 전문가들이 한 곳에 모여 정기 세미나를 개최할 계획인데… 이 종합 연구동이 그 중추적인 역할을 수행할 겁니다."

"신화대학교의 대학평가 순위가 굉장히 오를 것 같네요."

민 총장은 고개를 가로 저었다.

"많은 분들이 그렇게 말씀을 하시는데, 사실 우리는 국
내 대학 순위 놀음에는 관심이 없습니다. 세계적인 경쟁력
을 갖춘 대학으로 만드는 것이 저와 이사장님의 목표거든
요."

말을 마친 민경원 총장은 윤우 쪽으로 돌아섰다. 봄바람
과 함께 잠시 침묵이 돌았다.

자신만만한 표정을 지은 민 총장이 본심을 보였다. 윤
우를 당당히 바라보며 지금까지 아껴왔던 본론을 꺼냈
다.

"김 선생님께서 도움을 주신다면 그 꿈이 조금 더 빨리
이루어질 수도 있겠지요."

"말씀은 감사합니다만……."

민 총장은 예상했다는 듯 그의 말을 간단히 끊었다.

"대학원은 한국대에서 마치셔도 좋습니다. 다만 그 이
후에 우리 학교로 오셔서 조금만 도와주셨으면 좋겠군요.
한국대 교수임용, 저도 한국대 출신이라 잘 아는데 쉽지
않을 겁니다."

민 총장은 정곡을 찌르고 들어왔다.

확실히 그의 말이 옳았다. 한국대 교수임용은 쉽지 않
다. 특히 국문과는 더더욱 그렇다. 해외 유학이 불가능한
학과이기 때문이다.

윤우가 쉽게 생각해온 것도 있었다. 엘리트 코스를 밟고 운만 조금 따라주면 임용이 될 거라고 생각해왔다. 하지만 현실은 냉혹할 수도 있다.

윤우의 고민이 길어지자 민 총장이 다시 설득을 시작했다.

"종합 연구동이 완공되고 나면 인문과학융합연구소를 설치할 겁니다. 개인적으로 김 선생님만큼 그 연구소에 어울리는 사람이 없다고 생각합니다. 인문학은 물론 사회학과 자연과학 모두에 대한 지식이 풍부하시니까요."

확실히 끌리는 제안이었다.

윤우가 궁극적으로 하고 싶은 연구도 바로 그것이었다. 인문학에 다른 학문을 접목시켜 그 경계를 뛰어 넘는 것. 민 총장 말대로라면 불가능한 꿈은 아닐 것이다.

"어떻습니까. 신화대에 오셔서 그 꿈을 펼쳐보지 않으시겠습니까?"

"아직… 결정할 단계는 아닌 것 같습니다. 저는 아직 학부생이고, 박사학위를 따는 데만도 몇 년 정도는 더 걸릴 겁니다."

"그럼 그때까지 제가 이 연구동을 멋지게 꾸며놓도록 하지요."

"정말 한국대를 졸업한다고 해도 저를 받아주시겠다는 겁니까?"

민경원 총장은 흔쾌히 고개를 끄덕였다.

"물론입니다."

◆

강의를 마친 윤우는 연구실에 들르지 않고 곧장 자취방으로 돌아왔다. 손에 든 봉지에는 캔맥주 두 개와 육포 하나가 들려 있었다.

방 안으로 들어와 불을 켜고 자리에 앉았다. 그리고 맥주를 딴 다음 시원하게 한 모금 마셨다. 전화벨 소리가 들렸지만, 윤우는 받지 않았다.

'한국대를 졸업해도 받아 주겠다고?'

민경원 총장을 만난 지 일주일이나 지났지만 여전히 그 때의 일이 머릿속에서 떠나지 않고 있었다.

생각했던 것보다 민 총장은 자신을 설득하기 위해 많은 준비를 했다. 그러지 않고서야 이렇게 마음속 깊이 고민을 하지는 않았을 테니까.

사실 고민할 필요도 없는 일이었다. 한국대 임용이 좌절되면 신화대에서 받아주겠다는 말이었으니까. 보험으로 생각해도 전혀 문제될 것은 없었다.

정작 윤우의 불만은 한국대에 있었다.

자신이 진정으로 원하는 것은 한국대에 없었다. 학과 생활을 하며 대학원을 준비하고, 여러 교수들을 만나보면서 느낀 것이지만 대개가 정치놀음이었다.

그에 비해 신화대는 달랐다. 종합 연구동이 세워지고 나면 신화대는 연구중심대학으로 우뚝 설 것이다. 학제간 연구도 향후 미래를 생각한다면 비전이 있었다.

뜨는 해와 지는 해.

윤우의 눈엔 그것이 명확히 보였지만, 여전히 마음속에는 한국대에 대한 미련이 남았다. 윤우는 한걸음 물러서 냉정하게 자신의 속내를 관찰해 보았다.

'어쩌면… 나는 한국대 교수라는 타이틀을 탐내고 있었던 건가?'

사실이었다. 하지만 오늘따라 그러한 생각이 굉장히 속물처럼 느껴졌다.

그 이물감을 잊기 위해 윤우는 기약 없이 맥주를 들이켰다. 그러다보니 며칠 전 민경원 총장이 공사장 앞에서 했던 말이 불현듯 떠올랐다.

– 우리는 국내 대학 순위 놀음에는 관심이 없습니다. 세계적인 경쟁력을 갖춘 대학으로 만드는 것이 저와 이사장님의 목표입니다.

세계적인 경쟁력을 갖춘 대학.

왠지 그 단어 하나하나가 마음속에 틀어박히는 것 같은 느낌이다.

한국대도 물론 세계적인 대학으로 도약하기 위해 많은 노력을 하고 있다. 실제로 세계 대학 순위 100위 안에 들기도 한다.

하지만 내부가 썩어 있었다. 연구중심대학으로 거듭나기 위해 노력하는 신화대와는 정반대의 행보를 보이고 있었다.

'신화대라면… 세계적인 대학으로 성장할 수 있을 거야.'

그때 또다시 전화벨 소리가 울렸다. 윤우는 캔을 내려놓고 휴대폰의 액정을 확인했다.

가연이었다.

– 바빠?

"아니, 잠깐 뭐 좀 하느라. 무슨 일이야?"

– 면접 본 거 오늘 발표지? 궁금해서 전화했어. 어떻게 됐어?

"아직 확인 안 해봤는데, 지금 해 볼게. 잠시만."

윤우는 전화를 어깨에 진 채 컴퓨터 앞에 앉아 학교 홈페이지에 접속했다. 그리고 팝업창으로 떠 있는 합격자 조회를 누르고 학번과 비밀번호를 입력했다.

– 2007년도 한국대학교 일반대학원 학석사연계과정 전형 합격자 안내 –

학번: 031043
성명: 김윤우
전공: 국어국문학
구분: 학석사연계과정(조기졸업자 전형)
결과: 불합격

윤우는 멍하니 모니터를 바라보기만 했다.

불합격.

믿을 수 없는 결과였다.

제출한 서류는 완벽했다. 4.5점 만점에 다양한 논문 실적이 더해졌다. 면접은 형식상 보는 것이라고 생각했는데 불합격이 나올 줄은 꿈에도 몰랐다.

– 여보세요? 윤우야?

"이따… 내가 다시 연락할게."

윤우는 일단 전화를 끊었다. 그렇게 한참 동안이나 모니터를 바라보기만 했다.

혹시나 해서 로그아웃을 한 다음 다시 합격자 조회를 해보았다. 하지만 결과는 마찬가지였다. 불합격이라는 세 글자는 조금도 변하지 않았다.

'도대체 어떻게 된 일이야?'

윤우는 면접고사장에서 오갔던 말들을 다시 되뇌어 보았다. 남재창 교수가 비판적이긴 했지만, 윤민수 교수와 김호 교수는 자신에게 호의적이었다.

2대 1. 합격여부를 다수결로 처리한다고 가정하면 자신의 합격은 분명한 것이었다.

하지만 불합격이라는 결과가 나왔다. 어떻게 이런 일이 일어날 수 있는지 윤우의 머리로는 도무지 이해되지 않았다.

'생각보다 남재창 교수의 입김이 셌던 건가?'

분노가 차올랐다. 자기도 모르는 사이 주먹을 꽉 쥐고 있던 윤우는 심호흡을 하며 마음을 진정시켰다. 그리고 휴대폰을 들고 승주에게 전화를 걸었다.

"너 어떻게 됐어? 합격했어?"

– 아니, 떨어졌다.

이건 또 무슨 소리란 말인가.

5분 만에 면접을 마치고 나온 승주도 형식상의 면접이라고 했었다. 그 말은, 면접 당시의 분위기가 굉장히 좋았다는 것을 의미한다.

이번엔 승주가 물었다.

– 넌 합격했지?

"아니. 나도 불합격."

– 뭐? 무슨 그런 말도 안 되는 일이…….

승주도 어이가 없는지 한동안 말을 잇지 못했다. 그렇게 두 친구는 전화기를 든 채 침묵을 지켰다. 나중에서야 윤우가 다시 연락을 하겠다고 하며 전화를 끊었다.

'아무래도 소진욱 선생님을 만나봐야겠어.'

지금 당장 전화를 할까도 생각해 보았다.

하지만 지금은 감정이 격해져 있었다. 마음을 가라앉히고 생각을 정리한 다음 이야기를 하는 게 더 좋다고 판단했다. 윤우는 어서 월요일이 오기만을 기다렸다.

◆

주말 내내 윤우는 외출하지 않고 집에 틀어박혀 생각을 정리했다. 술을 마시거나 하진 않았다. 최대한 냉정을 유지하며 침착하게 상황을 수습해 나갔다.

윤우는 집중력이 좋고 이성적인 사람이었다. 며칠 간 생각을 정리한 덕분에 이제 불합격에 대해서는 더 이상 연연하지 않게 되었다.

오히려 뜻밖의 결론을 내릴 수 있었다.

그렇게 월요일이 돌아오고, 윤우는 아침 일찍 연구실에 나가 청소를 시작했다. 소진욱 교수는 늘 출근하는 시간에 연구실로 들어왔다.

"안녕하세요, 선생님."

"일찍 나왔구나."

그런데 윤우를 보는 소진욱 교수의 표정이 썩 좋지 못했다. 아무래도 그도 윤우가 학석사연계과정에서 떨어졌다는 것을 알고 있는 눈치였다.

윤우도 그 사실을 짐작하고는, 그의 책상으로 따라가 본론을 꺼냈다.

"제가 떨어졌다는 거 선생님도 알고 계시죠?"

"그래."

소진욱 교수는 착잡한 표정을 하며 한숨을 내쉬었다. 그리고 가방을 열어 책을 꺼내 책상에 올려놓았다.

그의 맥 빠진 행동 하나하나를 보니 그것은 내 능력 밖의 일이다, 이렇게 이야기하고 있는 것 같았다.

"승주도 떨어졌다고 들었습니다. 혹시 같이 면접 봤던 나머지 두 친구들은 어떻게 됐는지 알고 계신가요?"

"이번 학석사연계과정에서 합격한 사람은 없다."

역시 예상대로였다.

주말 내내 윤우는 다양한 가능성을 펼쳐 보았다. 그리고 내린 결론은 '전원 탈락'이었다. 아무래도, 자기 혼자만 떨어트리는 것은 위험부담이 크기 때문이다.

"그나저나 하나 잊고 있는 일이 있는 것 같은데?"

소진욱 교수는 커피포트를 손가락으로 가리키며 화제를

돌렸다. 그제야 윤우는 커피를 내리는 일을 깜빡 했다는 것을 깨달았다.

10분 뒤, 소진욱 교수의 연구실은 구수한 커피 냄새로 가득 찼다. 그리고 스승과 제자는 테이블을 두고 마주 앉아 커피를 마셨다.

"네가 몇 가지 오해를 하고 있는 것 같아 이야기를 해 줘야 겠구나."

윤우는 커피잔을 내려놓고 소진욱 교수의 말에 귀를 기울였다.

"일단 결론부터 말하자면, 이번에 면접에 들어간 선생님들은 학석사연계과정이라는 제도 자체를 회의적으로 생각하고 계신 것 같다."

"어째서죠?"

"학석사연계과정으로 들어온 학생들의 수준이 생각보다 낮다는 거였어. 일찍 학위를 따기 위한 수단으로 전락했다는 게 선생님들의 평가였지."

확실히 학석사연계과정에 들어오게 되면 학부는 1학기, 그리고 석사과정도 1학기를 절약할 수 있어 총 1년의 시간을 벌 수 있게 된다.

윤우는 말의 앞뒤가 맞지 않는다고 생각했다. 물론 소진욱 교수가 아니라 그런 평가를 내린 교수들을 향한 비판이었다.

제도가 불합리하다면 모집 자체를 하지 않으면 된다. 실제로 한국대 내엔 학석사연계과정이 설치되지 않은 학과들도 제법 있었으니까.

　윤우는 바로 그 점을 지적했다.

　"제도가 좋지 않다는 평가가 나오면 도입하지 않으면 될 텐데요. 앞뒤가 맞지 않는 것 같아요."

　"알아, 나도. 자네가 얼마나 우수한 학생인지도 잘 알고 있고. 자네는 아직 어려서 잘 모르겠지만, 학과 내부적인 일은 생각보다 합리적으로 풀리지 않는 경우가 많아."

　소진욱 교수는 뭔가 말을 더 하고 싶었지만 말을 아끼려는 것 같았다. 이내 입을 다물고 커피를 마신다.

　윤우는 그게 무엇인지 대번에 알 수 있었다. 합리적으로 풀리지 않는다는 것은 개인의 입김이 학과의 정책을 좌지우지 할 수 있다는 말일 것이다.

　'늙은 여우 같으니라고.'

　윤우는 남재창 교수가 중간에서 수를 쓴 것이 분명하다고 결론을 내렸다. 자신을 굴복시키기 위해 그럴싸한 대의명분을 걸어 다른 지원자들까지 희생시킨 것이다.

　윤우의 표정이 어두워지자, 말을 아끼던 소진욱 교수가 어렵사리 입을 열었다.

　"너무 앞서 생각하지는 마. 자네를 대학원에 들이지 않겠다는 말은 아닌 것 같으니까. 다음 학기에 대학원 정시

모집이 열릴 테니 그때 지원을 해 보도록 해."

소진욱 교수의 말대로 대학원 입학의 기회는 또 있다. 올해를 끝으로 학부 과정을 모두 마치게 되는 윤우는 정시 모집으로 대학원에 입학할 수 있다.

하지만 윤우는 회의감이 들었다. 학석사연계과정에서 자신을 떨어트린 남재창 교수가 정시모집이라고 해서 받아줄지 말지는 알 수가 없는 일이다.

"아무래도 남재창 선생님은 제가 대학원에 들어오는 걸 원하지 않으시는 모양입니다."

"원하지 않더라도 자네를 받지 않을 명분은 없어. 대학원 입학은 결국 어떻게든 될 거야."

소진욱 교수의 말도 일리가 있었다. 학석사연계과정은 특례입학 중 하나일 뿐이다. 떨어트린다고 해서 누구도 비난할 수는 없다.

하지만 정시는 다르다. 학석사연계과정이 학과 단위로 움직이는 거라면, 대학원 정시는 대학원 전체의 일이었다. 그만큼 지켜보는 사람이 많다.

주말 내내 남재창 교수와의 일을 생각하던 윤우는 이런 결론에 도달할 수 있었다.

'나를 길들이려는 거겠지. 자신의 애완견으로 만들기 위해.'

그럴듯한 결론이었다.

비록 윤우가 탈락하긴 했지만, 입학의 기회는 아직 한 번 더 남아 있었다. 이번에 학석사연계과정에서 탈락시킴으로써 더욱 절실하게 만들려는 의도인 것이다.

적어도 윤우는 그렇게 결론을 내렸다. 그리고 그 결론은 남재창 교수가 지금까지 보여 온 행보와 매우 잘 맞아 떨어졌다.

윤우의 눈이 날카롭게 빛났다. 지적인 눈빛 너머에는 노여움이 가득 담겨 있었다. 그것을 포착한 소진욱 교수가 걱정스러운 표정으로 물었다.

"혹시 다른 생각을 하고 있는 건 아니겠지?"

"다른 생각이라뇨?"

윤우가 모른 척 되묻자 소진욱 교수는 그 어느 때보다 조심스럽게 말을 이었다.

"자네가 이번 결과로 얼마나 서운한지 나만큼 잘 아는 사람은 없을 거야. 혹시나… 신화대 쪽으로 갈 생각을 하는 건 아닌지 걱정이 되는군."

윤우는 고개를 가로 저었다.

물론 처음에 불합격 통보를 받고 감정에 앞서 그런 생각을 한 것은 사실이었다. 자신을 원하지 않는 곳에 굳이 갈 필요는 없으니까.

무엇보다도 신화대는 자신의 가치를 제대로 알아주고 있었다. 어쩌면 정해진 가치보다 더욱 높게 평가를 해 주고 있는지도 모른다.

하지만 이렇게 물러나는 것은 왠지 억울했다. 이대로 물러나면 스스로 패배를 인정하고 남재창 교수에게 무릎을 꿇는 것과 다를 바가 없다.

무릎을 꿇는 것. 그것은 윤우가 전생에서도 해보지 않은 굴욕적인 일이었다.

"다음 학기 대학원 정시 모집에 다시 지원해 보겠습니다. 아직 끝난 건 아니니까요."

"그래. 잘 생각했네."

윤우는 어떻게든 대학원에 입학해 남재창 교수에게 되갚아 주겠다고 다짐했다. 자신의 영예를 위해 자라나는 새싹들을 짓밟는 것은 용서할 수가 없었다.

커피잔을 다시 든 윤우는 커피를 음미하며 향후 계획을 머릿속에 그려 보았다. 주말 내내 구상한 좋은 아이디어들이 윤곽을 드러내며 빛나기 시작했다.

그날 오후, 윤우는 가연의 연락을 받고 자하당 벤치로 나갔다. 늘 앉아 이야기를 나누던 그 자리에 가연이가 기다리고 있었다.

윤우는 고개를 갸웃했다. 분명 지금쯤이면 강의를 듣고

있어야 할 시간인데 연락이 온 것이다.

예전과 마찬가지로 두 사람은 서로의 시간표를 공유했다. 수업 도중에 연락하는 걸 피하기 위해서 말이다.

"가연아. 수업은?"

"휴강됐어."

"이야, 학기 초부터 휴강이라니. 좋은 수업 골랐네."

휴강을 싫어하는 대학생은 없다. 생긋 웃은 가연은 손에 들고 있던 컵 하나를 건넸다. 연노랑빛 액체 안에 조각 레몬이 하나 들어 있다.

"커피 마시고 나왔을 것 같아서 레모네이드로 샀어. 괜찮지?"

"얻어 마시는데 그런 걸 따질 순 없지. 잘 마실게."

윤우는 가연이의 세심한 배려가 좋았다. 연구실에서 커피를 많이 마신다는 것을 기억해 준 것이다.

그렇게 윤우는 가연의 옆에 앉았다. 왜 불렀냐고 묻진 않았다. 그녀도 학석사연계과정에서 탈락했다는 사실을 알고 있었으니 아마 면담 결과가 궁금해서 부른 것이리라.

"교수님하고 이야기는 해 봤어?"

윤우는 고개를 끄덕였다.

"오전에 했지."

"어떻게 됐어?"

"일단 다음 학기에 대학원 정시모집에 지원하기로 했어."

"그럼 신화대로는 안 가기로 한 거야?"

"확실하진 않아. 입시 결과가 어떻게 나오느냐에 따라 달라지겠지. 떨어지면 신화대로 갈 수밖에. 그런데 그건 왜 물어?"

가연은 윤우의 어깨에 머리를 기대며 이렇게 말했다.

"어렵게 편입했는데 일 년만 같이 다니면 억울하잖아. 우리학교 대학원으로 와야 내년까지 같이 다닐 수 있으니까."

"하긴, 그것도 그렇네."

윤우는 생각지도 못한 이유였다. 확실히, 기억을 돌이켜보니 그녀가 편입을 하게 된 이유에는 자신과 함께 학교를 다니고 싶다는 것도 있었다.

잠시 침묵이 이어졌고, 레모네이드가 담긴 컵을 옆에 내려놓은 윤우가 말했다.

"그런데 생각이 좀 바뀌었어."

"어떤 생각?"

"한국대에서 교수는 하지 않을 생각이야."

가연은 깜짝 놀랐다. 윤우의 어깨에서 머리를 떼고 돌아앉아 그를 바라보았다.

그럴 수밖에 없었다. 한국대에서 교수를 하겠다는 것은,

윤우가 고등학교 1학년 때부터 줄곧 이야기해 오던 것이었다. 실제로 될 수 있는 가능성도 충분했다.

그런데 지금 윤우가 그것을 부정하고 있었다. 오랜 꿈이었던 한국대 교수를 하지 않겠다고.

"왜 그렇게 결정했는지 물어봐도 돼?"

"신화대에 자리를 잡을 생각이거든. 아직 그쪽에 이야기는 하지 않았는데, 조만간 만나서 내 뜻을 전하려고."

"그렇구나."

민경원 총장의 말대로라면 10년 후 신화대는 세계적인 대학으로 성장할 것이다. 때가 되면 신화대로 옮기는 것이 윤우가 세운 새로운 목표였다.

윤우는 국내에서만 활동할 생각은 없었다. 국문학이 지닌 한계, 즉 세계에서는 통하지 않는다는 한계를 부수고 문학연구의 수준을 국제적인 수준으로 끌어 올리고 싶었다.

윤우는 지금까지 공부하며 못마땅한 것이 많았다. 왜 좋은 이론은 모두 외국에서 오는 것일까. 우리가 만든 이론을 해외로 전파할 수는 없는 것일까.

한국대에서는 그것이 불가능할 것이다. 하지만 신화대라면 이야기가 달라질 수도 있다. 아니, 달라지는 것에서 끝나지 않고 현실이 될 수도 있다.

윤우는 멋쩍게 웃었다.

"갑작스러워서 놀랐지?"

"응. 조금."

윤우는 맞은 편 건물 너머로 솟아 있는 푸른 산으로 시선을 던졌다. 그의 눈빛이 아득해졌다.

"이번 일을 통해서 한 가지 깨달은 게 있어. 부끄러운 말이지만, 내가 한국대 교수라는 타이틀 자체에 너무 집착하고 있었다는 거야."

윤우는 자신이 한국대 교수라는 직함에 얽매어 있었다는 것을 얼마 전 깨달았다. 그것은 분명 '학문'이라는 본질과는 거리가 먼 속물적인 것이었다.

"이제는 그러지 않으려고."

윤우의 말에 고개를 살짝 끄덕인 가연은 그의 손을 잡아주었다. 뜻을 존중한다는 의미였다.

깨달음을 얻으니 욕심을 덜어낼 수 있었다. 이제는 더 이상 한국대라는 허울을 뒤집어쓰지 않을 자신이 있다. 보다 나은 미래를 볼 수 있는 안목이 생긴 것이다.

오히려 그랬기에 남재창 교수에게 고마운 마음까지 들었다. 만약 그가 불합격 처리를 하지 않았더라면 이러한 깨달음을 얻을 수 없었을 테니까.

문득, 몇 년 전 그 악마 같은 사내와 처음 만났을 때 그가 했던 한마디가 머릿속에 울려 퍼졌다.

－ 자네가 교수가 되면 그 썩어 문드러진 사회를 바꿔보란 말이야. 아주 재미있는 방식으로.

교수 사회를 바꾸는 것은 쉽지 않은 일이다. 하지만 신화대에서 자신이 세운 계획을 하나씩 달성해 나가다 보면, 고인 물도 점차 흐르며 맑아질 것이라고 생각했다.

윤우는 그 순간이 머지않았다고 생각했다. 어느덧 그의 입가에 미소가 지어져 있었다.

NEO MODERN FANTASY STORY

뉴 라이프

NEW LIFE

Scene #41 불길한 예감

NEW LIFE

Scene #41 불길한 예감

오랜 친구에게.

어제 서울엔 봄비가 왔어. 그쪽은 어떤지 모르겠다. 뉴헤이븐에 내리는 봄비는 어떤 느낌인지 문득 궁금하네.

보내 준 사진은 잘 봤어. 얼핏 듣기로 관광객이 굉장히 많은 곳이라고 하던데 사진을 보니 고개가 끄덕여지더라. 예린이가 사진을 보더니 이번 여름방학 때 꼭 가겠다고 난리도 아니야. 그래서 지난주부터 아르바이트를 시작했더라고. 나중에 동생이 신세질 곳 정도는 마련해 줄 수 있겠지?

그나저나 이제 슬슬 석사과정도 끝나가겠구나. 시간이 굉장히 빨리 흘러가는 것 같은 느낌이야. 나는 아직 학부 한 학기가 더 남았는데 너는 석사를 끝내고 있으니… 난 얼마 전에 사건이 하나 있어서 대학원 입학이 조금 미뤄졌어. 덕분에 학교에 대한 회의감이 많이 들었고.

그래도 나에겐 행운이었던 것 같아. 터닝 포인트라고 할까. 이게 진짜 내가 원하는 길인지 다시 돌이켜보게 되는 계기가 되었거든.

언제인지 정확히 기억은 안 나는데, 아마 예린이가 대학에 합격하고 난 직후였을 거야. 너희 집에서 저녁 먹고 약속했던 거 있지? 한국대 교수가 되자고 한 거. 내가 중간에 포기하지 말자고 했었는데, 아무래도 난 그 약속을 지키지 못하게 될 것 같아. 다른 학교에 자리를 잡을 생각이거든.

어떻게 보면 조금 무책임하게 보일 수도 있겠다. 그래도 오래도록 생각해 보고 내린 결정이니 이해해줬으면 좋겠어. 내가 가려는 곳은 신화대학교야. 어쩌면 조금 의외라고 생각할 수도 있겠다. 아무튼 구체적인 이야기까지 전부 오갔고, 이제 계약서에 서명하는 일만 남았어.

물론 한국대학교는 좋은 곳이야. 하지만 내가 꿈꾸는 미래는 신화대학교에 있는 것 같아. 나는 그곳에서 새로운 목표를 세우고 나아가볼까 해.

쉼 없이 쭉 타이핑을 하던 윤우는 잠시 키보드에서 손을
떼고 커피를 마셨다. 그때 뒤에서 승주의 목소리가 들렸
다.

"수업 안 가?"

"가야지."

윤우는 모니터 하단에 있는 시계를 확인했다. 수업 시작
까지 앞으로 7분. 다음 수업은 교양강의동에 있기 때문에
슬슬 나가야 했다.

아무래도 새로운 목표에 대해서는 다음 메일에 적어야
할 것 같다. 윤우는 적당한 말로 마무리 짓고 발송 버튼을
눌렀다.

수신인은 미국에서 유학 중인 슬아였다. 그간 바빠서 답
장을 미루다 오늘에야 답장을 보낸 것이었다.

슬아는 1년 6개월 전쯤 출국한 이후로 한 번도 한국에
돌아오지 않았다. 친구들에게 간간히 자신의 소식만 메일
로 전할 뿐이다. 아주 가끔은 윤우에게만 손편지를 보내오
기도 했다.

그래도 생각보다 잘 하고 있는 것 같아 윤우는 슬아가
대견스러웠다.

보기보다 외로움을 잘 타는 아이였는데, 현지 적응에 전
혀 문제가 없어 보였다. 가끔 보내오는 사진엔 외국인 친
구들과 함께 찍힌 것들이 많았다.

"저녁 어쩔 거야? 난 소영이랑 같이 먹을까 하는데."

"마음대로 해. 그럼 다녀온다."

윤우는 그길로 인문관을 나와 교양강의동으로 향했다. 시계를 보니 5분도 채 남지 않았다. 평소보다 발걸음을 더욱 빨리 움직였다.

강의는 2층에 있는 강의실에서 열린다. 윤우는 계단을 뛰어올라 강의실 뒷문으로 들어갔다. 그리고 주변을 두리번거리며 가연이가 있는 좌석을 찾았다.

정 가운데쯤이었다. 그런데 그녀 혼자가 아니었다. 키가 큰 어떤 남자가 그녀에게 뭔가 말을 걸더니, 주머니에서 휴대폰을 꺼내 내미는 모습이 보였다.

무슨 말을 하고 있는지 잘 들리지는 않았지만, 윤우는 그 남자의 표정과 분위기를 통해 지금 무슨 일이 벌어지고 있는지 유추해 낼 수 있었다.

'뭐야, 작업 당하는 거야?'

흔히 볼 수 없는 재미있는 상황이었다.

팔짱을 낀 윤우는 뒷문에 가만히 기대서서 가연이가 어떻게 대처를 하는지 관망했다. 이렇게 여유를 부릴 수 있는 것도 그녀를 전적으로 신뢰하기에 가능한 일이다.

가연은 이름 모를 남자가 내민 휴대폰을 물끄러미 바라보더니, 이내 생긋 웃고는 고개를 살짝 숙였다. 그리고 남자에게 몇 마디 말했다.

남자는 아쉬운 표정을 짓더니 자기 자리로 돌아갔다. 상황이 정리된 것 같아 윤우는 가연의 옆자리에 앉았다.

"뭐라고 한 거야?"

"응?"

"저 남자 말이야."

그제야 가연은 윤우가 무슨 이야기를 하는지 이해했다.

"아, 내 번호 달라고 하던데? 그래서 남자친구 있다고 얘기했어."

"인기 좋다 너. 전에도 이런 일 있었어?"

"꽤 자주."

윤우는 고개를 끄덕였다. 확실히 가연이 정도면 여러 남자들이 눈독을 들일 만했다. 피부도 새하얗고 청순한 느낌이 가득했으니까.

"질투나?"

"전혀. 그런 걸로 무슨 질투를 해?"

"하긴, 윤우 주변엔 여자들이 많으니까 오히려 내가 더 질투가 나지."

"어쩔 수 없잖아. 국문과니까."

가연은 입술을 툭 내밀었지만, 윤우가 머리를 쓰다듬어주자 금방 마음을 풀었다.

윤우는 학과 내에서 굉장히 인기가 좋은 편이었다. 성격도 좋고 똑똑한데다가 외모도 떨어지는 편이 아니었으니까.

그래서 후배들이 윤우를 많이 따르곤 했다.

그러다보니 가연이가 오해를 할 상황이 자주 연출되곤 했었다.

그래도 그녀가 편입한 이후로 윤우는 더욱 몸가짐을 조심하고 있다. 과실에도 거의 가지 않았고, 필요한 일이 아니면 후배들에게 연락을 먼저 하지 않았다.

"그런데 왜 이렇게 늦었어? 일찍 왔으면 저 사람이 번호를 물어보지 않았을 텐데."

"슬아한테 메일 보내느라고. 한 달째 답장을 못 하고 있었어."

"그렇구나. 그런데 슬아, 이번 여름엔 한국에 오려나?"

"아마 안 올걸? 내년 겨울이면 또 모를까… 석사 마치고 잠깐 들어올 생각인 것 같더라."

그때 강의실 앞문으로 교수가 들어왔다. 두 사람은 잡담을 끝내고 교재를 펼쳤다.

윤우와 가연이가 함께 듣는 강의는 이것뿐이다. 둘 다 고학년이라 교양강의를 들을 일이 별로 없었다.

그렇게 한 시간 뒤 강의가 끝나고 두 사람은 저녁을 같이 먹기로 약속을 한 후 다음 강의를 위해 잠시 헤어졌다.

윤우의 다음 강의는 남재창 교수의 수업이었다. 문학 원론에 대한 강의였기 때문에 꽤 지루했다. 그래도 윤우는 남 교수의 말을 받아 적으며 강의에 열의를 보였다.

그렇게 한 시간이 지났다.

"자, 조금 이르긴 하지만 오늘 수업은 이만 하지요. 다들 수고했습니다."

모든 학생들이 가방을 챙기며 자리에서 일어날 때, 윤우는 교단 앞으로 나가 강의 뒷정리를 시작했다. 벽에 연결된 마이크선을 뽑아 상자에 넣었다.

학석사연계과정 불합격 통보를 받은 지 얼마 안 됐지만 윤우는 남재창 교수 앞에서 전혀 내색하지 않았다. 마치 아무런 일도 없었다는 듯 행동했다.

그래서 그런지 윤우를 바라보는 남재창 교수의 눈빛이 심상치 않았다.

속내를 짐작하려는 듯한 눈빛이었다.

하지만 윤우도 연륜이 있는 사람이었다. 적당히 자신의 마음을 가리고, 아무렇지도 않게 포장하는 것엔 자신이 있었다.

"오늘도 고생하셨습니다. 선생님."

"자네도 수고했네. 오늘 마감되는 과제는 자네가 파일로 받아서 학과 조교 메일로 보내도록 해."

"알겠습니다."

"그런데 오늘 강의가 지루하진 않았나? 오늘따라 원론적인 내용들이 많아서 말이네."

윤우는 예의상 웃어 보였다.

"지루할 리가요. 매 시간마다 많이 배우고 있습니다."

교재와 프린트물을 팔에 낀 남재창 교수는 미소를 지으며 윤우를 바라보았다.

"다행이군. 다음 강의가 없다면 잠깐 내 연구실에 들르게. 오랜만에 이야기 좀 나누고 싶군."

"마침 공강이니 마이크 반납하고 선생님 연구실로 찾아 뵙겠습니다."

"그러게."

자리로 돌아온 윤우는 가방을 어깨에 메고 학과사무실에 들러 마이크를 반납했다. 때마침, 윤우와 평소 친하게 지내던 행정조교 김은비가 자리를 지키고 있었다.

"벌써 수업 끝났어? 일찍 끝났네."

"네. 여기 마이크요."

"감사."

상자를 받은 김은비는 옆쪽 서랍장에 그것을 집어넣었다.

단발머리의 그녀는 올해로 스물다섯, 한국대생은 아니고 타대학 출신이었다. 조교를 하며 공무원 시험을 준비하고 있는 것이 특이사항이었다.

"시원한 거라도 줄까? 마침 이석원 선생님이 우리 마시라고 음료수 사오셨는데."

"괜찮아요. 바로 남재창 선생님 연구실에 가봐야 해서요."

남재창이라는 이름이 언급되자 김은비 조교의 얼굴에서 웃음기가 사라졌다.

"그나저나 괜찮아?"

"괜찮다뇨?"

"학석사연계과정 말야. 탈락했잖아."

안 그래도 남재창 교수는 그 이야기를 하기 위해 자신의 연구실로 불렀을 것이다. 아마도 어쩔 수 없이 불합격을 시켰다는 말을 하겠지.

모든 것이 두 눈에 훤히 보였다. 때문에 윤우는 대수롭지 않게 답할 수 있었다.

"괜찮아요. 일이 이렇게 됐으니 정시로 들어가야죠."

"아무도 없어서 하는 얘기지만… 들리는 소문엔 남 선생님이 자기 멋대로 다들 불합격 시켰다고 하더라고. 벌써 이쪽에선 소문이 자자해."

윤우는 고개를 끄덕였다. 아마 그녀가 들은 것은 소문이 아니라 사실일 것이다.

대학 조교는 학과뿐만 아니라 교수들 사이에서 도는 소문들까지 모두 들을 수 있는 자리다. 윤우도 전생에 조교를 해봤기 때문에 잘 알고 있었다.

무엇보다도 김은비는 타대생 출신이었다. 한국대 국문학과 내부의 사정을 제3자의 입장에서 냉정하게 바라볼 수 있는 입장에 있는 것이다.

"아무튼 걱정해 주셔서 고마워요. 잘 풀릴 거라고 생각해요. 너무 걱정은 마세요."

"그렇게 고마우면 다음에 밥 사든가."

"알았어요."

분위기가 밝아지자 김은비는 다른 이야기를 꺼냈다.

"듣자하니 너 요즘 사업한다며? 전에 승주 말 들어보니 꽤 잘 나간다고 하던데."

"작은 벤처에요. 아직은 사업 초기라 잘 모르겠어요. 어떻게 될지."

"명함 있어?"

윤우는 품에서 명함 한 장을 꺼내 김은비에게 건넸다. '미래E&M 공동대표이사 김윤우' 라는 글자가 박힌 모던한 느낌의 명함이었다.

"멋있네. 대표이사."

윤우는 멋쩍게 웃었다.

"별로 대단한 건 없어요. 실제 회사 운영은 제가 안 하고 제 친구가 하거든요."

"그래도 이런 명함 하나 가지고 있는 게 대단한 거잖아."

사실 윤우는 명함을 만들려고 하지 않았다. 쓸 일도 없었고, 굳이 이런 사람이라는 걸 내세우고 싶지 않았기 때문이다.

하지만 성진의 훈계 때문에 어쩔 수 없이 명함을 만들어 뿌려야 했다. 국문학 전공이니 주변에 이야기산업에 관심이 있는 사람들이 분명 있을 테니까.

소기의 성과는 있었다. 명함을 본 이재환 원장이 관심을 보인 것이다.

결국 최근엔 미래E&M과 명성학원 인터넷사업팀이 서로 뭉쳐 제휴 서비스를 준비하고 있다. 교육콘텐츠를 연재만화 형식으로 만들어 서비스할 예정이다.

"아무튼, 누나도 시험 준비 잘 해서 꼭 합격하세요."

김은비의 어깨가 축 늘어지더니 한숨이 흘러나왔다.

"모르겠다. 이젠 슬슬 포기하고 싶어졌어. 눈앞이 캄캄한 기분이야."

"뭐예요. 시험 한 번은 쳐보고 포기해야죠."

윤우는 슬쩍 시계를 바라보았다. 뜻하지 않게 잡담을 하느라 시간을 너무 낭비한 듯했다.

"그럼 전 가볼게요."

"종종 놀러 와. 알지? 양손은 무겁게."

무거운 걸 드는 시늉을 하는 김은비가 왠지 우스워 윤우는 웃음을 터트릴 수밖에 없었다.

학과 사무실에서 나온 윤우는 남재창 교수 연구실이 있는 인문관 3층으로 이동했다. 남 교수의 연구실은 햇살이 잘 드는 좋은 자리에 위치해 있었다.

윤우는 가볍게 노크를 하고 안으로 들어갔다. 정장 상의를 벗은 남 교수가 소파에 앉아 차분히 책을 읽고 있었다.

그는 책을 내려놓고 맞은편 소파를 손으로 가리켰다.

"이리 와서 앉지."

"예."

썩 편안한 공간은 아니었다. 소진욱 교수의 연구실이 젊고 생기 넘치는 공간이라면, 이곳은 노쇠한 느낌이 드는 그런 곳이었다.

윤우의 얼굴을 물끄러미 바라보던 남재창 교수가 가벼이 웃었다.

"그러고 보니 자네는 내 연구실에 사적으로는 거의 들르지 않는 것 같군. 이번이 두 번째던가?"

"예, 그쯤 될 겁니다."

별로 오고 싶은 곳은 아니었다. 도움이 될 만한 책들은 모두 소진욱 교수의 연구실이나 도서관에 있었으니까. 굳이 이곳에 올 이유는 없었다.

왠지 이대로 가만히 있으면 왜 자주 오지 않냐고 추궁당할 것 같았다. 그래서 윤우는 선수를 치기로 했다.

"그런데 선생님. 무슨 하실 말씀이라도 있으셨던 건가요?"

"자넨 성미가 좀 급한 것 같군. 이따 다른 볼일이라도 있는 건가?"

"아뇨. 그런 건 아니지만… 아무래도 선생님께서 이렇게 따로 이야기 좀 하자고 부르신 건 처음이니까요."

윤우는 은근히 긴장된다는 표정을 지어 보였다. 물론 연출된 행동이었고, 남재창 교수는 고개를 끄덕였다.

"그냥 자네가 평소에 어떤 생각을 하고 있는지 듣고 싶어서 불렀지. 요즘 젊은 친구들은 영 속을 알 수가 없는 경우가 많아서. 예를 들면… 이번 학석사연계과정처럼 말이네."

윤우는 담담히 웃어 보였다. 그리고 머릿속에 있는 여러 선택지 중에서 남재창 교수가 좋아할 만한 대답을 골랐다.

"제가 많이 부족했기 때문에 생긴 결과라고 생각합니다."

남재창 교수는 슬그머니 웃었다.

"그래도 마음이 좀 상했을 것 같군. 내가 신경 써 주지 못해 미안하네."

마음에도 없는 소리.

윤우는 웃음이 나오려는 것을 간신히 참아 내었다. 보다 냉정히 생각할 필요가 있었다. 늙은 여우 앞에서는 조금의 방심도 허락하지 않는 법.

"나는 자네의 가능성을 대단히 높게 치고 있다네. 하지만 그렇게 생각하지 않는 사람도 있을 수 있으니까. 학문에 다양성이라는 게 있는 것처럼 말이네."

남재창 교수는 인자하게, 한참 아랫사람을 타이르듯 말했다. 윤우는 고개를 끄덕이긴 했지만 동의하지 않았다. 비겁한 변명일 뿐이었다.

그는 은연중에 자신이 불합격에 관여하지 않았다고 말하고 있었다.

"그리고 대학은 말이야. 학문이 전부라고 할 수는 없지. 일종의 작은 사회라고도 할까. 사람과 사람이 모이는 곳이니 그 관계도 중요한 법이지."

"잘 알고 있습니다."

"글쎄, 내가 보기엔 잘 모르는 것 같은데?"

남재창 교수가 이를 드러내며 웃었다. 덕분에 그의 말이 무슨 의도인지 명확히 이해할 수 있었다.

"제가 그간 선생님들께 조금 소홀했던 모양입니다. 더 신경을 쓰겠습니다."

"앞으로라……."

윤우의 말에 남재창 교수는 턱을 괴며 그를 바라보았다. 왼손으로는 소파 손잡이를 손가락으로 툭툭 치고 있다. 마치 사마귀가 먹이를 노리는 것 같은 움직임이었다.

'역시 날 길들이려는 생각이군.'

그것을 간파한 이상 고민할 필요는 없었다.

윤우는 계획대로 미소를 지었다.

윤우는 늙은 사마귀의 먹잇감이 아니었다. 오히려 부리

가 단단한 새에 가까웠다.

"앞으로는 선생님 연구실에 자주 들러야겠습니다."

"반가운 이야기군. 언제든 환영이야. 최근 자네가 어떤 분야에 관심을 가지고 있는지도 궁금하던 차였지. 학문의 세계엔 늘 젊은 친구들의 새로운 시각이 필요한 법이거든."

쉽게 말해 아이디어를 훔쳐가겠다는 이야기였다. 그래도 윤우는 미소를 잃지 않았다.

"많은 가르침 받겠습니다."

윤우가 한 수 굽히고 들어가자 남재창 교수는 만족스러운 표정으로 고개를 끄덕였다.

물론 윤우는 순순히 길들임을 당할 생각은 없었다. 모든 것은 철저히 계획적으로 진행되는 중이다. 윤우는 남 교수가 연주하는 박자보다 빠르게, 때론 느리게 춤을 출 생각이었다.

이후로도 남재창 교수는 한참이나 격려를 가장한 설교를 이어 나갔다.

똑똑—

노크가 들렸다. 지루함을 이기지 못한 윤우가 슬슬 일어나야겠다고 생각할 무렵이었다. 남재창 교수는 잠시 말을 끊고 들어오라고 말했다.

모습을 드러낸 것은 의외의 사람이었다.

"안녕하세요, 선생님."

서은하였다.

인쇄된 A4용지를 품에 안고 있던 그녀는 윤우를 보더니 살짝 놀랐다. 윤우는 반가운 표정으로 그녀에게 인사했다.

"누나 요즘 보기 힘들던데, 바쁜가 봐요? 연락도 잘 안 받으시고."

"조금. 근데 선생님 방엔 무슨 일이야?"

"수업 끝나고 잠깐 말씀 나누려고 들렀어요."

"그렇구나."

"누나는요?"

은하는 A4용지를 살짝 보이며 말했다.

"선생님께 논문 지도 받아야 해서."

대화는 그것으로 끝이었다. 덕분에 윤우는 고개를 갸웃했다. 은하가 조금 달라 보였던 것이다.

평소라면 활기찬 얼굴로 자신에게 인사를 하며 시시한 농담을 던졌을 텐데, 지금은 경직된 얼굴로 시선을 피하고 있었다. 마치 비밀을 들킨 것처럼.

확실히 이상했다.

서은하는 박사과정에 들어온 이후로 연락이 뜸해졌다. 석사과정 때까지는 매일 학교에 나왔는데 최근엔 학교에서 거의 모습이 보이지 않았다.

학교에 나온다고 해도 인문관에서 공부를 하지 않았기

때문에 마주칠 일이 별로 없었다. 주로 중앙도서관에서 책을 읽거나 노트북을 가져와 논문을 썼다.

박사과정으로 넘어오며 그녀의 신변에 변화가 있긴 했다. 지도교수가 강민혜 교수에서 남재창 교수로 바뀐 것이다. 지도교수가 바뀌는 것은 흔한 일이 아니었다.

그러한 사실들이 연이어 떠오르자, 별로 반갑지 않은 직감이 윤우의 뇌리를 때리고 지나갔다.

'설마······.'

윤우는 시선을 돌려 남재창 교수를 슬그머니 바라보았다. 그는 아까부터 계속 서은하만 바라보고 있었다. 탐욕적인 눈빛으로 말이다.

어색한 공기가 더욱 짙어지자 윤우는 우선 자리에서 일어섰다.

"선생님. 그럼 전 이만 돌아가 보겠습니다."

"은하가 예정보다 일찍 온 탓에 자네가 시간을 뺏겼군 그래. 어쩔 수 없군. 다음에 또 보도록 하지."

"안녕히 계세요."

윤우는 소파에서 돌아서며 은하의 얼굴을 살폈다. 그녀는 잠깐 애처로운 눈빛을 지어 보이다 고개를 슥 돌렸다.

밖으로 나온 윤우는 굳게 닫힌 남재창 교수의 문을 한참 동안 응시했다.

불길한 마음을 떨쳐낼 수가 없었다.

자신이 생각하는 그것이 아니길 바랄 뿐이었다.

시간은 덧없이 흘러갔다.

윤우는 중간고사를 성공적으로 치렀다. 이번에도 4.5점 만점을 달성했다. 변수였던 남재창 교수는 A+를 주었다.

윤우가 꾸준히 남재창 교수 연구실에 들른 결과였다. 윤우는 그의 수업이 있는 날에는 남 교수의 연구실에 찾아가 이야기를 나누었다.

남재창 교수에게 잘 보이고 싶어서가 아니었다. 성공적으로 대학원에 진학하기 위해서도 아니었다. 단순히 서은하가 걱정되었기 때문이었다.

윤우가 의심하고 있는 것은 남재창 교수의 '성범죄'였다. 윤우는 그의 탐욕스러운 눈빛을 똑똑히 확인했다. 그것은 괴로워 보이는 서은하의 표정도 마찬가지였다.

권위적인 남자 교수와 방어적인 여자 대학원생 사이에서 벌어질 수 있는 흔한 사건. 실제로 윤우는 전생에서 교수들의 추태를 목격한 적이 많았다.

명문대라고 해서 그러한 악습에서 자유롭거나 한 것은 아니었다. 오히려 명문대가 더욱 심했다. 교수들이 쥐고 있는 권력이 그만큼 강력하기 때문이었다.

아직은 대학원 생활을 하지 않았기 때문에 실제로 보지는 못했지만, 공공연하게 도는 소문들은 접해서 알고 있다. 한국대에도 분명 그러한 교수들이 있다고.

당연히, 그 명단엔 남재창 교수도 포함되어 있었다.

'만약 이게 사실이라면… 절대 가만히 있지 않을 거다.'

윤우는 마음속으로 굳게 다짐했다.

물론 쉽지 않은 일이었다. 증거를 잡는다고 해도 남재창 교수를 어떻게 하기는 어려울 수도 있다. 대학에서 그를 감싸면 없었던 일이 될 수 있으니까.

대학교 성범죄에 대해 사회적인 인식이 개선되는 것은 몇 년이 지난 다음의 일이다. 아직은 모두들 쉬쉬하는 분위기라 긍정적인 여론을 얻기가 어려운 상황.

그래도 윤우는 포기하지 않았다. 우선 사실여부를 밝힌 다음 남재창 교수를 파면시킬 증거를 찾을 것이다.

보복을 당해 대학원에 입학하지 못해도 상관없었다. 윤우는 더 이상 한국대라는 타이틀에 연연하지 않았다. 일이 틀어지면 신화대 대학원으로 진학할 것이다.

'혹시 지금 학교에 있으려나?'

윤우는 생각난 김에 서은하에게 전화를 걸었다. 하지만 무의미한 신호음만 갈 뿐 연결이 되지 않았다.

짧게 한숨을 내쉰 윤우는 휴대폰 폴더를 닫았다. 그리고 그것을 주머니에 집어넣으려다가, 다시 꺼내 서은하에게 연락 좀 달라는 문자를 하나 남겼다.

시계를 보니 오후 6시가 넘어 있었다.

약속 시간이 살짝 지나 있었던 터라 윤우는 빠른 발걸음으로 인문관에서 나섰다.

주변이 온통 소란스러웠다. 삼삼오오 무리지어 돌아다니는 학생들이 많았고, 정장 혹은 전통복을 입은 무리들이 호객행위를 하기도 했다.

계단을 내려가던 윤우는 얼굴을 모르는 학생이 건네는 전단지를 손에 쥐었다. 역사가 살아 숨 쉬는 역사학과 카페에 초대한다는 내용이 담긴 전단지였다.

그것을 보니 학교에서 축제가 열리고 있다는 사실이 실감났다. 축제의 계절인 5월, 오늘부터 3일간 한국대학교에서 축제가 열린다.

한국의 수재들이 몰린 곳이라고 해서 얌전히 공부만 하진 않는다. 놀 때는 확실하게 논다. 이것이 한국대 학생들의 모토이기도 했다.

약속 장소인 자하당 앞에 도착한 윤우.

주변을 둘러보니 가연이의 모습은 보이지 않았다. 윤우는 벤치에 앉아 저녁에 무엇을 할까 생각했다.

그런 생각을 하며 연못을 바라보고 있을 때, 누군가가 윤우의 등을 툭 두드렸다.

가연이었다.

그런데 옆에는 강서연도 있었다. 서연이의 등장은 조금 의외였다.

"뭘 그렇게 멍하니 있어요?"

"그냥. 근데 넌 왜 끼어들어? 같이 밥 먹을 사람 줄 섰다 더니, 축제 때 같이 놀아줄 사람은 줄 안 섰나?"

윤우가 놀리자 서연은 못마땅한 표정을 지었다.

"내가 가자고 해서 온 거 아니거든요? 가연 언니가 같이 놀자고 해서 따라온 거지."

"오늘은 축제니까 다 같이 놀면 좋잖아. 데이트는 평소 에도 할 수 있으니까. 괜찮지?"

윤우는 고개를 끄덕였다. 안 그래도 요즘 강서연과 연락 이 뜸하던 차였다. 뭐 하고 살고 있는지 살짝 궁금하긴 했 다. 강태완 이사장의 소식도 궁금했고.

"일단 뭐라도 먹을까? 배고프네."

"소주에 닭발 어때요? 오늘따라 닭발이 땡겼어요. 국문 과 주점한다던데 우리도 거기 가요. 역시 축제엔 주점이 최고지."

서연이 기다렸다는 듯 말했다. 아마 가만히 있어도 주점 으로 가자고 했을 것 같았다. 그녀는 가연이와는 달리 술 이 강했다. 강씨 성이라 그런가.

"닭발? 메뉴에 있으려나 모르겠네."

"일단 가요. 없으면 다른 거 먹으면 되지."

서연은 자연스럽게 가운데 서서 윤우와 가연의 팔짱을 끼었다.

국문과 주점은 인문관 근처에 있었다. 넝쿨과 나무로 가득한 휴식 공간이 있는데, 그곳을 통째로 빌려 자연친화적인 주점을 만들어 놓았다.

테이블은 커다란 바위였고, 의자는 통나무였다. 분위기가 좋다 보니 테이블은 가득 차 있었다. 운 좋게도 윤우 일행은 마지막 남은 자리에 앉을 수 있었다.

"형, 오셨어요?"

국문과 학생회장 김종철이 서둘러 달려와 윤우에게 인사를 했다. 윤우도 이제 고학번 선배라 어딜 가나 이렇게 정중한 인사를 받곤 한다.

"장사 잘 되네. 얼마나 벌었어?"

"별로 못 벌었어요. 퍼주는 게 많다보니. 사실 정신없이 바쁘다보니 돈 셀 시간도 없네요."

"우리한테도 많이 퍼줄 거지?"

"당연하죠. 말씀만 하세요. 그래도 그만큼 지갑 열으셔야 합니다. 대표이사님이시니까."

씨익 웃은 윤우는 김종철의 어깨를 툭툭 두드렸다. 그러겠다는 말이었다.

"닭발 없네……."

메뉴판을 뚫어져라 보던 강서연의 얼굴이 시무룩해졌다. 그 어린애 같은 모습을 보며 윤우와 가연은 웃음을 터트렸다. 훌쩍 자랐지만 가끔 그런 모습을 보이곤 한다.

"그럼 다른 거 시킨다."

윤우는 제육볶음과 두부김치, 그리고 소주 두 병을 시켰다. 안주로는 조금 부족할 것 같아 공기밥도 두 개 추가했다.

"어쩔 수 없죠 뭐. 닭발은 2차에서 먹는 걸로."

"2차도 가는 거야?"

"언니, 너무 걱정하지 마세요. 술은 마시면 마실수록 느는 법이니까."

그렇게 두 사람이 이야기를 나누는 동안, 윤우는 누가 왔는지 주변을 둘러보았다. 눈에 익은 사람들이 꽤 많았다. 간혹 졸업한 선배들이 앉아있는 테이블도 있었다.

그때 윤우의 눈에 우연히 송현우의 모습이 보였다. 그는 주점 밖에서 외로이 담배를 물고 있었다. 자리에서 일어난 윤우는 곧장 그쪽으로 다가갔다.

"오랜만에 학교에 오셨네요."

고개를 돌려 윤우를 흘끗 쳐다본 현우는 다시 담배에 집중했다.

"공부는 잘 하고 있냐?"

"그럭저럭요."

"그래도 생각보다 멘탈이 단단하네. 학석사 떨어지고 나서 술에 쩔어 살 줄 알았더니."

쓸쓸히 웃은 송현우는 얼마 남지 않은 담배를 옆쪽으로 집어 던졌다. 그의 입에선 여전히 뿌연 연기가 흘러나오고 있었다.

왠지 그는 오늘따라 외로워 보였다.

"선배는 어떠셨어요? 강의는 할 만 하신가요?"

"그럭저럭. 네 동생 똑똑하더라. 강의 태도도 나쁘지 않고."

현우는 세민대에서 '문학과 영상의 만남' 이라는 강의를 맡아 하고 있었다. 영상 관련 교양이기 때문에 예린이도 그 수업을 듣는 중이다.

현우에 대한 예린의 칭찬은 대단했다. 정말 실력 있는 강사라고 엄지손가락을 추켜세울 정도였다.

"동생은 성적 잘 받았나요?"

"인마, 그건 네 동생에게 물어봐야지."

현우가 피식 웃자 윤우도 따라 웃었다.

"좋은 성적을 받았다면 말 안 해도 알려 주겠죠."

잠시 침묵이 찾아왔다. 현우는 담배를 다 폈는데도 자리로 돌아가지 않았다.

"선배, 일행은요?"

"없어. 잠깐 담배 좀 피러 들렀는데, 후배들이 주점을 차려 놨더라고. 그래서 시간도 보낼 겸 구경하고 있었지."

윤우는 고개를 끄덕였다. 그리고 본론을 꺼냈다.

"그런데 요즘 은하 누나 왜 학교에 안 나오는지 아세요?"

"그걸 왜 나한테 묻지?"

"은하 누나랑 친하시니까요."

윤우는 표면적인 이유만 말했다. 아직은 심증만 있는 상황. 이 상황에서 이곳저곳 이야기를 흘리고 다니는 것은 옳지 못하다.

"글쎄… 나도 요즘 연락이 잘 안 된다. 개인적인 사정이 있나보지. 너무 신경 쓰지 마라."

윤우의 어깨를 다독인 현우는 인문관 쪽으로 걷기 시작했다. 왠지 그 쓸쓸해 보이는 뒷모습이 마음에 걸렸다.

'혹시, 현우 선배가 뭔가를 알고 계신 걸까?'

윤우는 문득 그런 생각이 들었다.

NEO MODERN FANTASY STORY

뉴 라이프

NEW LIFE

Scene #42 굳은 결심

Scene #42 굳은 결심

　토요일 오후, 윤우는 동생의 자취방문을 두드렸다. 곧 전자도어가 열리고 후줄근한 티셔츠를 걸치고 있는 예린의 모습이 보였다.

　"오빠?"

　"그래. 네 오빠다."

　"웬일이야? 연락도 없이."

　예린은 눈을 비볐다. 낮잠을 자고 있었던 모양이다.

　"가끔은 이렇게 갑작스럽게 와야 네가 딴 생각 안 할 거 아냐."

　딴생각이라는 말에, 예린은 잠시 멍하니 그 말뜻이 무엇인지를 생각했다.

"오라버니나 잘하시지 그러세요? 남 신경 쓰지 말고."

"우리가 남이냐. 가족이지."

"영양가 없는 소리 그만하고 들어오기나 해."

집 안은 비교적 깨끗했다. 바닥에 벗어 놓은 바지가 한 벌 굴러다니긴 했지만 그 정도는 봐줄 만했다.

자취하기 전 본가에서 함께 살 때 예린이의 방은 이렇게 깨끗하지 않았다. 덕분에 윤우는 여학생에 대한 환상을 일찍 깰 수 있었지만.

'성진이가 가끔 들르는 모양이네. 그렇지 않고선 이렇게 치우고 살 위인은 아니지.'

그런 생각이 들자 윤우는 피식 웃음을 터트렸다.

그래도 박성진이라는 사람을 믿고 있었기 때문에 윤우는 예린에게 잔소리를 하지 않았다. 오히려 고마운 게 많았다. 동생이 금방 철들게 도와주고 있으니까.

동생은 고등학교 3학년을 거치며 성격이 많이 변했다. 원하는 것을 이뤄서 그런지 자신감이 생겼고, 의존적이지 않게 되었다. 그러다보니 가끔 까칠하게 굴 때가 있다.

전생과는 달리 고분고분한 면이 많이 없어졌지만, 윤우는 이런 동생의 모습도 새롭고 좋다고 생각했다. 성격이 변해도 사랑스러운 동생이라는 사실은 변하지 않는다.

윤우는 식탁 의자를 끌어 앉았다. 그리고 주변을 두리번 거렸다.

"밥 남은 거 있냐?"

"점심 안 먹었어? 점심 때 한참 지났는데."

"아침을 늦게 먹었더니 때를 놓쳤네. 밥 좀 줘."

예린은 입을 가리며 하품을 길게 했다. 듣고 있는 건지 아닌 건지 구별이 되지 않을 정도로.

"가연이 언니한테 한소리 해야겠네. 남친 밥 굶기고 다닌다고."

"남친이지 남편은 아니잖아."

예린은 못마땅한 표정이었지만, 윤우가 이 원룸의 보증금과 월세를 내주고 있었기 때문에 더 이상 반항을 하지 않았다. 냉장고를 슬쩍 열어본다.

"흠…… 반찬 별로 없는데 괜찮아?"

"계란 정도는 있을 거 아니야. 후라이라도 하나 해 봐."

들릴 듯 말 듯 쫑알거린 예린은 프라이팬에 기름을 두르고 가스 불을 켰다. 동생이 점심을 준비하는 사이 윤우는 방을 둘러보았다.

책상에 종이가 어지럽게 널려 있었다. 자세히 보니 연재용 웹툰 콘티였다. 윤우는 그것을 하나로 모아 흥미로운 눈으로 읽어보기 시작했다.

모니터에는 작업 중인 화면이 고스란히 남아 있었다. 내년 데뷔를 목표로 하고 있었는데, 이 정도 페이스라면 올해로 데뷔 시기를 당겨도 될 것 같았다.

"연재 준비는 잘 돼가는 모양이네."

"그럭저럭? 올해 말쯤이면 공개할 수 있을 것 같아."

계란이 익어가는 소리가 들린다. 윤우는 동생이 요리하는 모습을 보며 물었다.

"돈은 좀 모았어? 얼마 전에 슬아한테 메일이 왔는데, 미국 오면 재워주는 것 정도는 얼마든지 해줄 수 있다더라."

"비행기 값은 모아 뒀어. 이제 오빠가 용돈 한 번만 주면 될 것 같아. 백만 원 정도면 충분해."

"엄청난 얘기를 아무렇지도 않게 하는구나."

"헤헤, 오빠한테 배웠지롱."

윤우를 바라보며 생긋 웃는 예린. 농담인 줄 알았는데 표정을 보니 진심인 것 같다.

사실 윤우의 입장에서 용돈을 주는 것 정도는 아무 일도 아니었다. 비행기 값이라도 자기 힘으로 모은 게 어디인가. 그렇게 긍정적으로 생각하기로 했다.

잠시 후, 점심 식사 준비가 끝났다. 윤우는 식탁에 앉아 맛있게 밥을 먹었다. 예린이도 입이 심심했는지 맞은편에 앉아 과자 봉지를 뜯었다.

"참, 며칠 전에 현우 선배 만났었는데. 너 성적 잘 나왔어?"

예린은 어깨를 펴더니 목에 힘을 주며 말했다.

"당연히 에이플러스지."

"유일한 에이플러스가 아니고?"

"아니거든요? 근데, 현우 교수님이 특별한 말씀은 안 하셨어? 왠지 뭐랄까, 좀 친해지기가 어려운 분이라서."

"별말씀은 없으셨어. 똑똑하다고 하시더라. 강의 태도도 좋고."

윤우의 말에 예린이 눈을 크게 떴다.

"그게 별말씀 없는 거야? 엄청난 칭찬이잖아!"

"네 실체를 알고 나면 그런 칭찬은 못하지."

"오빠!"

"농담이야, 농담."

그 사이 윤우는 밥 한 공기를 뚝딱 비웠다. 사용한 식기를 싱크대에 넣고 반찬을 정리해 냉장고에 넣었다. 설거지는 윤우가 직접 했다.

"근데 왜 온 거야? 언니랑 데이트 안 해?"

"가연이는 저녁에 만날 거야. 명성학원 사무실에 좀 갈 일이 있어서 가다가 들렀어."

"아, 그러고 보니 웹툰 제휴 사업 한다고 했었지?"

윤우는 식기를 닦으며 고개를 끄덕였다. 오늘 오후 네 시에 찾아가기로 했으니 아직 여유가 있었다.

인터넷사업팀 사무실에는 오랜만에 찾아가는 거라 마음이 설레었다. 사무실을 확장 이전할 정도로 규모가 커졌다고 하는데, 어떨까 궁금했다.

"자, 그럼 점심도 얻어먹었으니 이제 슬슬 가볼까?"

"벌써 가게? 시간 좀 남지 않으려나."

그래도 막상 왔는데 일찍 가려니 아쉬운 모양이다. 윤우는 동생의 머리를 한번 쓰다듬었다.

"내가 조금이라도 빨리 비켜줘야 성진이가 올 거 아냐?"

"쓰, 쓸데없는 소리 하지 말고 어서 가기나 해!"

끝내 버럭 화를 내는 동생이었다.

예린이의 말대로 시간이 좀 남았기 때문에 윤우는 차를 돌려 미래E&M 사무실로 방향을 잡았다.

사무실은 마포구 상암동에 위치해 있었다. 월드컵경기장을 빼고 볼 것 없는 곳이었지만, 윤우는 이곳에 사무실을 잡았다. 몇 년 후 디지털미디어의 중심지가 되기 때문이다.

'빈손으로 가기는 좀 그렇고, 역시 간식거리를 사 가는 게 좋겠지?'

윤우는 근처 도너츠 전문점에서 간식거리를 잔뜩 산 다음 사무실을 찾았다.

원래 토요일은 휴무지만 중요한 프로젝트를 앞두고 있는 터라 직원들이 모두 출근해 있었다. 정직원은 모두 네

명이고 인턴이 둘이다.

"어라? 대표님. 주말에 웬일이세요?"

"명성학원 쪽으로 넘어가다 잠깐 들렀어요. 간식도 전달할 겸. 자, 많이 사 왔으니 다들 마음껏 드세요."

윤우는 양손에 들고 있던 도너츠와 커피를 책상에 내려놓았다. 마침 출출할 때여서 직원들이 모두 좋아했다.

"감사히 자알 먹겠습니다!"

"우리 박 대표님도 이런 센스를 좀 배우셔야 할 텐데."

그렇게 농담을 꺼낸 편집팀장 이은경이 윤우에게도 커피를 하나 건넸다.

"아, 고마워요. 그런데 제가 그 친구 오래 봐 와서 잘 아는데, 그건 좀 어려울 거예요."

"역시 그렇죠?"

"하하하!"

직원들 모두 웃음을 터트렸다. 윤우는 평소에도 이렇게 직원들과 허물없이 대화를 나누곤 했다.

왁스로 머리를 짧게 세운 남자는 기획팀장 장기혁, 그리고 뿔테 안경을 끼고 진갈색으로 염색을 한 여자는 편집팀장 이은경이었다.

두 사람 모두 콘텐츠 업계에서 잔뼈가 굵은 사람들이었다. 윤우가 비싼 연봉을 주고 데려온 사람이기도 했고, 연봉 이상의 능력을 보여주고 있었다.

"참, 장기혁 팀장님. 명성학원 쪽에 전달할 제안서는 완성이 됐나요?"

"아까 준비해 뒀습니다."

장기혁 팀장은 책상으로 돌아가 인쇄해 둔 제안서를 봉투에 넣어 윤우에게 건넸다. 윤우는 인쇄물 하나를 꺼내 꼼꼼히 살펴보았다.

"오탈자가 좀 보이네요. 수정을 해야 할 것 같은데."

"이런, 죄송합니다."

"괜찮아요. 제가 전공자다보니 어쩔 수 없네요. 어서 가서 간식 드세요. 몇 가지 추가할 사항이 있으니 수정은 직접 하겠습니다."

윤우는 장 팀장 자리에서 직접 수정하고 다시 제안서를 인쇄했다. 그 와중에 편집팀장 이은경이 윤우에게 다가와 작은 목소리로 말을 걸었다.

"저, 대표님. 시간 괜찮으세요? 잠깐 의논드릴 게 있는데."

"의논이요? 그래요."

윤우와 이 팀장이 대표이사실로 들어갔다. 그리고 마주 앉아 대화를 시작했다.

"편집팀에 있는 인턴 하나가 다음 달에 기간이 끝나거든요. 그런데 박 대표님도 그렇고 특별한 언급이 없으셔서요."

"임미연 씨 말이죠?"

"예."

이은경 팀장이 이렇게 조심스레 물은 것도 다 이유가 있었다. 인턴을 채용하고 정규직 전환을 해주지 않는 것으로 인건비를 아끼는 회사들이 많기 때문이다.

하지만 윤우는 그렇게 회사를 운영할 생각이 없었다. 회사는 직원들이 가장 시간을 많이 보내는 곳이다. 직원의 미래를 책임질 수 있어야 한다고 생각했다.

물론 그렇다고 해서 능력과 의욕이 없는 사람들을 계속 붙잡아 둘 생각은 없었다. 이 모든 것은 회사를 세울 때 성진과 합의한 사항이었다.

"팀장님이 보시기에 어떤 사람인가요?"

"능력은 평범하지만 열심히 하려는 모습이 기특할 때가 있어요. 발전 가능성이 보이기도 하고요."

"회사에 필요한 사람인가요?"

"그렇죠."

윤우는 지체 없이 고개를 끄덕였다.

"그럼 정규직으로 전환하는 것으로 하죠. 박 대표에겐 제가 이야기를 할게요. 자, 이렇게 된 거 이야기를 더 들어보도록 하죠. 다른 문제는 없나요?"

모든 준비를 끝내고 사무실에서 나온 윤우는 차를 명성

학원 쪽으로 몰았다.

윤우가 인터넷사업팀 사무실에 도착하자 제일 먼저 환영해 준 것은 차슬기 대리였다. 아니, 이제 대리에서 과장으로 승진했으니 차 과장이다.

"승진하셨다는 소식 들었어요. 늦었지만 축하드립니다. 잘 지내셨죠?"

"와, 김윤우. 이게 얼마만이야?"

정현철 팀장과 다른 직원들도 다들 일어서 윤우를 맞이했다. 들은 대로 직원이 두 배는 늘어 있었다. 한 눈에 봐도 열 명이 넘어 보였다.

사무실도 넓고 쾌적했다. 휴게실도 따로 있었고 가볍게 사용할 수 있는 운동기구도 보였다. 심지어 휴게실에는 안마용 의자도 비치되어 있었다.

이재환 원장이 인터넷강의 사업으로 엄청난 수익을 올렸다고 들었는데, 직원들을 위해 아낌없이 투자를 하고 있는 것 같았다.

'역시 쓸 때는 확실하게 쓰는 분이라니까.'

이재환은 좀 독특한 사업가였다.

수익을 위해 고객을 우선시하는 것이 아니라 직원들을 먼저 생각했다.

직원들이 자신의 능력 이상을 발휘할 수 있는 환경을 조성하는 것에 신경을 썼다. 또한 팀장의 권한을 극대화해

역동적인 조직문화를 만들었다.

실제로 이재환 원장은 인터넷사업팀의 방향성이나 정책에 대해 크게 관여하지 않았다.

과거를 돌이켜봐도 그랬다. 프로젝트를 주도한 것은 정현철 팀장이었고, 윤우가 아이디어를 내면 차슬기 과장이 실무를 책임졌다.

그리고 그 경험은 미래E&M을 설립한 윤우에게 좋은 밑바탕이 되었다.

현재 미래E&M 사무실도 명성학원 인터넷사업팀과 굉장히 비슷하게 운영되고 있다. 직원들은 자유복으로 출근했고, 연차는 물론 출퇴근시간도 자유로웠다.

윤우는 커다란 흐름만 이야기할 뿐, 실제 업무에 대해서는 전혀 터치를 하지 않았다. 박성진이 관리를 잘하는 것도 있지만 직원들의 역량을 믿고 있었기 때문이다.

'우리 사무실에도 휴게실을 하나 둬야겠는데? 다들 모니터만 보느라 피곤할 테니 안마의자도 하나 놔야겠다.'

그렇게 계획을 세운 윤우는 롤 케이크와 주스 선물세트를 차슬기 과장에게 건넸다.

"뭘 이런 걸 다 사왔어? 그런데 잘 지냈지? 너 요즘 잘나간다는 소문이 여기까지 들려오더라."

"잘 나가긴요. 그냥 학교 다니고 있어요."

"아직? 언제 졸업인데?"

"다음이 마지막 학기예요. 그런데 계속 학생 신분은 유지할 것 같아요. 바로 대학원 들어갈 계획이거든요."

옆에서 잠자코 듣고 있던 정현철 팀장이 차 과장의 어깨를 두드리며 가벼이 충고했다.

"이제 대표이사님인데 그렇게 말을 막 해도 되겠나?"

"팀장님. 한 번 상사는 영원한 상사인 법이에요."

멋대로인 건 여전했다. 윤우는 문득 이곳에서 일했던 옛날의 일들이 떠올랐다. 힘든 일도 있었지만 하나같이 소중한 추억들이라 미소가 지어졌다.

"전 괜찮습니다. 회사 일엔 관여를 거의 하지 않아서요. 그냥 이름만 올라가 있는 거라서. 실질적인 대표이사는 박성진 대표예요."

"그래도……."

"오히려 대표이사로 생각하시면 제가 더 불편해요. 우리들끼리 있는 자리에서는 예전처럼 말씀 편하게 해 주세요. 부탁드립니다."

이어지는 설득에 결국 정현철 팀장은 한발 양보해 윤우의 뜻에 따르기로 했다.

"그럼 차 과장, 슬슬 미팅 준비하지."

"옙, 팀장님."

윤우와 정 팀장, 그리고 차 과장은 회의실 안으로 들어왔다. 음료는 다른 직원이 준비했고 차 과장은 미리 복사

해 둔 자료를 각각 한 부씩 나눠 주었다.

"우선 제휴 사업 개요부터 설명을 할게요."

"아뇨, 괜찮습니다. 그건 이미 보고서를 읽어서 알고 있어요. 저번에 보내주셨던 내용에서 특별히 추가된 것은 없죠?"

"그렇지."

"그럼 제가 추가 제안을 드리는 걸로 할게요."

"그런 건 밑에 직원 시키지. 네가 여기까지 와서 일일이 브리핑을 할 필요가 있어?"

윤우는 싱긋 웃어 보였다.

"중요한 거라서요. 겸사겸사 얼굴도 보고 좋잖아요."

"아무튼 말은 잘해요."

윤우는 세 장짜리 제안서를 정 팀장과 차 과장에게 나눠 주었다. 윤우의 제안은 틀린 적이 없었다. 그랬기에 두 사람은 흥미로운 눈으로 보고서를 검토했다.

그 사이 윤우의 휴대폰으로 문자가 하나 도착했다. 아직 여유가 있었던 윤우는 휴대폰을 열었다.

서은하의 문자였다.

◈

잠시 양해의 말을 구하고 밖으로 나온 윤우는 휴게실로 들어가 통화버튼을 눌렀다.

- 얘는 참, 별일 없다니까 전화까지 하고 그래?

서은하는 평소와 다름없는 목소리로 전화를 받았다.

그래도 윤우는 쉽게 생각하지 않았다.

"학교에서 통 만날 수가 없어서요. 듣기론 요즘 학교 거의 안 나온다면서요. 축제 때도 못 봤고."

- 요즘은 집에서 공부하고 있어. 개인적인 일도 있고 해서 학교에 가기가 좀 그렇다.

집에서 공부를 하고 있다는 말에 윤우는 마음 한 구석이 씁쓸했다.

학부 시절부터 봐온 서은하는 그 누구보다도 공부를 좋아하는 사람이었다. 연구실과 도서관이 집보다 편하다는 말을 입에 달고 다니곤 했다.

어떤 불합리한 일이 있었기에 그녀가 그렇게 좋아하던 학교에 나오지 못하는 걸까.

윤우는 그 내막을 자세히 알고 싶었다.

물론, 단순히 은하와 친분이 있기 때문에 도와주려는 것은 아니었다. 의협심을 발휘하려는 것은 더더욱 아니었고.

사회가 썩어가고 있다고 해도 대학은 그 고고한 빛을 잃으면 안 된다. 대학은 학문의 전당이고, 빛으로써 세상에 진리를 전파해야 할 의무가 있다.

그것이 윤우의 지론이었기 때문에 그녀를 도와주려고 하는 것이었다. 분명 어떤 흐릿한 그림자가 상아탑(象牙

塔)의 빛을 어둡게 만들고 있었기 때문에.

"언제 시간 좀 내 주세요. 제가 그쪽으로 찾아 갈게요."

— 뭔가 용건이 있는 것 같은데… 무슨 일이야?

"그냥 이것저것 할 얘기가 있어서요. 전화로 하기에는 좀 그렇고."

은하는 잠시 침묵했다.

밖에서 전화를 받는 것인지 주변이 소란스러웠다. 자동차의 경적소리와 엔진 소리가 수화기 너머로 들려왔다.

"지금 밖이에요?"

— 잠깐 나와 있어. 기분 전환 겸으로.

"특별한 약속 없으시면 제가 그쪽으로 갈게요."

잠시 고민하던 은하는 그렇게 하라고 답했다. 한 시간 뒤 홍대입구에서 보기로 약속한 다음 전화를 끊었다.

윤우는 바로 가연에게 전화를 걸어 오늘 저녁 약속을 조금 뒤로 늦추었다. 어차피 그녀의 집 근처로 갈 것이기 때문에 시간을 조정해도 큰 문제는 없었다.

그리고 다시 회의실로 돌아왔다. 정 팀장과 차 과장은 이미 제안서 검토를 끝낸 뒤였다.

"죄송합니다. 급한 연락이 와서요."

"중요한 일인가?"

"30분 정도는 여유가 있을 것 같아요. 그 안에 끝내도록 하죠."

고개를 끄덕인 정 팀장이 다시 제안서를 넘겨보며 말했다.

"일전에 체결한 제휴와는 조금 다른 느낌이야. 미래지향적이라고 해야 하나…… 매체에 대한 이야기가 많이 있군. 하긴, 단순히 웹툰을 연재하는 것으로는 큰 반향을 얻기는 어렵지."

윤우는 고개를 끄덕였다.

"앞으로는 상황이 많이 달라질 겁니다. 전자책도 그렇고 다양한 온라인 규격들이 만들어 질 거예요."

"미리 대비하자는 말이군."

"그렇죠. 그래서 기존에 맺은 제휴와는 다른 방향으로 전개되어야 합니다. 일전의 제휴가 단기적인 사업이라면, 지금 제안 드린 것은 장기적인 사업이 되겠네요."

윤우는 명성학원과 제휴를 맺어 교육콘텐츠를 연재만화 형식으로 만들어 서비스를 준비하고 있었다. 명성학원에서 소스를 제공하면 미래E&M소속 글, 그림 작가들이 가공을 한다.

하지만 윤우는 소스를 가공하여 연재만화를 제공하는 일차원적인 작업에서 끝나면 안 된다고 판단했다. 때문에 제안서에는 기존의 관습을 넘어서는 것들이 담겨 있었다.

그가 주목한 것은 온라인 매체였다. 몇 년 후면 전자책

표준 EPUB 3.0이 발표된다. 또한 스마트폰이 보급되면서 앱북 형태의 학습물도 속속 등장하기 시작한다.

결국 플랫폼의 변화를 예상하고 콘텐츠를 미리 기획해 놓으면 발 빠르게 시장을 선점할 수 있을 것이라는 게 윤우의 판단이었던 것이다.

차 과장이 정 팀장 쪽으로 시선을 돌렸다.

"팀장님, 어떤 것 같아요? 전 괜찮은 것 같은데."

"느낌은 좋아. 시장이 아직 형성되지 않아서 얼마나 수익이 나올지는 미지수지만."

"그래도 윤우의 제안이니까 믿을 만하죠."

차 과장의 말엔 신뢰가 담겨 있었다. 정 팀장은 고개를 끄덕이며 미소를 지었다.

명성학원 시절의 윤우는 말 그대로 황금알을 낳는 거위였다. 그가 제시한 아이디어는 늘 적중했고, 수개월 뒤 회사에 큰 수익을 가져다줬다.

그런 사람이 들고 온 제안서였다. 경험적으로도 김윤우라는 사람에 대해 충분히 검증되어 있었기 때문에 정 팀장은 시도해 볼 만한 일이라고 결론을 내렸다.

"투자의 개념으로 접근하는 게 좋을 것 같군. 우리 쪽에서도 몇 가지 안을 준비해 보도록 하지. 2주 뒤에 실무진 회의를 하는 게 좋겠어."

"알겠습니다."

차 과장이 끼어들었다.

"미팅 날짜는 우리가 잡는 게 좋겠죠?"

"그렇지. 차 과장이 알아서 진행하도록 해."

회의가 마무리되자 윤우는 먼저 양해를 구하고 자리에서 일어섰다. 차 과장은 아쉬운 표정으로 윤우를 붙잡았다.

"오랜만에 왔는데 벌써 가려고? 저녁 먹고 가지. 오늘은 특별히 팀장님이 카드 긁으실 텐데."

"아쉽지만 선약이 있어서요. 지금 바로 홍대 쪽으로 넘어가야 해요."

"그럼 어쩔 수 없지. 다음에 또 봐."

윤우는 정 팀장과 차 과장과 악수를 하고 사무실을 나섰다.

"많이 기다렸어요? 주말이라 그런지 차를 세울 데가 없어 한참이나 돌아다녔네요."

"차 끌고 왔어? 이야, 우리 일꾼 1호 많이 컸다. 이제 차도 끌고 돌아다니고. 기사 1호로 바꿔야겠는데?"

15분 지각한 윤우는 씨익 웃으며 은하의 맞은편에 앉았다. 쿠션이 있는 편안한 소파였다.

서은하는 청바지 차림을 하고 카페 구석에 앉아 있었다. 탁한 느낌의 갈색 음료를 마시면서 말이다. 테이블 위에는 잡지가 펼쳐 있었다.

그때 직원이 다가왔다.

"주문하시겠어요?"

"따뜻한 커피 주세요."

"예, 감사합니다."

다시 고개를 돌려 윤우는 은하의 표정을 살펴보았다. 일전에 남재창 교수 연구실에서 마주쳤을 때와는 달리 평온한 표정이었다.

"뭘 그렇게 쳐다 봐? 처음 보는 사람처럼."

"그냥요. 왠지 되게 오랜만인 것 같아서 반갑네요."

"잠깐, 그건 왠지 그냥 지나칠 수 없는 말인데. 지금 누나한테 작업 거는 거니? 미안한데 난 연하는 취향이 아니라서."

윤우는 피식 웃었다. 은하의 입담은 여전했다. 걱정을 많이 했는데 조금 다행이라는 생각이 들었다.

서은하는 새삼스러운 눈으로 윤우를 바라보았다. 왠지 윤우를 보고 있으면 세월이 빨리 가는 것 같은 기분이 든다. 짐작하기 어려울 정도로 성장이 빨랐으니까.

그리고 동시에 느끼는 것은 막연한 동경이었다. 윤우는 자신이 가지지 못한 재능을 가지고 있었다. 그를 보고 있

329

으면 분명 성공할 거라는 예감이 들었다.

그랬기에 부러운 면도 있었다. 물론, 윤우의 한참 선배라 겉으로 내색을 하지는 않지만 말이다.

"맞다, 가연이 우리 학교로 편입한 거 모르시죠?"

은하는 스트로우에서 입을 떼더니 눈을 크게 떴다.

"정말? 어디로?"

"행정학과요. 그래서 요즘 자주 같이 다녀요."

"잘됐네. 고생 많이 했겠다. 편입으로 우리학교 들어오려면 쉽지 않았을 텐데. 그나저나 부럽다 야. 나도 씨씨 한 번 해보고 싶었는데."

은하는 진심을 담은 미소로 윤우를 축하해 주었다.

"남 얘기처럼 왜 그러세요. 누나한텐 현우 선배가 있잖아요."

"농담 같지도 않은 소리 하지 마. 현우 오빠는 목석같은 양반이야. 누구한테 마음 주거나 할 사람이 아니라구."

윤우는 실은 그게 아니라고 말하고 싶었지만, 왠지 남의 일에 참견하는 것 같아 그만 두었다.

소진욱 교수 연구실에서 오래도록 송현우와 함께 해 왔던 윤우는 그가 서은하에게 호감을 가지고 있다는 사실을 자연스레 알게 되었다.

그런데 아쉽게도 은하는 그를 선배 이상으로 생각하지 않았다. 송현우도 성격상 표현을 잘 하지 않다 보니 그 상태가 수년간 답보되고 있다.

"말이 나와서 하는 건데, 현우 선배랑은 자주 연락 하세요?"

은하는 고개를 가로 저었다.

"과에 일이 있을 때 말고는 별로 하진 않아. 원래 그랬어. 늘 학교에서 이야기 하곤 했으니까. 최근엔 거의 교류가 없었고."

"누나가 지금 박사 몇 학기 째였죠?"

"2학기."

한국대학교 대학원 박사과정은 총 4학기다. 4학기까지 수업을 듣고 종합시험과 어학시험을 치른 뒤 논문을 써야 박사학위가 나온다. 즉, 서은하는 이제 절반까지 온 것이다.

"그럼 수업에도 안 나오고 있는 건가요?"

"많이 빠지고 있어. 교수님들껜 말씀드리긴 했지만 지금 휴학할까 생각중이야. 이거 너만 알고 있어. 다른 사람들한테는 이야기하지 말고."

이제 슬슬 본론을 꺼낼 때가 온 것 같았다. 윤우는 커피로 목을 축인 뒤 입을 열었다.

"근데 도대체 그간 무슨 일이 있으셨던 거예요? 참견하려는 건 아니고… 누나가 이렇게 학교에 안 나오는 게 처음인 것 같아서 좀 걱정이 되네요."

한차례 웃어 보인 은하는 스트로우로 컵을 휘저었다.

"그냥, 뭐 이것저것 개인적인 일들이 있었지."

"어떤 일이 있었는지 물어봐도 괜찮을까요?"

은하는 대답 대신 가만히 윤우를 바라보았다. 마치 상대방의 본심을 꿰려는 듯한 깊은 눈동자였다.

"그거 물어보려고 나 만나자고 한 거였어?"

"솔직히 아니라고는 말 못하겠네요. 실은 좀 걱정이 돼서요."

"무슨 걱정?"

아직 남재창 교수의 이야기를 꺼낼 타이밍은 아니었다. 윤우는 최대한 돌려 그녀에게 말했다.

"왠지 누나가 학교에 흥미를 잃은 것 같아서요."

"그래, 솔직히 말하면 맞아. 좀 흥미를 잃었어. 학교를 그만 둘까 생각도 하고 있고."

모든 것이 윤우가 예상했던 대로 흘러가고 있다. 은하가 휴학을 하게 되면 복학하지 않을 거고, 자동으로 학교에서 제적될 것이다.

"흥미를 잃은 건 석사과정 끝나고 나서부터죠?"

유도심문에 걸려든 서은하는 입을 꾹 다물었다. 무언의 긍정이었다.

윤우가 아무런 근거 없이 추측을 한 것은 아니었다. 서은하의 지도교수가 강민혜 교수에서 남재창 교수로 바뀐 것은 박사과정 이후부터니까.

실제로 서은하는 석사과정 때까지만 해도 학교에 매일 나왔었다. 연락이 안 되는 일도 없었다. 모든 것이 지도교수가 바뀐 이후에 일어난 일이다.

"사실 저는 이해가 좀 안 되는 일이 있어요."

"뭐가?"

"누나의 지도교수가 남재창 선생님으로 바뀐 거요. 보통 석사과정에서 지도를 해준 선생님이 박사과정에서도 지도교수가 되는 거잖아요."

서은하는 씁쓸히 웃었다.

"일반적으로는 그렇지. 내가 하려는 분야가 남재창 선생님 쪽에 더 가까워서 그렇게 추천을 받았어. 강민혜 교수님도 허가한 일이고."

윤우는 속으로 고개를 가로 저었다. 강민혜 교수도 남재창 교수 라인이었다. 만약 남 교수가 지시한 일이라면 강민혜 교수도 거부하지 못한다.

한국대학교 교수라고 해서 모두가 동등한 것은 아니다. 그 내부에도 위계질서는 분명히 존재한다.

이미 대학원 생활을 한 번 경험한 윤우의 머릿속으로 대학 교수들의 정치놀음판이 그럴듯하게 펼쳐지기 시작한다.

갑과 을.

주인과 노예.

그리고, 승자와 패자.

"역시 남 선생님과 잘 안 맞는 거죠?"

"저기, 윤우야. 이제 학교 얘기는 그만 하자. 오랜만에 봤는데 다른 할 얘기 많잖아. 응?"

서은하는 마음을 쉽게 열지 않았다. 묵묵히 은하를 바라보던 윤우는 자신의 목적을 분명히 밝힐 필요가 있다고 생각했다.

윤우는 잠시 생각을 정리했다. 그리고 말했다.

"전 우리 대학이 최고의 대학이라고 생각하지 않아요."

"갑자기 그건 무슨 소리야?"

"겉으로 보이진 않지만 안으로 굉장히 썩어 문드러졌거든요. 온갖 악취로 가득하죠. 몇몇 사람들의 탐욕 때문에 아무런 죄 없는 학생들이 피해를 보고 있어요."

특히 마지막 문장은 의미심장하게 들렸다.

찻잔을 내려놓은 은하는 창밖으로 시선을 돌렸다. 작은 한숨이 그녀의 입가에서 흘러 나왔다. 윤우가 눈치를 챘다는 것을 그녀도 깨달은 것이다.

문득 예전에 송현우가 자신에게 해줬던 충고가 생각났다. 대학원에 어울리지 않으니 다른 길을 알아봐라. 대학원은 놀라울 정도로 불합리한 조직이다.

어쩌면 송현우는 이 모든 것을 예상하고 했던 충고였을

까? 은하는 가벼운 현기증을 느꼈다.

"김윤우. 네가 뭔가 착각하고 있는데… 그건 어느 대학이나 마찬가지야. 대학원생은 늘 교수들에게 이용당할 수밖에 없어. 비단 우리 대학만의 문제도 아니고."

"어느 대학이나 마찬가지이기 때문에 덮어둬도 된다, 이런 말씀인가요?"

윤우의 어조는 어느 때보다도 단호했다. 표정도 그랬다. 조금의 물러섬도 보이지 않았다.

"아뇨. 틀렸어요. 전 아니라고 생각해요."

"그래서 어떻게 하려고?"

"대학원에 입학하면 하나씩 바꿔볼 생각이에요. 제가 할 수 있는 모든 것을 동원해서."

농담이길 바랐다. 하지만 윤우의 표정을 보니 조금도 농담 같지가 않았다.

"쓸데없는 짓을 하려는 거면 그만 둬. 너도 다치게 될 거야."

은하는 윤우의 손을 잡으며 타이르듯 말했다. 그녀의 눈에는 윤우가 철없는 객기를 부리는 것처럼 보였다.

하지만 그녀가 모르는 것이 하나 있었다.

윤우는, 그 불합리함 속에서 견디다 못해 생을 한 번 마감했던 사람이라는 것을.

"굽히고 살 바엔 차라리 꺾이는 게 낫습니다."

윤우의 한마디가 묵직하게 울렸다.

시간이 지날수록 그의 눈에 들어찬 전생의 회한이 점차 분명한 의지로 타오르기 시작했다.

〈5권에서 계속〉